CHANT POUR JENNY

Du même auteur
chez le même éditeur

L'INSTITUT DE RECHERCHES

STAFFAN WESTERLUND

CHANT
POUR
JENNY

Traduit du suédois
par Philippe Bouquet

CHRISTIAN BOURGOIS ÉDITEUR

Titre original :
Sång för Jenny

ISBN : 2-267-01089-5

A Lovisa et Gustav

Les personnages, à une négligeable exception près, ainsi que les firmes figurant dans ce récit sont totalement imaginaires.

CHAPITRE PREMIER

Ils formaient un couple bien mal assorti. Elle était brune, mince et vêtue d'une robe très simple alors que lui était blond, fort, avec une légère tendance à l'embonpoint, et drapé dans un costume bleu clair.

Le repas n'était pas non plus des plus affriolants; le menu arrêté à l'avance prévoyait du caviar (ou du moins des œufs de lump) sur canapés, de la bière ou de l'eau, du filet de bœuf à la provençale, deux verres de vin par personne (mais la difficulté qu'éprouva chaque invité à vider le sien en fonction, d'une part, des taosts auxquels il fut convié et, d'autre part, des apparitions fort irrégulières des serveurs, entraîna une consommation nettement inférieure se situant à une moyenne de 1,8), une part de gâteau et du café.

Il avait remarqué qu'elle partageait en gros son avis sur ces agapes et s'était donc interrogé sur l'éventualité de l'emmener ailleurs.

Elle était jolie. Non pas de cette beauté un peu provocante qui jouissait en fait de ses faveurs. Mais elle avait tout de même quelque chose. Elle l'intéressait d'une façon inquiétante. En dépit – ou peut-être à cause – du fait qu'elle ne s'était pas aperçu à quel point il était attirant et intéressant.

En réalité, ils ne constituaient pas un couple. Il se trouvait seulement qu'ils avaient été placés l'un à côté de l'autre lors de l'un de ces repas où le plan de la table obéissait à cette fiction selon laquelle les époux prennent beaucoup plus de plaisir s'ils sont assis à côté des moitiés fort ennuyées des autres invités qu'à côté de la leur. De plus, elle n'avait vraiment pas l'air en veine de confidences. Comprenant qu'elle ne savait pas qui il était, Bengt Lövstedt avait décidé d'orienter la conversation sur son travail. Elle l'écouta fort poliment jusqu'au bout, tout en mangeant sans hâte excessive. Il s'irrita quelque peu du calme avec lequel elle se consacrait à son assiette. Mais cette irritation se mua en léger étonnement lorsqu'il la vit continuer à manger une fois que les autres invités eurent posé leurs couverts afin d'écouter le discours de l'hôte d'honneur de l'association.

Lequel portait sur la conservation du passé, les monuments historiques et ce genre de choses. Bengt les trouvait vraiment curieux, tous ces archéologues plus ou moins professionnels qui semblaient prêts à encombrer toute la surface de la terre de vieilles installations inutilisables. Pour eux, la terre était un article à n'utiliser qu'une seule fois. Toute construction était à leurs yeux définitive et la planète se trouvait ainsi peu à peu réduite à une série de terrains déjà utilisés. Cent ans auparavant, quelqu'un avait édifié à cet endroit une maison – et cette portion de terre avait alors trouvé son usage définitif. Quant à la maison elle-même, jadis moderne et pratique, elle devenait un monument historique empêchant toute nouvelle utilisation du sol.

Bengt savait que sa voisine était la seule parmi tous ces convives qui ne serait pas obligée de manger des restes froids, ce soir-là. En revanche, il ne savait malheureusement pas qu'elle partageait largement son avis sur les propos de l'orateur.

Par la suite, tandis qu'ils attendaient que les autres invités aient fini de rassembler les restes de leur plat dans une sauce maintenant figée et de les grignoter, elle alla jusqu'à lui poser quelques questions.

Mais elle resta bigrement lointaine. Bengt savait d'avance qu'il était inutile de lui proposer d'aller ensemble où que ce soit. Il était incapable de venir à bout d'une telle froideur. Cela l'irritait, de même que le fait qu'elle était tellement correcte et polie, mais qu'elle ne se laissait pas aller le moins du monde – ou bien qu'elle était tellement féminine, quoi.

La féminité. Pour lui, cela impliquait, par exemple, la possibilité d'effleurer son épaule en l'écoutant dire quelque chose de particulièrement intéressant. Ou bien de poser, un bref instant, sa main sur son bras afin d'attirer son attention – à condition, bien entendu, qu'elle ait désiré l'attirer sur quoi que ce soit. Ou encore – naturellement – de ne cesser de le regarder d'un air extrêmement intéressé tandis qu'il lui parlait de ce travail si passionnant qui était le sien.

Mais non! Elle était restée parfaitement détendue et s'était surtout contentée de l'écouter sans rien laisser paraître d'autre qu'un intérêt poli mais de pure forme.

Et pourtant. Même les repas de ce genre connaissent une fin. Vint le moment de quitter la table afin d'aller prendre le café dans la pièce d'à côté.

Quelque obscure raison empêcha Bengt de mettre ses actes en conformité avec ses désirs et de la quitter pour une personne du sexe un peu plus motivante. Au lieu de cela, il l'accompagna jusqu'à l'une des tables sur lesquelles le café était servi, remplit leurs deux tasses et continua à parler. Et cela devait marquer un tournant dans son existence.

Naturellement, il ne s'en aperçut pas immédiatement. Au contraire, tout se passa d'abord absolument comme d'habitude. Un serveur s'approcha d'eux et elle commanda un cognac. Bengt en prit également un. Lorsqu'on leur apporta les verres, il sortit son portefeuille et demanda ce qu'il devait, mais sa cavalière s'adressa en même temps que lui au serveur pour lui dire :

– Le monsieur là-bas réglera ma consommation.

Et elle fit un signe de tête en direction de la table voisine et en particulier de cet homme dans la quarantaine, aux cheveux bouclés, qui était précisément en train de raconter quelque chose d'apparemment très drôle à deux dames d'un certain âge et à une jeune fille.

Bengt Lövstedt se contenta donc de payer son propre cognac. Il était clair que le moment était maintenant venu de changer de table. Il parcourut le salon des yeux et rencontra le regard d'Eva. Il eut presque l'impression qu'elle souriait légèrement.

On ne devrait jamais emmener son assistante, en fait, se reprocha Bengt. Naturellement, elle ne dirait rien, mais il était sûr que cette façon raffinée de la congédier ne lui avait pas échappé. C'est alors que sa cavalière dit :

– Si les choses se présentent vraiment comme tu le dis, ils se sont rendus coupables d'un meurtre.

Ils s'étaient bien entendu présentés l'un à l'autre à

leur arrivée à table mais, comme d'habitude, il avait immédiatement oublié le nom qu'elle avait prononcé. Il lorgna donc prudemment en direction de la place qu'elle avait occupée, afin de voir si le carton était toujours là. Il y était bien – mais à l'envers. Il hocha la tête.

– Bien sûr que c'est un véritable meurtre.

Mais elle secoua légèrement la tête.

– Ce n'est pas ce que j'ai dit. J'ai dit que, dans ce cas, c'est en fait un meurtre même du point de vue strictement juridique.

Dans sa fièvre de parler de son propre travail – tellement passionnant – il avait oublié de lui demander ce qu'elle faisait, elle.

– Oh, c'est peut-être aller un peu trop loin que de l'affirmer aussi carrément. Bien des gens ne se comportent pas autrement, à vrai dire.

– Je sais. Mais, tout récemment, nous avons justement eu une affaire dans laquelle la question a failli se poser.

– Qui ça, nous?

– Notre cabinet d'avocats.

Sans doute avait-il observé bien plus attentivement sa poitrine et la partie de son corps en dessous de la ceinture que son visage car, cette fois, il dut vraiment lever les yeux. Il est vrai que, de son côté, elle ne le regardait pas non plus en face et baissait au contraire les yeux vers son ballon de cognac, dans lequel le liquide doré faisait lentement le tour de la paroi de verre sous l'impulsion de sa main si frêle.

Il se demanda malgré tout quelle sensation pouvait causer le contact de cette main-là.

– Tu es avocate?

Elle acquiesça d'un signe de tête.

– Quand tu parlais du meurtre, c'était bien au sens juridique du terme?

Elle acquiesça de nouveau de la tête.
– Mais, est-ce possible? Ce genre de chose est déjà arrivé. Il ne suffit pas que quelqu'un meure de quelque chose pour que les tribunaux condamnent pour meurtre. Parce qu'alors il n'y aurait plus un seul fabricant de voitures, plus un seul transporteur en liberté, dans ce pays. Sans parler des chemins de fer nationaux et de bien d'autres entreprises. Car leurs activités entraînent chaque jour mort d'homme.
Nouveau hochement de tête.
– Il y a quand même un certain nombre de différences. Tu m'as bien dit que cette firme savait que le médicament était dangereux?
– Oui.
– Et que le risque était tel que certains de ceux qui avaient recours à ce traitement pouvaient mourir.
– Oui.
– Et que la firme en question n'avait pas attiré l'attention sur ce risque?
– En effet.
– Et qu'elle vend ce médicament en aussi grandes quantités que possible avant que d'autres s'avisent également de cette nocivité?
– Oui.
– Et que des gens sont morts précisément de cette façon-là?
– Oui.
– Et que tu pourrais prouver tout cela?
Il dut réfléchir un instant.
– Pas sur-le-champ, mais je n'en ai plus pour longtemps avant d'avoir fini de rassembler les matériaux qu'il me faut pour mon livre...
– Et bien alors? dit-elle en sirotant de nouveau quelques gouttes de cognac.

Il la regarda tout d'abord sans rien dire.

– Comment ça, eh bien alors?

Cette fois, elle alla vraiment jusqu'à esquisser un sourire.

– Je vais te raconter une histoire, dit-elle. Mais une histoire vraie. Il était une fois un voleur de voiture qui conduisait sur une route de forêt et un agent de police qui est allé se placer au milieu de la route pour lui faire signe de stopper. Naturellement, le type ne s'est pas arrêté, il a au contraire mis les gaz et l'agent de police s'est jeté de côté au tout dernier moment. Un peu plus tard, le voleur a été arrêté et il a été accusé de tentative de meurtre.

– Tentative de meurtre? Bien que l'agent de police n'ait pas été...

– Non seulement cela, mais il a été condamné. En cassation. Bien qu'il ait affirmé qu'il savait parfaitement que l'agent se jetterait de côté. Ce que celui-ci avait bel et bien fait.

Maintenant, Bengt ne regardait plus que son visage.

– Mais il n'avait pas l'intention de tuer, ce type... Et il n'a même pas tué...

– En effet. Mais le tribunal a considéré qu'il se serait comporté de la même façon si l'agent ne s'était pas jeté de côté. Il a pris volontairement le risque. Il n'avait pas l'intention de tucr, il ne voulait pas le faire, mais il a négligé le risque et continué sa route comme si de rien n'était.

Elle hocha la tête à ses propres paroles.

– C'est comme ça. Condamné pour tentative de meurtre. En général, on parle de comportement « ayant entraîné la mort sans intention de la donner ».

Sans s'apercevoir que les rôles, entre eux, s'étaient

passablement inversés, Bengt écoutait maintenant avec une attention soutenue.

– Ayant entraîné la mort sans intention de la donner?

– C'est bien cela. Suppose qu'il t'arrive de tuer quelqu'un par méprise et sans le vouloir. Il est évident que tu n'avais pas l'intention de tuer et tu ne seras naturellement pas condamné pour ce chef d'accusation. Mais, d'un autre côté, tu peux faire quelque chose dont tu sais que cela peut entraîner la mort de certaines personnes. Tu ne veux la mort de personne, mais tu sais que certaines personnes mourront. Il existe alors une sorte d'intention indirecte et tu peux être condamné.

Elle s'arrêta un instant, avant de poursuivre :

– A condition que cela puisse être prouvé, bien entendu. Et puis il y a les cas où tu ne veux la mort de personne, où tu ne sais pas non plus avec certitude que certaines personnes mourront, mais où tu n'ignores pas que le risque existe et où *tu prends ce risque*. Tu continues ton chemin au volant, tu vends le médicament interdit, tu mélanges de l'huile frelatée à de l'huile d'olive, tu tires autour de toi comme un possédé, dans un restaurant, parce que tu es en colère. Et tu peux être condamné. Parce que ton comportement peut entraîner la mort sans que tu aies eu l'intention de la donner.

– Mais alors pourquoi est-ce que...?

– Question de preuves. Ce genre d'affaire aboutit rarement devant les tribunaux parce qu'il est difficile d'apporter les preuves nécessaires. Et peut-être aussi du fait d'une certaine négligence de la part des procureurs suédois.

– Mais il n'est tout de même pas difficile de prouver que telle marque de voiture a été utilisée d'une façon qui a entraîné mort d'homme...

– Il ne s'agit pas de cela. Et voilà qui peut justement fournir matière à réflexion. La loi est ainsi faite qu'elle permet en effet de tuer, même intentionnellement.

Ah! ces juristes, pensa Bengt.

– Qu'est-ce que tu crois qu'on peut y faire? demanda-t-il avec une certaine froideur.

– Il faut distinguer entre, d'une part, les homicides qui ne sont pas admis par la loi et ensuite prendre position quant à l'intention, et, d'un autre côté, les homicides qui sont en fait admis par la loi.

D'un côté, d'un autre côté... Comment avait-il pu la trouver jolie, se demanda Bengt de façon bien peu logique.

– Et quel genre d'homicide est admis par la loi? demanda-t-il non sans ironie.

– Tu veux dire : en dehors des cas de légitime défense?

– Euh, oui, sans doute. Il hocha donc la tête.

– Eh bien, dit-elle. Tu as cité toi-même les entreprises de transports. Mais les chemins de fer constituent un exemple encore plus probant. Statistiquement, il est certain qu'ils causeront tôt ou tard un accident mortel. On le sait et pourtant on continue à faire circuler les trains. Il y a là un cas de comportement de nature à entraîner la mort sans intention de la donner. Mais la loi permet de faire fonctionner les chemins de fer, malgré les effets que cela peut avoir. C'est admis. Il en va de même en ce qui concerne les usines. La pollution fait chaque jour des victimes. Tout le monde le sait, ou presque. Et pourtant la loi autorise certaines formes de pollution. Tu peux même obtenir un permis de tuer.

– Un permis?

– Bien sûr. Il suffit de t'établir comme industriel.

La seule chose, c'est que tu ne sais pas qui tu vas tuer. On ne te donne donc pas un permis de tuer quelqu'un en particulier, mais un permis en général.

Les dernières gouttes dorées avaient disparu du verre de cognac et elle le reposa sur la table avec un léger sourire.

– Mais, bien entendu, le permis n'est pas libellé exactement en ces termes.

Elle faisait tourner son alliance autour de son doigt de façon légèrement distraite, le regard lointain.

– Les juristes appellent cela la règle de la vie, finit-elle par dire. La règle de la vie veut que certaines choses soient acceptées. Je regrette, nous n'avons pas trouvé de meilleure façon d'exprimer cela.

– Mais le fait d'écouler dans d'autres pays des médicaments et des produits chimiques qui sont interdits chez vous précisément du fait des risques mortels qu'ils présentent... ça peut difficilement passer sous la rubrique « règle de la vie », il me semble.

Elle ne répondit pas.

– Ce qu'il faut, c'est donc prouver cette intention « éventuelle » de donner la mort, conclut-il.

Elle le regarda posément et dit :

– Exactement.

Puis elle lui adressa un signe de tête et se leva. Il répondit à son salut de façon à moitié absente, car il était plongé dans ses pensées. Deux minutes plus tard, quand il leva les yeux et la vit assise près de cet homme aux cheveux bouclés, la main sur son bras et la tempe tout près de son épaule, écoutant le sourire aux lèvres ce qu'il racontait à ce moment, il la reconnut à peine.

II

La frégate était le seul oiseau visible dans le ciel. La lumière était grise et le faisait paraître encore plus gros et plus sombre que d'habitude. Sa très longue queue lui conférait une aisance souveraine dans l'air, qui était bien son élément. Même lorsqu'il pleuvait aussi fort qu'en ce moment. Le vent de terre balayait la surface de l'eau, agitée à cet endroit-là de lames courtes.

Paul était pressé et désireux d'en finir le plus vite possible. Il attendait, irrité, que l'on ait fini de préparer le bateau. Il n'avait aucune idée de ce qui pouvait causer ce retard. Il n'avait d'ailleurs jamais réussi à s'habituer à ce que tout aille si lentement, dans ce pays. Pas plus tard que la veille au soir, à l'hôtel, un ami de fraîche date, de toute évidence sous l'influence de l'alcool, avait soutenu la théorie que si les pays d'Amérique latine n'avaient pas participé à la guerre mondiale, c'était tout simplement parce qu'on ne leur en avait pas laissé le temps.

La grosse frégate s'éloigna au-dessus de l'eau, puis se mit soudain face au vent et se rapprocha de nouveau, à grands coups d'ailes puissants mais calmes, des terres inondées. Paul l'observait à travers la pluie en plissant les yeux et il se demanda si elle allait descendre jusqu'à l'eau. Et si elle était la dernière de son espèce dans la région.

En dehors d'elle, la terre et l'eau étaient dépourvues de vie.

Enfin le moteur se mit en marche et il descendit dans le bateau en compagnie des deux journalistes. Il regarda sa montre et se dit qu'il fallait qu'ils soient de retour au port dans quatre heures s'il voulait arriver à temps pour prendre l'avion. Il fallait compter deux heures pour regagner l'hôtel, une heure sur place et une autre pour se rendre à l'aéroport et pour les formalités d'embarquement. Bon, ça irait.

Tandis qu'ils s'enfonçaient dans l'estuaire du fleuve, les journalistes lui demandèrent ce qui se passerait en Suède si toute une région côtière était dévastée par le pétrole d'une raffinerie et il répondit comme il l'avait fait tant de fois auparavant. Il savait que les forces locales se servaient de lui dans leur combat en faveur de ceux qui étaient victimes d'atteintes de toutes sortes, mais il ne voyait aucun inconvénient à cela. Bien au contraire. Ce pays se livrait à un génocide sur la personne de ses Indiens. Mais ce n'était pas le seul dont il se rendait coupable et, ces derniers jours, Paul avait presque quotidiennement été témoin d'un autre. Il s'agissait d'un camp de concentration social regroupant des centaines de milliers de personnes exposées en permanence à un environnement toxique; c'est ce qui l'avait impressionné plus que toute autre chose dans ce pays. Ce n'était pas vraiment pour cela qu'il était venu au Brésil, mais il n'avait pas pu l'éviter. Cubatao et Auschwitz, le Brésil et l'Allemagne nazie – la Suède et l'Allemagne nazie. Paul se disait souvent qu'il était difficile de séparer certains phénomènes, si l'on s'attachait aux êtres humains. Et il avait vu bien des meurtres se perpétrer sous ses yeux.

Pour lui, c'était un meurtre que de mettre consciemment des hommes à mort, pour quelque motif que ce fût. De faire en sorte que les femmes mettent au monde des fœtus en forme de grenouilles, du fait que ceux-ci étaient dépourvus de cerveau. Et d'inciter les gens à consommer des produits toxiques qui les tuaient.

Que faisait-il donc exactement, ce jour-là ? Il étudiait les effets d'une autre folie encore. Un golfe tout entier et d'immenses marécages recouverts de pétrole déversé par une raffinerie qui était propriété de l'État. Il avait été invité à constater les dégâts par un journal désirant avoir l'avis de cet expert suédois sur ce qui venait de se passer. Comme s'il y avait besoin d'un expert pour dire ce qu'on pensait du fait qu'une région entière avait été dévastée pour bien des années et que les pêcheurs de crabes de cet endroit se voyaient privés de revenus pour longtemps sans aucune possibilité de s'en procurer d'une autre façon. Dans un pays où les papes œuvraient essentiellement pour le catholicisme en interdisant les moyens anticonceptionnels. Dans un pays qui livrait ses indigents à eux-mêmes.

Ils continuèrent à s'enfoncer vers l'intérieur du pays, laissant derrière eux les vastes étendues d'eau de l'estuaire pour pénétrer dans les canaux de ces marécages envahis par la marée. A un moment, ils passèrent près d'un bateau à bord duquel se trouvaient des hommes qui, à l'aide de troncs d'arbres, tentaient d'empêcher la nappe de pétrole de s'étendre, sur cette mer animée en tous lieux par un violent courant. C'était une entreprise manifestement désespérée et Paul voyait bien la résignation que traduisaient les gestes de ces hommes.

Chaque tronc d'arbre portait une large trace noire de pétrole et l'eau, en les faisant tournoyer, les salissait encore un peu plus à chaque instant.

Ils arrêtèrent leur bateau près de l'un de ces troncs. Sur l'une de ses branches, ils aperçurent une sorte de chiffon sale. Ce n'est qu'au bout d'un moment qu'ils comprirent vraiment de quoi il s'agissait : un oiseau totalement englué. Ils crurent reconnaître un petit butor. Mais comment être sûr, en pareille circonstance?

Le moteur était maintenant arrêté et, du flanc de la berge, s'élevaient des chants d'oiseaux. Mais, en bas, sur la partie envahie par l'eau, on n'entendait que la pluie, le vent et le clapotis de cette eau mazoutée; par ailleurs, c'était le silence et l'absence totale de signe de vie. La mort. Paul sentit le regard de quelqu'un peser sur lui et il leva les yeux vers cette pluie grisâtre. Il lui sembla voir la frégate, mais que serait-elle venue faire si loin du large? C'est alors qu'une balle de fusil lui perfora le crâne.

On le retrouva gisant dans le bateau à la dérive. Pas la moindre trace du pilote ni de ses autres passagers. La compagnie pétrolière versa par la suite 35 000 couronnes en compensation des dommages commis dans la région et le consulat suédois de São Paulo fit renvoyer à sa famille les objets personnels que Paul avait laissés à l'hôtel. A Cubatao, des fœtus en forme de monstres voyaient toujours le jour et le représentant d'une firme suédoise fit savoir aux autorités brésiliennes que celle-ci ne pouvait plus fournir le médicament demandé.

La nouvelle de la mort de Paul mit une semaine à parvenir à Bengt Lövstedt après la rencontre de son ami avec le dernier oiseau de ce marécage. Il comprit que le plan qu'il avait échafaudé était réduit à néant, car c'était Paul qui détenait les véritables preuves. Or, il n'était plus là. Bengt appela au téléphone Mona, car elle était – tout du moins jusqu'à quelques jours auparavant – la femme de Paul. Et il lui demanda de l'avertir de l'arrivée des affaires de Paul.

Il n'avait pas été facile de faire parler Mona. Bengt se demandait bien comment il allait procéder, maintenant.

La pluie de novembre crépitait contre le carreau.

III

L'air de mars était toujours très vif, car il n'était pas encore huit heures. Mais, pour Jenny, il était déjà bien tard. La rue descendait en pente assez raide et elle se mit à trotter en direction du carrefour; pourtant, elle ne désirait pas vraiment arriver là où elle se rendait. Elle avait de nouveau attendu la toute dernière minute. Le soleil était bas, au-dessus des jardins, les amas de neige étaient très gros et, çà et là, aux endroits où la fonte de la veille avait constitué de petites mares, le sol était glissant comme de petites patinoires miniatures.

Jenny espérait confusément se casser une jambe ou quelque chose comme cela, car alors elle pourrait rester à la maison pendant un certain temps. A moins qu'on ne soit quand même obligé d'aller à l'école, dans ces cas-là?

Elle réfléchit bien. En effet, Stellan était venu à l'école avec la jambe dans le plâtre, l'année dernière, après les vacances de février. Alors, il ne lui servirait pas à grand-chose de s'en casser une.

D'ailleurs, elle n'aurait pas non plus le droit de sortir. Si le printemps finissait par arriver. Pourquoi tardait-il tellement?

Malgré sa hâte, elle s'arrêta et prêta l'oreille. Des mésanges charbonnières et des mésanges bleues étaient en train de chanter et les deux pies de chez Alsén étaient dans le bouleau, près de leur nid à demi achevé. C'est de ces pies que la mère de Lina aurait bien voulu être débarrassée. Elles étaient gênantes, disait-elle. Elle avait appelé le service de l'hygiène publique – ou un autre service – à la mairie.

Ce jour-là, c'était le tour de Jenny de parler d'un livre qu'elle avait lu. Le maître avait dit qu'il fallait que ce soit un bon livre et non pas « une de ces aventures de Kitty ou un de ces livres sur les chevaux ». Ce genre de livre ne vous apporte rien du tout, avait-il dit. Des livres sur les chevaux! Elle en avait lu un ou deux et ils étaient assez intéressants, c'est vrai, mais ce n'était pas du tout le genre d'animal qui lui plaisait. Et pourquoi donc les adultes s'obstinaient-ils à trouver mauvais les livres les plus intéressants?

Elle n'avait pas du tout envie de parler devant toute la classe. Les autres se mettraient à ricaner et puis d'ailleurs elle ne désirait pas qu'ils sachent ce qu'elle pensait. Bien sûr, ils la taquineraient quand même mais, au moins, ce ne serait pas pour *cette raison-là.*

– Salut, Canard, t'as lu quelque chose aujourd'hui?

Tor se rendait à l'école à bicyclette, bien qu'il n'en eût pas le droit étant donné qu'il habitait tout près.

– Est-ce que ça va être le dernier combat de l'homme-oiseau? lui cria-t-il au passage.

Jenny ralentit l'allure. Au coin de la rue se trouvaient Mari et Evelyn. Tor leur cria également quelque chose et elles tournèrent le regard en direction de Jenny.

Ces deux-là arrivaient souvent en retard. On aurait dit qu'elles l'attendaient.

Mais elle ne voulait pas les rejoindre. Pas plus qu'aller à l'école.

Pourtant, si elle faisait demi-tour maintenant, cela ne ferait qu'envenimer les choses.

Jenny poursuivit donc son chemin en les regardant droit dans les yeux. Elles ne dirent rien, même pas quand elle passa tout à côté d'elles. Mais, dès qu'elle les eut dépassées, survinrent les ricanements. Jenny ne se retourna pas. Elle était arrivée à l'entrée de la cour de l'école et ressentait une douleur sourde au ventre. D'abord les maths, puis le cours de gym... « Salut Canard, où est-ce que t'as dégoté des fringues pareilles?... » Et puis après il faudrait parler de ce livre...

C'est pourquoi elle ne pénétra pas dans la cour de l'école, ce jour-là. Elle se mit à penser à un hélicoptère qui surgirait tout d'un coup au-dessus d'elle et à bord duquel elle pourrait se hisser – au tout dernier moment. Comme dans ce livre dont elle aurait dû parler. Dont le maître aurait dit qu'il était mauvais. Et dont elle ne parlerait jamais, jamais. Pas à eux, en tout cas. Parce qu'elle l'avait imaginé toute seule.

La très patiente attente, en cette fin d'hiver, de l'arrivée d'un printemps que l'on pouvait espérer inéluctable, à l'extérieur, était contrebalancée, à l'intérieur de ce cabinet d'avocats, par un flot intarissable d'affaires. D'après la plaque apposée sur la porte, ces avocats étaient au nombre de deux, Storm et Östergren, assistés d'un juriste du nom de Mikael Andersson.

Stefan Storm était principalement chargé des affaires d'ordre commercial, alors qu'Inga-Lisa

Östergren s'occupait d'un peu de tout. Mikael, lui, faisait tout ce que lui disait Inga-Lisa. C'était Stefan qui constituait la base économique de l'entreprise, tout le monde était bien d'accord sur ce point. Sa réputation en tant qu'avocat d'affaires était irréprochable auprès des entreprises sérieuses et les autres avaient vite appris à s'adresser ailleurs. Naturellement, il existait des cas limite et il n'était pas impossible que celui qui s'annonçait en ce beau matin de mars fût de ceux-là.

Dans le bureau de Stefan Storm se trouvaient en effet le président, le directeur général et les chefs d'équipe de deux des chantiers confiés à cette entreprise, ainsi qu'un homme dans la quarantaine, le juriste de la société, qui, en matière d'élégance, n'était surpassé que par une seule des autres personnes présentes dans la pièce, à savoir Stefan en personne.

Cette société avait déjà fait appel à lui pour plusieurs affaires internationales, souvent assez compliquées. C'était donc l'un de leurs clients attitrés.

Pourtant, l'atmosphère était légèrement tendue, à cet instant précis, car, pas plus de vingt secondes auparavant, Stefan avait levé les mains en direction de ses visiteurs, en un geste impératif, et avait dit :

– Je vous arrête tout de suite, mes chers amis. Pas un seul détail avant que j'aie décidé si j'accepte cette affaire ou non.

L'entreprise avait l'habitude que ceux auxquels elle s'adressait fussent achetés une fois pour toutes et tous ses représentants rassemblés dans ce bureau – à l'exception du juriste, qui connaissait parfaitement ses collègues directs – se trouvèrent donc pris de court.

– Vous comprenez, ajouta Stefan, je désire tout

d'abord examiner le point de savoir si je suis décidé à vous venir en aide dans le cas présent – que vous ayez raison ou pas. C'est pourquoi je ne veux pas que vous m'en disiez plus pour l'instant.

– Mais..., commença le directeur-général.

Stefan se contenta de secouer la tête.

– Je vous appellerai au téléphone demain, dit-il ensuite. Pas de mais.

– Tu comprends bien que tu ne peux pas décider comme ça d'accepter ou de refuser..., dit le président.

Stefan secoua de nouveau doucement la tête.

– Demain, se borna-t-il à dire.

Lorsque les autres se levèrent pour partir, son visage était amical mais dépourvu de toute expression. Une fois seul, des rides s'inscrivirent sur son front et son menton vint se loger dans ses deux mains jointes. Sans doute Inga-Lisa aurait-elle été la seule à pouvoir fournir l'interprétation correcte de ce geste, à savoir que Stefan était en train de peser les chances ainsi que les raisons économiques et morales, calcul bien délicat pour lequel il souhaitait précisément recueillir l'avis d'Inga-Lisa.

Il savait qu'elle était là, l'ayant entendue peu de temps auparavant. Il se leva donc en poussant un léger soupir et pénétra dans la pièce qui servait à la fois de réception et de bureau, adressa au passage un signe de tête à Elsa et entrouvrit ensuite la porte d'Inga-Lisa. Elle était au téléphone mais lui fit de la main signe d'entrer et de s'asseoir dans l'un des fauteuils. La communication devait d'ailleurs toucher à sa fin, car elle rendit ses salutations à son interlocuteur, reposa le combiné et appuya sur la touche de l'interphone.

– Elsa! Veux-tu être gentille de nous apporter

deux cafés et de dire à ceux qui vont appeler, jusqu'à nouvel ordre, que je les rappellerai.

Stefan était habitué à ce qu'elle soit presque infailliblement capable de dire quand il désirait discuter sérieusement et quand il venait seulement lui rendre une petite visite amicale. Ils se comprenaient très bien, ou tout du moins elle le comprenait parfaitement. Pour sa part, il n'était pas tout à fait sûr de lui-même.

Elle se leva, fit le tour de son bureau et alla s'asseoir dans l'autre fauteuil en étendant voluptueusement les jambes.

– Eh bien? demanda-t-elle alors.

En général, on ne perdait guère de temps en bavardages inutiles, avec elle.

– Je voudrais avoir ton avis.

– Je t'écoute.

– Une société qui a fait les gros titres de la presse pour sa façon de vendre des médicaments dans les pays sous-développés aimerait savoir si elle pourrait faire quelque chose contre cela.

– Contre certains en particulier?

– Je n'en sais rien, parce que j'ai dit que je ne voulais pas en savoir plus avant d'avoir réfléchi à la question.

– De quelle société s'agit-il?

– Je ne suis pas censé te le dire.

Ils croyaient tous deux, ordinairement, aux vertus de la discrétion, même entre partenaires.

– Il s'agit donc de Chemosan, dit Inga-Lisa d'une voix neutre. J'ai lu ça dans les journaux. Je ne crois pas que tu puisses accepter.

La porte s'ouvrit et Elsa entra avec deux tasses à café et deux petits pains. L'odeur de ceux-ci se répandit aussitôt dans la pièce.

– C'est toi qui les as faits? demanda Inga-Lisa.
Elsa acquiesça d'un signe de tête.
– Tu es un trésor, Elsa, dit Stefan.
Elsa sortit en pouffant de satisfaction. Cela faisait quarante-cinq ans – depuis l'âge de dix ans – qu'elle faisait du bon pain. Elle était bien placée pour savoir ce qu'il en était.
– Pourquoi pas? demanda Stefan.
– Je ne suis pas censée te le dire.
Stefan jeta un rapide coup d'œil dans sa direction. Elle mit dans sa bouche une grosse bouchée de pain.
– En d'autres termes, quelqu'un a pris contact avec toi, dit-il.
Elle ne répondit pas.
– Parfait. Dans ce cas-là, je vais refuser, ajouta-t-il.
Elle porta un nouveau morceau de pain à sa bouche et une petite particule de croûte resta accrochée entre ses lèvres tandis qu'elle regardait pensivement un grand tableau, sur le mur, en face d'elle. Enfin, après un long moment, le petit bout de croûte disparut et elle eut l'air d'être de nouveau présente.
– Je ne suis pas encore chargée de cette affaire. Mais il n'est pas impossible que je le sois. Et, dans ce cas, je veux être libre.
– Qu'est-ce qui te le fait croire?
– L'intuition, mon cher Storm. L'intuition.
Et elle arbora ce sourire qui déconcertait si facilement tous ceux de son entourage et leur faisait perdre leur assurance. Stefan en avait maintes fois fait l'expérience.
– L'intuition? demanda-t-il sèchement.
– En effet, répondit-elle d'une voix claire. Une intuition passablement motivée, mais tout de même.
Elle regarda son bracelet-montre.

– Tu es pressée? demanda Stefan.

– Non mais, dans dix minutes, je saurai si mon intuition me trompe ou non, car j'attends de la visite.

Elle avait ôté ses chaussures et était en train de se gratter le talon avec l'autre pied, tout en s'étirant encore un peu plus dans son fauteuil. Stefan observa son associée, cette parfaite étrangère qu'il connaissait pourtant si bien. Son meilleur ami – qui qu'elle puisse être – et, de plus, la seule femme dont son épouse appréciât la compagnie, en fait. Cette Inga-Lisa qui l'incitait si souvent à se demander ce qui allait se passer.

Comme en ce moment, par exemple.

– Tu crois qu'il va encore faire froid, ce soir? demanda Stefan en regardant par la fenêtre cette journée ensoleillée de mars, avant de vider sa tasse de café.

IV

Gunnar Lovander sentit sous ses pieds le contact élastique du gravier et entendit le crissement de la mince couche de glace qui recouvrait les flaques d'eau de l'allée. La pleine lune éclairait à elle seule les toits des maisons et, de l'autre côté de la rue, une chouette ululait. A toutes les fenêtres, l'électricité était éteinte; partout, sauf dans la maison où il se rendait. On l'attendait. La porte s'ouvrit avant même qu'il soit arrivé aux marches qui y menaient.

Cette maison avait sans doute été construite dans les années 1930 et ne déparait pas le voisinage. Elle était presque carrée, crépie de gris et s'élevait sur deux niveaux. L'étage supérieur s'ornait d'un balcon et elle était entourée d'un grand jardin.

Pour sa part, Lovander vivait dans un studio, en ville, et trouvait cela très bien. Tout ce qu'il possédait, dans le règne végétal, c'était deux cactus et il lui arrivait de penser qu'ils lui causaient moins de soucis qu'un jardin.

Le plus étrange était peut-être le fait que tous deux fleurissaient parfois.

En ce moment précis, Lovander était un agent de police qui se disait qu'une visite à domicile ne pourrait que faciliter les choses. Les cas de disparition d'enfants étaient parmi les pires qu'il connût. Sous la morsure du froid, il pensa aux souffrances que cette température pourrait causer à un petit être sans protection et il pressa encore le pas. Le soleil inhabituellement chaud de la journée avait fait place à une nuit de gel. Celui-ci lui mordait les joues.

Il ne vit pas les reflets étincelants de la lune sur l'écorce des pommiers.

Le cœur de Viola Fransson faillit cesser de battre sous le coup de la déception, lorsqu'elle ouvrit la porte, car elle ne vit pas devant elle cet homme si rassurant à qui elle avait parlé, au commissariat, mais simplement un garçon aux cheveux blonds.

– Je suis Gunnar Lovander, de la police, dit ce jeune homme de vingt-quatre ans en lui tendant la main. Je souhaitais vous rencontrer ici, chez vous.

« Nous ne l'avons pas encore retrouvée, se hâta-t-il ensuite d'ajouter, incapable de ne pas voir le voile qui passait sur les yeux de cette femme.

Elle s'écarta pour le laisser pénétrer dans le petit hall. Il se rendit directement à la cuisine, ayant déjà eu le temps d'apprendre que c'était là que les Suédois se réunissaient dans les moments importants.

– Ils sont en train de la chercher, dit-il par-dessus l'épaule, et mon rôle à moi est de vous poser quelques questions.

Il ne s'assit pas immédiatement et toucha d'abord la cafetière posée sur la cuisinière, à côté d'une plaque. Puis il se retourna et sourit à la femme.

– Serait-il vraiment impoli de vous demander si je peux avoir une tasse de café? dit-il.

Viola pensa qu'elle avait peut-être mal estimé son âge et, légèrement rassurée, acquiesça de la tête avant de saisir la cafetière. Lovander ôta sa veste et alla l'accrocher dans l'entrée. Il entendit une porte s'ouvrir à l'étage, puis un bruit de pas étouffés, et un petit visage apparut bientôt au coin de l'escalier.

– Salut, dit Lovander.

De grands yeux écarquillés.

– Je m'appelle Gunnar. Et toi?

La réponse ne lui parvint pas immédiatement.

– Niklas.

– Est-ce que ce n'est pas l'heure d'être au lit, Niklas?

Le visage demeura un instant à la même place avant de disparaître. Lovander attendit d'avoir entendu une porte se refermer pour regagner la cuisine et s'asseoir.

– Combien êtes-vous? demanda-t-il.

– Quatre. Niklas est couché. Son père participe aux recherches.

Elle fouilla dans le placard.

– Et puis moi, ajouta-t-elle.

– Jenny a-t-elle déjà fait des fugues?

– Non.

Lovander réfléchit quelques instants avant de poursuivre :

– Mais il lui arrive bien de manquer l'école de temps en temps?

– Oh non, pas elle.

Il la regarda pensivement.

– J'ai parlé à l'un de ses maîtres. Il dit qu'elle a été malade à plusieurs reprises.

Viola secoua la tête.

– Elle est restée à la maison une ou deux fois parce qu'elle avait mal à la tête.

– Son maître dit que ça arrive pratiquement toutes les semaines.

Le regard qu'elle lui adressa était craintif.

– Ils ont dit ça?

Lovander hocha la tête. Viola apporta la cafetière sur la table, versa du café dans leurs deux tasses et alla ensuite la reposer sur la cuisinière. Lovander vit les gouttes de café qui étaient tombées dans la soucoupe et hocha la tête intérieurement.

– Je ne la comprends pas, dit-elle une fois assise. Elle vit dans son propre monde et il n'y a pas moyen d'entrer en contact avec elle.

Lovander se prit à espérer que ce soit vrai, d'une façon ou d'une autre, car alors sa disparition pourrait avoir une cause anodine. La question suivante lui vint donc tout naturellement aux lèvres.

– Est-ce qu'elle ne pourrait pas être allée passer la nuit chez une camarade quelconque?

Viola secoua la tête.

– Elle n'en a pas.

Tout d'abord, il ne comprit pas.

– Comment ça?

Le visage de la femme était de nouveau tendu.

– Elle est toujours seule, finit-elle par dire.

– Elle n'a pas du tout de camarades?

De nouveau un signe de tête négatif.

– Peut-être dans son petit monde à elle, mais pas dans la réalité.

Bon sang, se dit Lovander en regardant dans la nuit. Il pensait au froid.

– Ou bien chez une personne plus âgée?

– Non.

Elle leva les yeux vers lui et répéta alors :

– Non.

– A quoi s'intéresse-t-elle – aux chevaux?

Hypothèse fort peu hasardeuse, s'agissant d'une fillette de treize ans. Mais Viola fut de nouveau contrainte de le décevoir.

– Non.

– Et elle ne se plaît pas à l'école.

Simple constatation, avant de poursuivre :

– Tu ne savais pas qu'elle manquait l'école?

– Je ne sais pas, dit-elle à voix basse, mais assez haut tout de même pour qu'il entende.

– Qu'est-ce qu'elle fait? Est-ce qu'elle a l'habitude d'aller en ville? demanda Lovander, en se rendant compte, en même temps, des indiscrétions auxquelles le service le contraignait.

– Ça ne me paraît pas possible. Ce serait plutôt l'inverse.

– L'inverse?

– Elle ne s'intéresse qu'à une seule chose. Les oiseaux. Non : deux. Elle lit beaucoup. Elle invente des choses. Elle est absolument impossible.

– Bah, dit Lovander pour détendre l'atmosphère. A cette heure-ci, les bibliothèques sont fermées. Et les oiseaux dorment, eux aussi, il me semble bien. Est-ce que tu as une autre idée? Est-ce qu'il lui est arrivé de parler de... de garçons, par exemple?

Viola secoua de nouveau la tête. Lovander n'en était plus particulièrement surpris, désormais.

– Pas elle, se contenta de dire la mère de l'enfant.

Sans doute ne comprenait-il pas bien.

– Mais, à son âge...

– Je croyais que vous aviez des photos d'elle, dit la mère.

Lovander sortit le cliché reproduit à la hâte et le lui montra. Elle observa ce visage rond.

– Elle est assez grande pour son âge, dit-elle.

– Ah bon?

Viola haussa les épaules.

– Qu'est-ce que tu veux dire au juste par “ assez grande ”?

Elle donna l'impression de se regarder elle-même, d'observer son corps de femme maigre.

– Plus grande que ses camarades de classe. Et plus grosse.

– Et elle en est consciente?

Pour une raison ou pour une autre, Lovander connaissait d'avance la réponse.

– Oh, certainement.

Et elle n'est pas la seule, pensa-t-il, en veine d'autocritique. Il avait trois sœurs et sa mère était en bien des points semblable à cette mère d'enfant disparu.

– Est-ce que je peux voir sa chambre? demanda-t-il alors.

Et il jugea bon d'expliquer :

– Pour me faire une meilleure idée d'elle. Ça peut nous aider à mieux chercher.

Ce n'était pas absurde et ils montèrent l'escalier. Lovander se dit que Niklas, pour sa part, devait occuper la chambre dont la porte était fermée.

Celle de Jenny était en tout cas bien une chambre de fille. Au mur était accroché son emploi du temps scolaire. Non loin de là, un panneau sur lequel figuraient des photos d'un groupe de rock quelconque. Et puis ce « tableau » reproduit à des milliers ou des millions d'exemplaires sur lequel on voyait un homme, une femme et un cygne. Affreux, pensa Lovander, soupçonnant vaguement Viola de trouver cela beau.

Le bureau était dans un beau désordre, entièrement couvert de feuilles de papier et de livres de classe. Lovander l'examina en se gardant bien de toucher à quoi que ce soit. Au lieu de cela, il alla se poster près de l'étagère à livres. Il déchiffra posément les titres inscrits sur le dos de ceux-ci et en sortit même un ou deux au hasard afin de les feuilleter.

– Elle lit énormément, dit Viola.

Précision superflue.

Sur l'étagère se trouvait également un oiseau empaillé. D'après l'étiquette, il s'agissait d'un chat-huant.

– Un cadeau de Noël, dit Viola. C'est elle-même qui l'a demandé. Moi, je trouve ça horrible.

Un cadeau de Noël horrible, pensa Lovander. Un cadeau de Noël horrible mais très ardemment désiré.

– Est-ce qu'elle a une chaîne?

– Un magnétophone, là-bas, près de la fenêtre. Ses disques, elle peut les passer sur l'électrophone, dans la salle de séjour.

Lovander essaya de bien s'imprégner de l'atmosphère de cette chambre. De se faire une image de l'enfant. Une obscure raison l'amena ensuite à penser à sa propre mère et il demanda :

– Est-ce qu'elle tient un journal intime?

– Dans ce cas, elle ne m'en a jamais rien dit.

– Et tu n'en as pas trouvé trace...?

Elle secoua la tête. Il se dit qu'elle devait bien avoir cherché. D'un autre côté, cette petite fille devait...

Il pensa à tous les livres qu'il venait de voir et ferma les yeux pendant quelques instants. Il essaya de pénétrer dans le monde imaginaire de l'enfant. Puis il ouvrit de nouveau les yeux et fit pensivement, du regard, le tour de la pièce. Le chat-huant le regardait de ses yeux artificiels de couleur jaune. Cette chose horrible... Il approcha alors de l'étagère et souleva l'oiseau. Quelqu'un avait légèrement évidé le dessous du socle et avait collé dans ce creux une petite clé. Il sourit à Viola.

– Pas bête, dit-il. Qui serait venu chercher là?

C'était une toute petite clé et il ne savait pas où elle allait, mais elle pouvait très bien ouvrir le cadenas d'un journal de jeune fille. Une gamine ayant des idées... Il regarda sa montre. Minuit et demi.

Dehors, il faisait froid.

Où une gamine intelligente peut-elle bien cacher son journal? Où cette intelligente gamine-là pouvait-elle bien cacher le sien?

Lovander retourna près de l'étagère. Il sortit chaque livre l'un après l'autre, systématiquement.

Celui qui s'intitulait *Biggles en danger* s'avéra être en fait une simple couverture collée sur un journal de jeune fille d'un type tout à fait caractéristique. Lovander le soupesa et regarda le cadenas. Viola, qui était restée derrière lui, n'avait rien remarqué.

Ce journal n'était pas destiné à n'importe qui.

Il le remit en place sur l'étagère et fit semblant de continuer à chercher. Après en avoir manipulé plusieurs autres, il abandonna la partie en secouant la tête.

– Inutile, dit-il. Est-ce que je peux emprunter votre téléphone pour savoir s'il y a du nouveau?

– Prends celui de la salle de séjour.

Viola le précéda dans l'escalier. L'appareil était posé sur une table, près d'une grande chaîne stéréo. Lovander composa le numéro du commissariat et demanda à parler à Henrik Perlegrund. Viola demeura sur le pas de la porte, le visage tendu mais malgré tout plein d'espoir. Lovander lui adressa un sourire, déplaça une enveloppe de disque posée sur le canapé et s'assit. Tout en attendant, il prit l'enveloppe et la parcourut d'un œil distrait.

– Henrik? Du nouveau à propos de la petite?

Il prêta l'oreille puis dit :

– Attends une seconde.

Il écarta le combiné et demanda à Viola :

– Crois-tu qu'elle puisse être venue ici pendant l'après-midi ?

– Je ne sais pas. Comment ça ?

– Votre voisine d'en face dit qu'elle l'a vue vers deux heures.

Il fronça les sourcils et porta de nouveau le combiné à son oreille.

– Vous avez des renseignements sur cette voisine ?

Il écouta de nouveau. Non, une dame de soixante-dix ans pouvait difficilement être mêlée à la disparition de cette gamine. Il plia distraitement l'enveloppe du disque mais son regard se figea soudain sur celle-ci.

– Attends une seconde, Henrik, dit-il en se levant brusquement. Un rapide coup d'œil sur le plateau de l'électrophone lui permit de s'assurer que le disque était bien là. Il lança un regard en direction de Viola.

« Tu as bien parlé d'oiseaux, n'est-ce pas ?

Elle hocha la tête.

C'était peut-être cela ! Pourvu que ce soit cela, se prit à espérer Lovander.

L'appel résonna, s'éleva dans le ciel et, un peu plus loin, en retentit un autre – on aurait presque dit l'écho du premier. Dans les clairières, la couche de glace était épaisse, mais là où la forêt était plus dense, la neige lui arrivait en haut des cuisses. Elle revint prudemment sur ses pas, vers ce marais où la lumière de la lune l'aveuglait presque. Les cris continuaient à retentir et elle s'arrêta pour respirer profondément. Bien qu'il fît très froid, cela sentait la forêt humide – odeur qui n'existait pas en hiver. Elle était la promesse que quelque chose allait se passer, que le gel touchait à son terme.

Et de nouveau ce cri! Elle resta absolument immobile.

Encore une fois. Plusieurs fois de suite. Exactement comme sur le disque. Enfin!

Elle se trouvait au centre du monde et celui-ci se remplissait de vie. Elle remarquait à peine les étoiles filantes. Le temps s'était arrêté.

Comme elle était petite.

C'est Henrik Perlegrund en personne qui trouva la bicyclette de Jenny. Il n'avait pas fallu longtemps à Lovander pour constater que son anorak, ses grosses chaussures et son vélo n'étaient pas à leur place habituelle. Ceci, joint au fait que Jenny avait écouté un disque de chants d'oiseaux, et de hiboux en particulier, l'avait amené, en concertation avec Perlegrund, à tirer certaines conclusions. La description de la bicyclette était allée rejoindre les autres éléments du signalement. Partant de sa propre expérience, Perlegrund avait émis une hypothèse quant à l'endroit le plus vraisemblable de la forêt et c'est ce qui explique que ce fut lui qui trouva l'engin, sur le coup de deux heures et demie. Il était appuyé à un grand tas de bois, à l'entrée du chemin qu'empruntaient ceux qui se rendaient dans le marais pour y chercher de la tourbe.

Quelques centaines de mètres plus loin, le long de ce chemin, il vit une petite silhouette, là-bas, à découvert. Elle était absolument immobile. Il resta lui aussi sans faire de bruit, car il y avait bien des années, en fait, qu'il n'avait pas écouté le chant des hiboux. Et ils restèrent ainsi pendant un bon moment. Un peu plus loin, on entendait le cri de deux chouettes perlées et, en l'air, celui d'une alouette nocturne.

Puis il l'appela doucement et elle approcha lentement – comme si elle glissait sur la surface gelée du marais. Ils mirent ensemble la bicyclette dans le coffre de la voiture et prirent ensuite la direction de la ville.

V

Il avait mis du temps à prendre contact avec elle. Il avait tout d'abord eu besoin de réfléchir longtemps, puis il s'était mis à chercher un conseiller juridique compétent sur ce point et s'était alors efforcé le plus longtemps possible d'éviter d'avoir recours à elle. Mais il n'avait pas tardé à s'apercevoir que tous les chemins semblaient malgré tout mener précisément à ce cabinet d'avocats. Ce qui l'avait à la fois attiré et repoussé, c'était sa froideur. De plus, celle-ci lui faisait peur d'une façon à laquelle il n'était pas habitué. Il avait le sentiment d'avoir affaire à quelqu'un de plus fort que lui. Mais dont il avait, de toute évidence, besoin.

La lumière bleutée en provenance de l'extérieur constituait la dominante de l'éclairage de cette pièce, dans laquelle seule une petite lampe de bureau était allumée. Elle le regardait depuis le fauteuil dans lequel elle était rejetée en arrière, légèrement de biais par rapport à cette lampe, le bout des doigts joints. Pour sa part, il était profondément enfoncé dans son siège, devant le bureau.

Le soleil n'éclairait plus les grands clochers. Le ciel était totalement dégagé et la température redescendait rapidement vers le zéro après une nouvelle journée de début de printemps au cours de laquelle le soleil s'en était pris avec ardeur à la glace et à la neige. Dans ce crépuscule bleuté, les corneilles volaient en gros essaims et celui qui aurait regardé un peu plus attentivement par la fenêtre aurait également découvert une petite boule sur une antenne. Si ce quelqu'un avait, en plus, ouvert la fenêtre, il aurait entendu le chant du merle, ce chant si riche et si perçant dont le seul but semblait être de dominer le vacarme de la ville; un chant beaucoup plus harmonieux que celui des autres oiseaux de la même espèce au fond des forêts.

Bengt Lövstedt était déjà venu rendre visite à Inga-Lisa Östergren la veille, mais elle l'avait renvoyé chez lui avec mission de réviser certains éléments de base, sur lesquels elle s'apprêtait maintenant à l'interroger.

Toutes les intentions qu'il avait pu avoir préalablement – et il est vrai que, pour commencer, il en avait caressé mentalement – d'approcher cette femme avaient maintenant été refoulées. Non sans peine en ce qui le concernait. Le rapport de forces entre eux était en fait déjà établi depuis ce repas au cours duquel ils s'étaient rencontrés pour la première fois. Et, comme on le sait, il lui avait fallu du temps pour se décider à prendre contact avec elle.

Mais il était maintenant dans ce bureau, prêt à réciter sa leçon. Il avait déjà décidé la façon dont il allait s'y prendre et ouvrait la bouche pour entamer son introduction lorsqu'elle lui dit :

– Eh bien?

Il resta bouche bée, tout en scrutant ses yeux. Ceux-ci étaient sans cesse braqués vers son visage. Il se demanda de nouveau s'il s'adressait bien à la personne qu'il fallait.

Tout le monde l'avait assuré que c'était le cas.

– Tu affirmes donc, dit Inga-Lisa d'une voix neutre, que Chemosan est responsable de la mort de plusieurs personnes et, aujourd'hui, tu devais décider ce que tu veux faire au juste et quelles sont les preuves que tu peux invoquer à l'appui de tes dires. Commence, par exemple, par me dire qui sont ces victimes dont tu parles. Les affaires de meurtre sans cadavres ne sont pas particulièrement faciles.

Enfin, la voix n'était pas déplaisante, au moins.

– Il s'agit d'un grand nombre de personnes.

– Qui?

Comment l'avait-on qualifiée devant lui, déjà? Efficace?

– Bien sûr, je ne les connais pas toutes, mais j'ai quand même apporté une liste de personnes concernées.

– Où habitent-elles... ou plutôt : habitaient?

– Au Brésil.

– Pourquoi personne n'a-t-il soulevé cette question au Brésil, alors?

– Tu es déjà allée là-bas?

– Non.

– Parce qu'ils n'ont pas les moyens financiers de le faire.

– Comment ça?

– Le système judiciaire est ainsi fait, là-bas, que l'établissement des preuves nécessite des expertises très poussées. En outre, les personnes instruites qui existent dans ce pays sont pour la plupart liées par le fait qu'elles sont employées dans l'industrie ou dans le secteur public.

– Ah bon?

– C'est pourquoi il faut faire appel à des experts étrangers et neutres.

– Et tu crois que ça existe?

La soudaine vivacité du ton l'étonna quelque peu.

– Oui. Moi, par exemple.

Elle ne regardait toujours que lui.

– Ça ne suffit pas, là-bas?

– Je ne sais pas au juste mais, même si ça suffisait, les gens du pays n'oseraient pas s'y fier. Ils ne peuvent pas prendre d'aussi grands risques. Ils n'osent pas croire que leurs tribunaux se contenteraient d'un seul expert.

– Mais tu n'es quand même pas le seul?

– Pour l'instant, je ne crois pas que nous puissions en trouver un autre qui offrirait ses services gratuitement. C'est là tout le problème dans bien des pays, surtout dans ceux du genre du Brésil. Impossible de se faire rendre justice sans argent. Et comme il n'y a pas d'argent...

– Tu proposes donc...?

– Il se trouve que, par un heureux concours de circonstances, la firme en question est suédoise et que c'est d'ici qu'est exportée toute cette saloperie. C'est également chez nous que l'on décide où et comment les médicaments en question doivent être vendus. C'est donc ici que tout se passe.

Cette fois, elle consentit à hocher la tête, bien que restant à demi plongée dans ses pensées.

– De plus, ajouta Bengt Lövstedt, je crois savoir que, même si un Suédois commet un crime à l'étranger, il peut être traîné devant les tribunaux en Suède et jugé en vertu de la loi suédoise.

– Tu es bien documenté, dit-elle.

Il hocha la tête.

– Non seulement ça, mais j'ai consulté plusieurs juristes.

– Pourquoi n'as-tu pas fait appel à l'un d'entre eux, alors?

– Certains n'ont pas osé et tous m'ont renvoyé à toi. En me disant que tu es la meilleure...

Sourire à peine perceptible. Il eut pourtant le sentiment d'être un écolier venant de se rendre ridicule.

– En tout cas, c'est comme ça, ajouta-t-il, embarrassé.

– Et qu'est-ce qui te fait croire que les chances sont plus grandes en Suède? Pourquoi ne t'adresses-tu pas à un procureur? Et pourquoi t'adresses-tu à nous en particulier?

L'interrogatoire était loin d'être terminé.

– Je désire obtenir des conseils quant à la meilleure façon de procéder... Pour commencer. L'argent n'est pas un problème.

– Comment ça?

– Nous avons constitué une association qui dispose de moyens suffisants pour soulever telle ou telle question en Suède.

– Et pourquoi ne pas les transférer au Brésil, ces moyens?

Question qui n'était pas des plus agréables, en fait.

– Je ne crois pas que ce serait possible.

– Pourquoi?

– Eh bien, ces moyens ont été réunis en Suède....

– Et alors?

– Il s'agit d'une association suédoise...

– Et alors?

Silence. Jusqu'à ce qu'elle reprenne la parole, elle.

– Ton association éprouve donc le besoin de sentir qu'elle fait quelque chose et c'est pourquoi il faut que ça se passe en Suède... Pour que ça se voie?

Bengt ne répondit pas à cela et détourna le regard vers la lumière en provenance de la fenêtre, maintenant d'un bleu très accentué.

– Quelle qu'en soit la raison exacte, finit-il par dire, je pense que cet argent sera mieux employé en Suède qu'au Brésil dans ce cas précis. Les choses se passent plus calmement ici, les gens ne sont pas aussi corrompus et les témoins ne disparaissent pas... Et puis, je répète que c'est en fait dans ce pays que ces meurtres ont été commis.

Inga-Lisa abandonna alors les questions de morale. Sur certains points il n'avait pas tort, même s'il se méprenait partiellement sur...

– La meilleure façon de procéder, répéta-t-elle pensivement. La meilleure façon... Tu veux dire : la moins mauvaise...

– Je me doute qu'il existe des difficultés.

– Vraiment?

– Oui, vraiment. Parce que je sais qu'il n'est encore jamais arrivé – en Suède, en tout cas – de voir ce type de meurtre venir devant les tribunaux.

Elle le regarda un moment en silence. Il était évident qu'il avait les pieds sur terre.

– Et sur quoi comptes-tu t'appuyer, reprit-elle, poursuivant son interrogatoire.

– Eh bien, il existe plusieurs cas où il semble que cette firme savait bel et bien, ou se doutait, que des gens allaient mourir ou subir des atteintes du fait de ce qu'elle écoulait là-bas, mais qu'elle ait tout de même continué...

– Par exemple?

– Je n'ai pas de preuves, mais je me souviens très bien de certaines rumeurs qui couraient dès les années 60 et selon lesquelles les propres experts d'une de ces firmes s'étaient aperçus que le mercure était néfaste à l'environnement, tout comme certains de ceux qu'on traite d'oiseaux de malheur.

– Ah bon?

– Et que ces experts ont reçu l'ordre de fermer leur gueule sur ce genre de découverte, ce qui a permis à la firme en question de continuer à vendre son insecticide aussi longtemps que possible.

– Ah bon?

– Malgré le risque de graves atteintes au milieu naturel dont ils étaient parfaitement informés.

– Ah bon?

– Et ces atteintes ont véritablement eu lieu.

– Ah bon?

– On peut donc dire qu'ils ont volontairement contribué à ces atteintes.

– Volontairement?

– Sans intention manifeste, mais en étant bien conscients des risques, comme tu me l'as expliqué lors de ce repas.

– Et coupables de quoi, selon toi?

– D'empoisonner le milieu naturel. Ou de pollution, pour employer un terme plus juridique.

La leçon avait été apprise dans ses moindres détails.

– Et puis il y a, auparavant, la vente de médicaments ayant, d'après de nombreux témoignages, causé des morts avérées, mais qui a continué parce que le fabricant s'est obstiné. Pour autant que je sache, ce n'est encore venu devant aucun tribunal.

– Et tu as connaissance d'un nouveau cas de ce genre?

– En effet. Et même peut-être pire que bien d'autres.

– Tu n'arriveras jamais à faire soulever la question par un procureur suédois.

– Pourquoi ça? Qu'est-ce qui s'y oppose sur le plan juridique?

– Rien, en fait.

– Eh bien alors?

– Le manque d'imagination des procureurs. Le mal suédois.

– Qu'est-ce que tu dis? Le mal suédois?

Inga-Lisa baissa les yeux sur ses ongles.

– Qui se manifeste par le fait de ne pas croire ce que tu vois, parce que tu penses depuis très longtemps que tu ne le verras jamais. J'ai envie d'appeler cela l'effet « nouveaux habits de l'empereur » inverti.

– Inverti?

– Je voulais dire : inversé...

– Oui, je comprends les mots que tu emploies, mais pas vraiment ce que tu entends par là.

– Tout simplement qu'on ne comprend pas que quelque chose est aussi grave que ça l'est véritablement. Comme, par exemple, lorsqu'un voyant s'allume dans ta voiture – tu te dis d'abord que c'est le signal qui est détraqué. Ou bien quand un commissaire aux comptes vérifie tous les ans la comptabilité d'une association, bien persuadé qu'il le fait en pure perte. Il ne remarquera même pas les irrégularités.

Elle observa un bref silence et pivota ensuite de près d'un demi-tour, afin de pouvoir regarder par la fenêtre. Puis elle reprit :

– Ou bien quand un piquet de grève empêche quiconque de passer – ce n'est pas un obstacle à la libre circulation, voyons... Ou lorsqu'une entreprise met sciemment sur le marché des produits nocifs, bien qu'elle sache que cela peut entraîner des morts – on ne peut tout de même pas parler de meurtre, n'est-ce pas? Ce ne peut pas être aussi grave que ça? Chez nous?

Pendant un instant, on n'entendit plus que la rumeur venue de la ville.

– On n'a pas la force de faire les rapprochements qu'il faudrait, conclut-elle, toujours tournée vers la fenêtre. C'est pourquoi je pense que tu n'arriveras jamais à faire soulever cette question par un procureur. En Suède.

– Mais, dans le cas présent, il s'agit d'un médicament qui a été brusquement retiré de la circulation, en Suède, parce qu'il avait causé la mort de plusieurs personnes en l'espace de peu de temps. Et voilà qu'on le vend, après cela, dans plusieurs autres pays.

– C'est déjà arrivé.

– Bien sûr, mais tu as bien dit toi-même qu'il faut faire les rapprochements nécessaires, même si ce qu'on constate s'est déjà produit auparavant!

Elle hocha la tête.

– Et, dans ce cas précis, la firme savait parfaitement, même avant que le médicament soit retiré en Suède, qu'il pouvait entraîner le genre de décès qui a effectivement eu lieu.

– Tu peux le prouver?

– Non.

Inga-Lisa apprécia la franchise de la réponse, la comparant intérieurement et mélancoliquement avec celle de tous ces clients qui lui avaient fait perdre des heures entières à essayer de la convaincre, elle, de quelque chose qu'il suffisait que les tribunaux croient, mais qu'ils ne croiraient jamais.

– Mais tu en es persuadé?

– Je le sais, parce que cela m'a été rapporté par une personne digne de foi.

– Mais qui n'ose rien dire publiquement.

– Qui est morte. Assassinée au Brésil.

Il n'avait encore rien dit à ce propos. Le regard d'Inga-Lisa se fit plus grave.

– Tu en es certain?
– Oui.
– Comment ça?
– Il était parti là-bas afin de recueillir pour notre compte des preuves supplémentaires, et il a été retrouvé mort, près de Santos, dans un bateau à la dérive.
– Qu'est-ce qu'il faisait là-bas?
– A Santos? Je ne sais pas. Il devait reprendre l'avion le soir même et personne ne sait pourquoi il s'est rendu à cet endroit. Peut-être pour aller se faire une idée d'une marée noire qui venait de se produire dans la région. C'est du moins l'hypothèse avancée par la police.
– Mort, par balle?
– Oui.
– Et dévalisé?
– Non. Par contre sa chambre d'hôtel a été fouillée et ses bagages ouverts – il avait déjà préparé sa valise afin d'être prêt pour le voyage de retour.
– Qu'est-ce qu'on lui a volé?
Comme si elle ne le savait pas déjà.
– Tous ses papiers et ses enregistrements.
– Quels enregistrements?
– Des disquettes d'ordinateur.
– Il collectait donc des informations?
– Oui.
– Qui ont disparu?
– Oui.
– Qu'est-ce que tu en penses?
– Qu'on l'a réduit au silence.
– Qui ça "on"? Chemosan?
Il haussa les épaules.
– Je ne sais pas. De toute façon, ce sera impossible à prouver.

– Pourquoi faisait-il ça?
– Quoi?
– Collecter ces informations.
– Il travaillait pour moi, pour nous...
– Il pouvait donc trouver, au Brésil, des preuves sur ce que Chemosan savait, en Suède, quant aux effets secondaires?
– Non, il le savait déjà, puisqu'il y avait travaillé.
– Chez Chemosan?
– Oui. Ce qu'il allait faire au Brésil, c'est recueillir des informations sur les morts et les victimes.
– Et ces informations ont disparu?
– Oui.
– Comment se manifestent les lésions, pourquoi ce médicament est-il dangereux?
– On l'utilise contre les infections intestinales.
– Comme l'Enterovioform chez nous?
– Oui, mais c'est quelque chose de totalement différent.
– Quel est le problème?
– Les gens qui ont une alimentation trop peu variée peuvent utiliser avantageusement ce médicament lors de diarrhées passagères.
– Ah bon?
– Mais ceux qui ne mangent pas assez ou qui s'alimentent de façon presque toujours identique peuvent en mourir. S'il s'agit d'enfants, ils meurent comme des mouches. Au bout de quelques mois.

Il y eut un long moment de silence avant que Bengt ne reprenne la parole :

– La diarrhée est la plaie de millions de personnes dans les pays en voie de développement. En particulier les pauvres. Beaucoup font tout pour se procurer des médicaments dont ils pensent qu'ils peuvent les soulager. Et, dans certains pays, il arrive que les autorités achètent ces médicaments pour les distribuer aux pauvres. Ce qui leur évite de procéder aux épurations d'eau nécessaires, puisque les effets de la pollution de celle-ci sont masqués.

– Et Chemosan continue à vendre ce produit, bien qu'étant au courant de tout ça?

– Ils l'ont fait, en tout cas. Ces temps derniers, par des voies détournées. Jadis, ils le faisaient plus ouvertement. C'est sur ce point que je peux essayer de les pincer.

– Et pourquoi ont-ils continué?

– A cause de la somme d'argent que ça représentait.

– Comment ce médicament a-t-il pu être autorisé?

– Là-bas, je ne sais pas exactement. Ici, il a fini par être retiré de la circulation.

– Mais il a également été autorisé ici?

– Oui. Le ministère des Affaires sociales a d'abord refusé, mais Chemosan a gagné en justice et le ministère n'a même pas eu le droit de faire appel. En fait, ce sont quelques juristes totalement incompétents – et pas particulièrement doués – d'un tribunal administratif qui ont autorisé ce médicament. Par la suite, la firme l'a retiré d'elle-même. Mais uniquement une fois que Paul les a menacés de faire savoir publiquement qu'ils étaient au courant de ses effets et se refusaient à les divulguer.

– Qu'est-il arrivé à ce Paul, ensuite?

– On lui a d'abord confié d'autres tâches, puis il a quitté l'entreprise.

– Et maintenant il est mort.

Simple constatation. Établissement d'un fait.

VI

Vers six heures ce soir-là, Gunnar Lovander dit qu'il sortait une minute et quitta le commissariat. Henrik Perlegrund était le seul à savoir où il allait, car c'était lui – Henrik – qui avait choisi le livre. Certaines personnes sont ceci ou cela : par exemple pêcheurs, collectionneurs de timbres, skieurs professionnels – ou encore férus d'ornithologie et aimant observer les oiseaux. En outre, ils ont souvent un métier, ou une profession – comme on préfère généralement appeler cela de nos jours – comme par exemple comptable, maçon, préposé au nettoyage – ou bien agent de police.

Henrik Perlegrund était agent de police. Ce travail l'avait formé, de bien des façons, comme c'est le cas pour bien des gens. C'était un agent de police qui s'intéressait à ce qu'il faisait. En outre, il avait un passe-temps favori – outre le fait d'être heureux en ménage – et c'était précisément les oiseaux. C'est le mélange de ces deux formes particulières d'intérêt – le travail policier et les oiseaux – qui avait permis à Jenny de rentrer à la maison en voiture au lieu d'avoir besoin de faire plusieurs dizaines de kilomètres à bicyclette, en cette nuit de mars, par – 12°.

Perlegrund possédait encore une particularité, ce qui paraîtra peut-être étrange à certains – étant donné son métier – tandis que d'autres hocheront la tête de façon tout à fait compréhensive. C'était un homme aimable. Et c'est pourquoi il avait passé toute la matinée à penser à cette petite fille et à ce que Lovander lui avait dit d'elle, et, quand il était arrivé au commissariat, l'après-midi, et avait remarqué qu'il en allait de toute évidence de même en ce qui concernait Lovander, il avait décidé qu'elle serait tout à fait digne de recevoir un livre qui venait justement de sortir en librairie sur les hiboux et les chouettes. Il alla l'acheter après avoir pris le café et aurait été le remettre lui-même en main propre si un impérieux motif de service n'était venu l'en empêcher.

Voilà pourquoi Gunnar Lovander se rendait en ce moment chez Jenny afin de lui remettre un cadeau de la part de la police.

Inga-Lisa résuma la situation.

– Tu ne peux compter sur aucun procureur. D'un autre côté, tu pourrais te faire donner pouvoir par des parents de victimes et te constituer partie civile. Ça peut revenir cher. Tu pourrais également réclamer des dommages-intérêts. Ça peut revenir cher. En outre, il est difficile de dire si c'est en Suède ou au Brésil qu'il convient de le faire.

– Les dommages-intérêts, ça ne nous intéresse pas.

– Ah non? As-tu demandé leur avis aux familles des victimes?

Le ton de cette remarque était un peu pincé.

– Ce que je veux, c'est faire un exemple...

– Ce que *tu* veux?

– Ce que nous voulons, si tu préfères.
– Pour l'instant, je n'ai pas d'avis. Mais que veux-tu dire par : faire un exemple ?
– Si jamais nous parvenions à faire condamner quelqu'un sur ce chapitre, je crois que l'onde de choc ne tarderait pas à se faire sentir.
Elle l'observa très attentivement. Pendant un bon moment, ils gardèrent tous deux le silence.
– Sans aucun doute, finit-elle par dire. Mais comment s'y prendre ?
– C'est justement ce que j'espérais savoir de toi.
– Te constituer partie civile ?
– Pourquoi pas ?
– Parce que tu ne possèdes pas suffisamment de preuves.
– Paul en avait.
– Mais il est mort et il semble qu'il n'ait rien laissé derrière lui.
Bengt Lövstedt était loin d'être bête et comprenait fort bien cette question des preuves.
– Est-ce qu'il existe un autre moyen ?
– Ça dépend des risques que tu es prêt à courir.
– Comment ça ?
– En ce qui te concerne personnellement. Et en matière financière.
– Si tu veux bien t'expliquer !
Inga-Lisa réfléchit un instant.
– Non, pas tout de suite, répondit-elle finalement. Je désire tout d'abord y réfléchir quelques jours. Mais, pour ça, j'ai besoin de savoir ce que tu es prêt à risquer.
Sans hésiter, il répondit :
– Tout !
– Tu ne possèdes pas tout ! Commençons par l'argent. Combien es-tu prêt à risquer ?

– Notre association est assez bien pourvue de ce côté-là. Nous pouvons sans difficulté risquer quelques centaines de mille.

– Il se pourrait que ce soit très insuffisant.

– Pourquoi ça?

– Peu importe pour l'instant, mais je te demande de me croire sur parole.

Cela le déconcerta un peu.

– Nous pouvons accepter de risquer tout ce que nous possédons.

– Et pour ton propre compte?

– J'ai quelques économies...

– Et tu es prêt à mettre en jeu ta famille?

– Ma famille? Je ne vois pas en quoi cette affaire la concerne.

– Tu n'es donc pas prêt à tout risquer, conclut-elle sèchement.

De nouveau, il se sentit bien déconcerté.

– Ma famille est à l'abri, du fait que notre maison est au nom de ma femme...

– Cette fois, je ne voulais pas parler d'argent.

Il comprit.

– Ils n'iraient tout de même pas...?

– Tu m'as bien dit que Paul avait été assassiné?

– Oui.

– Et tu pensais qu'en Suède, les témoins ne disparaissaient pas...?

– Oui.

– Tu te trompes en partie. S'il existe vraiment une chance que les responsables d'une entreprise soient condamnés pour meurtre, tu dois au moins t'attendre à être l'objet d'un certain nombre de pressions. Ce ne serait pas sans précédent. Tu comprends mieux ce que je veux dire, maintenant?

Le ton qu'elle avait adopté était légèrement condescendant et il dut s'avouer vaincu.

– Je crois qu'il va falloir que je réfléchisse un peu, moi aussi, maugréa-t-il.

Inga-Lisa resta dans son bureau plusieurs heures après le départ de Bengt Lövstedt. Il lui avait remis une grosse liasse de papiers constituée aussi bien de documents officiels que de lettres et de coupures de journaux. Lorsqu'elle remit en tas toutes ces feuilles afin de les déposer dans le coffre, son visage ne trahissait pas le moindre sentiment. Il était dix heures et demie et elle appela un taxi, ferma la porte du bureau à clé et descendit dans la rue. Le ciel n'était pas tout à fait noir, car la lune brillait derrière le sommet du toit de la maison d'en face et l'air froid portait les bruits très loin. Elle put par exemple entendre un train faisant la manœuvre à la gare, bien loin de là. La rue resta longtemps déserte, mais un taxi finit par tourner le coin et venir se garer devant sa porte. Dix bonnes minutes plus tard elle était chez elle et Torkel préparait le thé vespéral. Il avait déjà couché les enfants et maintenant il était dans la cuisine et sortait bien docilement du pain, du fromage et de la confiture. Elle était plongée dans ses pensées, mais il était plus qu'habitué à cela, depuis le temps.

– Je voudrais bien un whisky, aussi, dit-elle soudain.

Ça, c'était beaucoup moins dans ses habitudes. Elle ne mangea qu'une simple tartine, prit le verre de whisky qu'il lui avait versé et alla s'asseoir dans la salle de séjour.

– Va te coucher, si tu veux, dit-elle. Je ne vais pas tarder.

Il secoua la tête et se versa également un peu à boire.

– Je préfère rester debout encore un moment, moi aussi.

Elle sourit et se plongea de nouveau dans ses pensées. Comme à son habitude, il tendit la main pour lui caresser la joue et la laissa ensuite en paix.

VII

Vers deux heures et demie du matin, le téléphone de Mikael sonna. Plus endormi qu'éveillé, il prit le combiné et marmonna un « allô ». Comme personne ne lui répondait il répéta son « allô » et s'apprêtait déjà à raccrocher lorsqu'il entendit du bruit à l'autre bout du fil.

Il s'éveilla alors brusquement, se mit sur son séant et prêta l'oreille. Puis il appuya sur un bouton situé sur le combiné, attendit quelques secondes, composa un numéro et attendit de nouveau quelques secondes.

Ils avaient beaucoup travaillé ensemble depuis l'automne et étaient très bons amis, mais maintenant c'était révolu. La jeune femme agent de police était allongée par terre, devant l'entrée, dans une mare de sang, et de la voiture blanche s'écoulait un autre flot de couleur rouge allant se joindre au premier dans le caniveau. Une légère vapeur s'en élevait dans l'air froid.

Il fallut un moment à Mikael pour comprendre que leur mort le concernait en partie. Il avait signalé qu'on était en train de cambrioler leurs locaux et s'y était rendu immédiatement en voiture. Il ne lui avait pas fallu longtemps pour y arriver, car il n'habitait qu'à quelques pâtés de maisons de là, dans un petit appartement situé dans un quartier résidentiel un peu ancien. Il avait trouvé les deux corps criblés de balles. Ils n'avaient pas eu le temps d'appeler au secours. Ils n'en avaient plus besoin, désormais, mais Mikael le fit pour eux. Puis il fut pris d'un accès de nausées. Ensuite, il téléphona à Inga-Lisa. Elle prit la nouvelle avec beaucoup de calme. Tout ce qu'elle dit, après cela, ce fut :

– J'arrive.

Il était trois heures moins cinq lorsque son taxi vint se ranger non loin de l'immeuble. Il y avait déjà plusieurs voitures et deux ambulances en stationnement. Mikael la vit et vint à sa rencontre. Elle remarqua sa pâleur.

– N'y va pas, lui dit-il aussitôt.

Mais elle se contenta de lui effleurer le bras de la main et alla se joindre au groupe qui s'était formé. Pour une raison ou pour une autre, plusieurs hommes s'écartèrent afin de la laisser passer et elle s'approcha de la voiture. L'homme gisait sur le ventre, à moitié en dehors du véhicule, légèrement tourné sur le côté et la tête en bas. Son pistolet était tombé sur le sol. Le regard d'Inga-Lisa suivit le flot de sang et elle approcha en décrivant un arc de cercle. La femme gisait elle aussi sur le ventre et Inga-Lisa contempla ce jeune corps.

– Ce n'est pas pour toi, Inga-Lisa.

Gunnar Lovander venait d'arriver – il avait juste eu le temps de pousser la porte de sa maison lorsqu'il entendit retentir le téléphone qui l'invitait à ressortir.

Elle resta immobile, regardant la femme.

– Il y a eu un cambriolage chez moi, dit-elle ensuite. C'est pour cela qu'ils étaient là.

– On parlera de ça plus tard, dit-il simplement. C'est assez pénible comme ça pour l'instant.

C'est alors qu'elle remarqua qu'il pleurait.

– Excuse-moi, dit-elle doucement, avant de faire demi-tour et de suivre Mikael.

Au moment de partir en vacances à la montagne avec Gerd, sa femme, le commissaire Krister Strömbom avait fait savoir à ses collègues que rien au monde ne pourrait le faire revenir avant la date fixée. Gerd était enseignante et, au moyen d'une série d'ultimatums lancés avec audace, elle avait contraint ces autorités scolaires tellement bornées, selon elle, à lui accorder un congé en dehors des vacances scolaires. Les deux époux ne connaissaient pas de plaisir plus grand que celui du ski alpin.

– Même si les Martiens envahissent la ville, vous ne me ferez pas revenir, avait-il dit en partant.

– Ils sont morts tous les deux, avait dit Henrik Perlegrund.

Krister Sörbom avait couvert à toute allure, sa femme à côté de lui, les cent quatre-vingts kilomètres qui le séparaient de l'aérodrome de Frösön et était arrivé juste à temps pour prendre l'avion du matin. Gerd, pour sa part, était repartie dans leur châlet au volant de la voiture. A Arlanda, il avait l'intention de prendre un taxi, car personne n'aurait certainement le temps de venir le chercher.

– Je t'emmène, dit Mikael.

– Toi? Mais pourquoi est-ce que tu es là?

– J'ai parlé à Lovander et Perlegrund et ils m'ont dit que tu arrivais mais que personne n'avait le temps d'aller te chercher. Alors je suis venu, parce que c'est chez nous que le cambriolage a eu lieu.

Il fallut malgré tout plusieurs heures à Krister pour se faire une image détaillée de ce qui s'était passé. Pendant le trajet de retour d'Arlanda, Mikael lui avait déjà expliqué que l'ingénieux système d'alarme installé dans leurs locaux avait fonctionné et qu'il avait aussitôt informé la police qu'on était en train de commettre un cambriolage. C'était Stig Eklund, leur ami commun, qui avait imaginé ce système fonctionnant de façon fort simple : si quelqu'un se déplaçait dans les locaux de leur cabinet, une fois l'alarme branchée, un microphone était immédiatement couplé au réseau téléphonique et le numéro programmé était automatiquement appelé. Cette nuit-là, il se trouvait que c'était celui de Mikael. D'ailleurs, c'était presque toujours le cas.

Il apparaissait que l'un des deux agents de police – la femme – avait pénétré sans l'autre dans l'entrée de l'immeuble, sans doute par imprudence, pensant qu'il s'agissait d'une fausse alerte, et s'était alors trouvée face à face avec quelqu'un qui avait tiré sur elle. Tout indiquait également que son collègue avait voulu lui venir en aide, mais n'avait même pas eu le temps de sortir de la voiture avant d'être abattu lui aussi. Tout ce qu'il avait eu le temps de faire, c'était de dégainer son arme.

Mais rien d'autre.

A l'intérieur, rien n'avait disparu. Le coffre était intact. La porte d'entrée n'était plus fermée à clé, mais c'était le seul indice prouvant que quelqu'un s'était introduit à l'intérieur.

On procédait à une enquête technique extrêmement minutieuse, ce qui expliquait qu'elle ne fût pas encore terminée. Elsa, la secrétaire, trônait, parfaitement calme, dans la pièce commune – celle qui servait également de réception – et surveillait du coin de l'œil les enquêteurs en train de se livrer à leurs occupations.

A deux heures, Bengt Lövstedt appela au téléphone. Elsa lui répondit qu'Inga-Lisa ne souhaitait pas lui parler ce jour-là. Ce n'est qu'en lisant un journal du soir qu'il apprit ce qui s'était passé. Il n'avait pas de raison d'en être particulièrement affligé, mais cela le plongea dans des abîmes de réflexion.

VIII

L'enquête fut rondement menée. La première impression paraissait être la bonne. La femme était allée seule voir ce qui se passait et avait rencontré dans l'entrée quelqu'un qui avait immédiatement fait feu sur elle puis sur son collègue. C'était la même arme qui avait servi dans les deux cas. Dans les locaux du cabinet d'avocats, rien n'avait été touché. Aucun autre local de l'immeuble n'avait reçu de visite. On ne retrouva aucune arme à feu et pas d'autres empreintes digitales que celles des personnes y travaillant et de clients habituels et identifiés. Le coffre et les autres instruments de travail ne portaient pas non plus de traces d'utilisation par des étrangers au service.

Bref : pas la moindre piste. Pas le moindre témoin non plus. Même pas quelqu'un qui aurait entendu les coups de feu.

Il n'était donc pas étonnant que, tôt ce soir-là, Krister Strömbom ait décidé de s'entretenir avec Inga-Lisa, afin de savoir si elle avait en cours une affaire qui pourrait jeter une certaine lumière, pour ainsi dire en sens opposé, sur ce qui venait de se passer.

Mais il ne réussit pas à la joindre. Pour sa part, Torkel affirmait ne pas avoir la moindre idée de l'endroit où elle se trouvait.

Pas étonnant non plus, donc, que Krister soit alors allé trouvé Mikael, qui devait également en savoir assez long.

Celui-ci habitait un appartement du centre de la ville dans lequel il avait emménagé depuis un certain temps, après avoir rompu ses fiançailles. Krister ne désirait pas rentrer dans sa maison déserte. Il se rendit donc chez Mikael en voiture et sonna à la porte.

Personne.

Il fut quelque peu désappointé. Il était aussi très fatigué et déprimé, après la mort de « ses » deux jeunes ce matin-là. Il ne voulait pas rentrer chez lui mais pas non plus retourner au commissariat.

Dans ces conditions, il n'y avait rien d'étrange à ce qu'il se soit demandé s'il ne pourrait pas aller chez son ami Stig Eklund, qui habitait une petite maison en bois à une trentaine de kilomètres de la ville – n'oublions pas que c'était également lui qui avait installé dans les locaux du cabinet d'avocats ce système d'alarme si efficace qui avait tout déclenché.

Mais il jugea préférable de l'appeler tout d'abord au téléphone.

Personne.

Krister décida donc de rentrer chez lui pour se changer et de sortir ensuite manger un morceau. Les enfants de sa femme devaient loger chez des camarades, pendant cette semaine de vacances. C'est pourquoi tout devait être éteint dans la maison. Krister s'apprêta tout d'abord à s'arrêter, mais passa en fait devant chez lui au volant de sa voiture et tourna le coin de la rue avant de freiner et de quitter le véhicule. Sans réfléchir, il sauta par-dessus la clôture du voisin et retomba dans la neige qui crissait, avant de traverser le jardin à grandes enjambées en direction de l'autre clôture, par-dessus laquelle il sauta également tout en dégainant son pistolet. Il courait, plié en deux, vers la porte de derrière lorsqu'un mouvement, à la fenêtre, attira son attention. Il s'arrêta et attendit. Une silhouette ne tarda pas à passer de nouveau derrière la fenêtre.

Heureusement, personne ne vit sa mine plutôt déconfite lorsqu'il rengaina son pistolet et gagna le devant de la maison.

– Qu'est-ce que tu fais ici, Gerd?

Elle le regardait par la fenêtre de la cuisine.

– Ça n'a pas été drôle de faire la route toute seule. J'avais envie de sortir avec toi manger quelque chose de bon. Et puis que tu me prennes dans tes bras, ce soir.

Les difficultés de Krister à joindre ses amis peuvent paraître un peu trop systématiques pour être vraies. Mais il se trouvait pourtant bel et bien qu'ils étaient tous trois en visite. En fait, Bengt Lövstedt n'avait pas vraiment eu le temps de se retourner. Au téléphone, Inga-Lisa lui avait simplement dit qu'il était absolument nécessaire qu'elle puisse le rencontrer immédiatement chez lui avec deux de ses collaborateurs. Il avait acquiescé et, à peine deux minutes plus tard, elle sonnait à sa porte. Dans la rue, Stig Eklund ferma à clé sa Volvo munie d'un téléphone de bord et suivit Mikael et Inga-Lisa.

Elle les présenta tous deux comme étant ses collaborateurs, mais omit de préciser que Stig était en fait un bon ami possédant des connaissances hors de pair dans divers domaines techniques et en particulier l'électronique et l'informatique.

Elisabet Lövstedt se retira d'elle-même dans la cuisine. Quant aux deux enfants du couple, ils avaient été relégués au sous-sol, devant un poste de télévision.

Bengt Lövstedt commençait maintenant à être habitué à voir Inga-Lisa prendre la direction des opérations et il attendit donc qu'elle entame la conversation. Il ne fut pas déçu dans cette attente :

– Il est possible que tu sois la cause de la mort de deux agents de police ce matin. Il est également possible que j'accepte l'affaire dont nous nous sommes entretenus. Mais les choses me font l'effet d'être tellement graves que je suis dans l'obligation d'y mettre plusieurs conditions. La première est que tu répondes à toutes les questions que nous avons à te poser, qui que ce soit qui le fasse.

A vrai dire, Mikael n'avait jamais compris comment Inga-Lisa pouvait avoir – et encore moins conserver – autant de clients qu'elle en avait. Elle était... elle était... comment dire? Dotée d'une certaine autorité. En tout cas, elle ne semblait pas en douter le moins du monde.

Comment le dénommé Lövstedt, par exemple, réagit-il à un tel comportement?

Non sans humeur, bien entendu, mais il réussit à maîtriser celle-ci avant de répondre – car il n'était pas bête et il savait bien que l'assistance juridique d'Inga-Lisa lui était indispensable s'il voulait parvenir à un résultat quelconque.

– La seconde, poursuivit Inga-Lisa sans se démonter, est qu'il faut que nous nous assurions que ta maison n'est pas surveillée.

– Surveillée?

– Sur écoute, par exemple.

Il secoua la tête d'incrédulité.

– Pourquoi le serait-elle ?

– Il n'est pas impossible que quelqu'un soit au courant de ta visite chez moi. C'est pourquoi il nous faut prendre toutes les précautions.

– Est-ce que c'est la méthode de travail habituelle des avocats ? demanda-t-il.

– Oui ou non ?

Il se demanda ce que dirait Elisabet s'il répondait oui.

– Non.

Ils se jaugèrent du regard, puis elle dit :

– Très bien. Alors nous n'avons plus rien à faire ici. Mais, comme deux policiers ont été tués, je suis obligée de dire à la police que ces meurtres peuvent être en relation avec ce dont tu t'occupes.

Elle se leva et se dirigea vers la porte. Bengt Lövstedt comprit alors ce que les gens voulaient dire en la qualifiant de cassante. Pourtant, il pensa qu'elle n'avait peut-être pas tout à fait dit son dernier mot et se garda donc bien d'ajouter quoi que ce soit.

Ils partirent tous les trois mais, quant à Mikael et Stig, non sans lui adresser des signes de tête aimables et même – dans le cas de Stig – vraiment très appuyés.

Eh merde, pensa Bengt. Jamais encore il n'avait eu affaire à quelqu'un d'aussi peu porté aux compromis.

On peut même dire : d'aussi résolument hostile à tout compromis.

Il vit leur voiture s'éloigner et ce n'est qu'alors qu'il se demanda ce qu'elle avait l'intention de lui proposer de faire, au juste. Il lui fallut également un moment avant de se résoudre à l'appeler au téléphone chez elle. Une voix d'homme lui répondit qu'elle n'était pas là et qu'il était impossible de dire quand elle rentrerait.

Avec son esprit mal tourné, Bengt se demanda bien sûr s'il y avait plusieurs hommes dans la vie de cette femme. Puis il lança quelque chose à Elisabet d'une voix sèche, entra dans son bureau et ferma la porte derrière lui.

Inga-Lisa, Stig et Mikael allèrent prendre en ville un repas un peu morose. Peu après, Gerd et Krister Strömbom pénétraient dans le même restaurant. Mais ils allèrent s'asseoir dans une autre salle et c'est pourquoi ils ne virent pas les trois amis lorsque ceux-ci quittèrent les lieux, un peu plus tard.

IX

Torkel connaissait parfaitement le petit sourire qu'Inga-Lisa arbora le matin suivant, lorsqu'il lui dit que Bengt Lövstedt l'avait appelée chez elle.

– Je vais le rappeler – le moment venu, dit-elle d'une voix douce.

Et elle tendit la main pour s'emparer du seul couteau à beurre avant que sa fille Lisa ne le fasse. Les deux mains se posèrent sur le couteau en même temps et Lisa braqua vers elle ses yeux en amande en disant :

– Il faut que tu dises à papa de mettre plus de couteaux.

– Moi ?

– Il n'obéit qu'à toi.

Inga-Liga avait déjà remarqué qu'elle ne savait plus toujours si sa fille, aussi jeune fût-elle, plaisantait ou pas.

– Lisa ! dit Torkel.

– C'est bien ce que tu réponds toujours quand je demande quelque chose, dit Lisa candidement.

Les yeux d'Inga-Lisa allaient de l'un à l'autre, aux aguets. Torkel se pencha en arrière pour atteindre le tiroir et en sortir un second couteau à beurre.

– Comme ça, vous n'aurez pas à vous battre, dit-il.
– Je veux celui en bois, dit Lisa.

– Je me rends, dit Bengt Lövstedt.
– Inutile. Il suffit que tu fasses comme je te dis.
La voix d'Inga-Lisa était d'une douceur inhabituelle et Bengt se demandait bien ce que cela cachait.
– Est-ce qu'on peut se rencontrer?
– Oui, chez toi, pour reprendre les choses là où nous les avons laissées hier.
Oh là là, pensa Bengt.

Stig Eklund ne trouva rien, même après avoir fouillé la maison tout entière, de la cave au grenier. On ne pouvait naturellement pas être certain que le téléphone n'était pas écouté de l'intérieur, mais il n'était pas possible de s'en assurer pour l'instant.
– Eh bien, allons-y, dit Inga-Lisa de son ton de femme d'affaires. J'ai réfléchi à pas mal de choses et je suis prête à t'apporter mon assistance juridique – peut-être de simples conseils, nous verrons bien – à propos de la question que tu as soulevée. Mais j'y mets un certain nombre de conditions. L'une est que tu fasses toujours ce que je te dirai, une fois que nous serons lancés.
– Lancés? Dans quoi?
– Nous verrons ça plus tard. Oui ou non?
De même que Mikael, il ne put s'empêcher de penser à la façon dont elle avait quitté les lieux, la veille.
– Oui.
– Ensuite, que tu sois bien conscient que tout ça va coûter énormément d'argent. Il y a, d'une part,

nos honoraires, d'autre part il va falloir engager certains frais, enfin et surtout il n'est pas impossible que tu perdes cette affaire et, dans ce cas-là, je te garantis que tu vas le sentir passer.

– Quelle affaire?

– Nous verrons ça aussi par la suite. Oui ou non?

– N'importe quelle somme?

– Tout ce que vous possédez et plus encore.

Au moins, c'était franc.

– Quoi donc?

– Ce que je veux dire c'est que, si tu perds ce procès, ça peut entraîner d'énormes frais de justice, des dommages-intérêts ou des choses de ce genre.

– Quel procès?

– Nous verrons ça par la suite. Eh bien, qu'est-ce que tu en dis?

– C'est un peu difficile, étant donné que je ne sais pas quelles chances nous avons de réussir.

– Elles sont minces.

Elle ferait une très mauvaise vendeuse d'aspirateurs, ne put s'empêcher de penser Mikael.

– Minces.

– Oui, mais pas nulles. Disons : une chance sur dix. Ça te fait donc neuf fois plus de chances de perdre que de gagner.

Bengt Lövstedt était parfaitement au fait des calculs de probabilité. Dix pour cent de chances... Il croyait qu'elle essayait de se livrer à une estimation sérieuse. La plupart des juristes qu'il avait rencontrés auraient dit ou bien “ impossible ” ou bien alors “ tu es sûr de ton fait ”. Elle, au contraire, était d'avis que sa cause n'était pas très bonne mais qu'il n'était pas impossible de réussir – et elle le laissait décider s'il valait la peine de courir le risque.

Un succès aurait des conséquences considérables...

– Quand il s'agit de prendre des risques, on sait généralement aussi quelle est l'alternative, dit-il posément.

Elle hocha la tête.

– Exact. Il me semble qu'il est bon que tu évites de te porter partie civile, parce que tu ne disposes pas de preuves suffisantes pour obtenir une condamnation. Tu es presque certain de perdre. Il faut donc exclure cette éventualité.

Il attendit la suite.

– Quant à une demande de dommages-intérêts, le temps que ça prendra, ajouté aux frais nécessaires pour examiner la question du lien entre ce médicament et différents décès, tout cela entraînera une procédure très compliquée et une condamnation éventuelle risquerait de ne pas avoir l'effet recherché, à savoir d'établir qu'il s'agit bien de meurtres. Même si ça ne risque pas de te coûter aussi cher en cas de perte du procès, tu n'obtiendras pas satisfaction.

Ce raisonnement lui parut très valable.

Elle resta silencieuse. C'est la raison pour laquelle il lui demanda :

– C'est tout?

– Tu as quelque chose de mieux à proposer?

– Non, je ne pense pas. J'avais tout d'abord envisagé d'exposer tout ça dans un livre mais, étant donné que c'était Paul qui possédait la plupart des documents et que ceux-ci ont donc disparu, je ne sais plus trop.

– C'est pourtant de ce côté-là que tu pourrais faire quelque chose.

– Mais je viens de te dire que je n'ai plus assez de documents. Il n'en résultera qu'un livre polémique de plus, parmi tous les autres, plus ou moins bons et plus ou moins ennuyeux. Personne ne lira un ouvrage pareil. Et personne ne fera quoi que ce soit, quel que puisse être son contenu.

– En règle générale, non. Mais si tu procédais autrement? Si tu te livrais à une petite campagne de dénigrement?

– De dénigrement?

– Si tu développais cette idée de meurtre. Si tu les en accusais et expliquais pourquoi. En prenant bien soin de le faire de façon suffisamment provocante pour qu'ils soient obligés de t'intenter un procès en diffamation.

– Et s'ils le faisaient?

– Dans ce cas, ce serait à toi de prouver que tu disposes d'éléments te permettant d'affirmer ce que tu avances et qu'il est normal que tu portes ceux-ci à la connaissance du public.

– Mais je n'ai pas de preuves...

– Oh si, tu en as un certain nombre, d'après ce que j'ai pu voir dans les papiers que tu m'as remis. Et nous pouvons essayer d'en obtenir d'autres – car j'ai toute confiance en ce que tu dis. Avec un peu d'astuce, nous pouvons peut-être même faire en sorte que l'adversaire nous en fournisse spontanément.

Dieu du ciel, se dit Mikael, encore une partie de poker en perspective. On se demande parfois ce que fait l'ordre des avocats.

– Ça n'empêche toujours pas qu'il est vraisemblable que tu perdes le procès, poursuivit-elle d'une voix fraîche et douce.

Bengt se contenta de la regarder.

– Mais, poursuivit-elle, même dans ce cas, ils seront forcés de se découvrir et tu pourras tester la valeur de ce que tu possèdes. Nous pourrons alors voir ce qu'il nous faut en plus pour nous porter partie civile.

Mikael avait beau connaître son employeur depuis longtemps, il resta un peu ébahi.

– Pourquoi pas se porter partie civile tout de suite, alors? demanda Bengt.

– Tout simplement parce que la question des preuves est un peu plus délicate, dans ce cas-là. De plus – et c'est important – il se trouve que, si l'on perd un procès, on n'a pas le droit d'en intenter un nouveau sur le même point. Mais, dans cette hypothèse, ce n'est pas toi qui les poursuivrais en justice, c'est eux qui t'attaqueraient en diffamation. Et même si tu perdais, c'est-à-dire si tu étais condamné, rien ne t'empêche de te porter partie civile, par exemple pour meurtre, même si en apparence il peut sembler s'agir de la même affaire.

Elle garda le silence quelques secondes, afin de laisser à Bengt le temps de bien digérer tout cela, puis elle reprit :

– Il est vrai qu'il existe aussi une autre méthode, qui consiste à intenter un procès au nom de certaines personnes et d'en intenter ensuite un autre au nom d'autres victimes. Mais je persiste à penser qu'il y a des avantages à forcer la partie adverse à faire le premier pas juridique. Fais en sorte d'être attaqué en diffamation! Réfléchis à la question et, ensuite, appelle-moi. Ah, encore une chose, Bengt!

– Quoi?

Mikael trouva que la voix de Bengt était bien mal assurée.

– Je mets comme condition supplémentaire que tu prennes des mesures pour que ta famille soit parfaitement en sécurité. Je refuse de m'occuper d'une affaire de ce genre si je risque de devoir l'abandonner pour la simple raison que quelqu'un est l'objet de menaces. As-tu les moyens d'y parvenir?

Stig et Mikael se firent tous deux la réflexion que c'était typiquement sa façon de travailler, quand elle avait des raisons de soupçonner des complications. Le meurtre des deux policiers l'avait amenée à considérer qu'elle pourrait avoir affaire à très forte partie.

Bengt avait déjà envisagé, lui aussi, cet aspect de la question et il n'eut donc pas besoin de réfléchir.

– Oui.

– Est-ce qu'il y a quelqu'un d'autre à qui penser que ta famille?

– Je n'ai ni frère ni sœur et mes parents sont morts.

– Personne d'autre?

Bengt garda le silence un instant.

– Que veux-tu dire par là?

– Des personnes permettant de s'en prendre à toi. Par exemple des maîtresses.

Leurs regards se croisèrent et il eut l'impression que celui d'Inga-Lisa le transperçait. C'est lui qui détourna les yeux le premier.

– Non, dit-il.

Lorsque, peu après, Mikael et Stig prirent congé d'Inga-Lisa, le premier demanda :

– Qu'est-ce que l'ordre dirait de ça?

– Je serais exclue, répondit Inga-Lisa sans se démonter. Et j'irais chercher du travail chez toi.

X

Tandis que la police déployait toute son énergie afin de tenter de savoir qui avait bien pu tuer leurs deux collègues, le cabinet d'avocats retrouvait le rythme habituel de ses occupations. C'est-à-dire à la limite du frénétique. Mikael était essentiellement occupé à une énorme affaire de dommages-intérêts, qui promettait – sauf imprévu – de durer des années.

– Il me faudrait de l'aide, dit-il un jour à Inga-Lisa.

– Eh bien, nous allons t'en procurer, répondit celle-ci.

Pas plus compliqué que cela. Pourtant, cette décision n'était pas prise de façon aussi désinvolte que le ton d'Inga-Lisa aurait pu le laisser croire, car il ne faisait aucun doute que cette affaire rapporterait largement de quoi payer ce supplément de dépenses de personnel.

– Mais, ajouta Inga-Lisa après avoir constaté – amusée – la surprise de Mikael, ce n'est pas pour ça que tu seras dispensé de m'aider... de nous aider, absolument en tout. Tu es toi-même, quel que soit le nombre de collaborateurs que tu engages.

Mikael se demanda s'il comprenait parfaitement

ce qu'elle entendait par là mais, comme d'habitude, il se plia totalement à sa volonté.

– Qu'est-ce qu'on va engager? demanda Mikael, de plus en plus influencé par la façon de parler d'Inga-Lisa.

– Du solide. Tu as carte blanche mais, si c'est une fille, il va falloir que tu prennes des renseignements supplémentaires. Certaines sont parfaites. D'autres s'imaginent qu'elles luttent pour les droits de la femme. On n'a pas les moyens de se payer une complexée uniquement assoiffée de prestige.

Eh bien mon vieux, pensa Mikael. Si ce n'est pas des préjugés. Ou plutôt, comme disait toujours Inga-Lisa, un gain de temps. L'une de ses thèses favorites était en effet que les préjugés représentent souvent un gain de temps. Si elle était née du sexe masculin, elle aurait depuis belle lurette été lynchée par des meutes féminines en fureur.

Mais, heureusement, il n'en était rien.

Il secoua la tête. Non sans éprouver une certaine fierté à l'idée de la confiance qu'elle lui manifestait en lui permettant de se charger lui-même du recrutement.

Bengt Lövstedt échafaudait des plans. Peu à peu, il en était venu à approuver l'idée d'Inga-Lisa, en particulier du fait que celle-ci exigeait beaucoup de lui. Bengt n'avait pas peur. Sa femme voyait en lui un monstre d'égoïsme, mais elle confondait égoïsme et égocentrisme car elle ne niait nullement que, en comparaison du commun des mortels, il faisait preuve de beaucoup d'abnégation dans son travail. D'un autre côté, elle ne voyait pas d'inconvénient à aller passer un certain temps à l'étranger avec les enfants, quelle que fût la raison de ce voyage.

Lors de l'une de leurs rencontres, Inga-Lisa avait expliqué à Bengt la tactique à laquelle elle avait elle-même eu recours, une fois, afin de mettre sa famille à l'abri de certaines menaces, et il avait aussitôt sauté sur cette idée. Il ne voyait d'ailleurs pas d'inconvénient à rester seul pendant un certain temps.

Il n'avait pas vraiment menti à Inga-Lisa quand il lui avait dit qu'il n'avait pas de maîtresse pouvant constituer un élément de risque. Ce n'était pas ainsi qu'il pensait aux femmes qu'il lui arrivait de fréquenter. Mais, une fois Elisabet et les enfants partis, rien ne l'empêchait d'aller grapiller dans le bouquet qu'il s'était constitué au fil des années.

Bengt Lövstedt ne manquait apparemment pas de confiance en lui, sous quelque rapport que ce fût. Et c'est fort satisfait qu'il revint de la gare centrale, où il était allé accompagner sa petite famille. Celle-ci devait tout d'abord gagner Västerås et ensuite continuer en avion à partir de là. Inga-Lisa avait dit qu'elle serait surveillée par quelqu'un de sa connaissance pendant toute cette phase de l'opération, afin d'être sûrs que ce départ n'était pas surveillé lui-même.

C'est Mikael qui, en passant, alors qu'Inga-Lisa était occupée au téléphone, avait évoqué l'idée de l'utilité de porter à la fois une ceinture et des bretelles. Bengt avait alors observé Inga-Lisa, se demandant – non sans concupiscence – ce que cela donnerait dans son cas.

Et c'est une fois sa communication terminée qu'Inga-Lisa lui avait dit, avec une froideur exquise :

– Parfait, Bengt. Puisqu'on se lance dans cette affaire, je tiens à te faire savoir que je ne veux pas de mouvement de rues. Pas la moindre manifestation, pas le moindre tract, pas la moindre fille échevelée et livide avec des carottes en guise de matière grise, pas le moindre berger vêtu de peaux de bête venu défendre la veuve et l'orphelin – absolument rien de tout ça, tu m'entends ? Dans le cas contraire, je n'hésiterais pas à rendre mon tablier.

Malgré tout ce qu'il avait déjà vu, Bengt resta interloqué.

– Quoi ?

– N'oublie pas en effet que ce que tu fais doit donner l'impression d'être absolument objectif et froidement calculé. Autrement, les gens en général et les autorités en particulier croiront que tu n'es qu'un excité de plus et on n'arrivera à rien. Objectivité et rigueur, voilà les clés du succès. Alors, dis aux autres d'aller jeûner, apprendre l'acupuncture ou bien à filer la laine, pendant ce temps-là.

Eh bien mon vieux, se dit Mikael.

Le soir de ce même jour, Stig Eklund appela Inga-Lisa pour l'informer que le départ de la famille Lövstedt s'était effectué dans la plus grande discrétion et que, à son avis, la sécurité était, de ce côté-là, maximale. Quelques instants plus tard, c'est Krister Strömbom qui l'appela pour lui dire :

– L'enquête est au point mort.

Inga-Lisa avait certes joué franc jeu avec lui et l'avait informé que le cambriolage pouvait avoir des rapports avec une affaire qu'elle s'apprêtait à accepter et qui concernait Chemosan – en lui confiant cela sous le sceau d'un secret qui n'était tout de même pas absolu. Par cette expression qu'elle n'avait encore jamais employée, elle voulait dire, lui expliqua-t-elle, qu'il n'était pas censé la divulguer mais qu'il pouvait mener son enquête en s'inspirant de ce qu'elle lui avait dit. De toute façon, cette information n'avait pas la moindre valeur de preuve, lui fit-elle observer, et il était bien d'accord avec elle. Il comprit aussi qu'elle n'aurait certainement pas été aussi bavarde s'il n'y avait pas eu ces deux victimes parmi les membres de la police.

– On est complètement dans le brouillard, dit-il d'un ton las.

XI

Bengt Lövstedt entama sa campagne d'une façon qui, tout du moins à première vue, pouvait paraître bien discrète. Les participants à cette conférence sur la médecine dans les pays en voie de développement ne comprirent pas tout de suite où il voulait en venir. En sa qualité d'expert impartial, il avait été invité à parler de la médecine respectivement dans les pays industrialisés et dans les pays en voie de développement et il s'avéra ultérieurement que bien des auditeurs s'étaient attendus à l'habituel discours incendiaire vantant les mérites des docteurs aux pieds nus du tiers monde, à une éloquente protestation contre le fait que l'on voulait obliger les pays pauvres à adopter la médecine technologiquement avancée, etc. Et c'était même bien pour cela qu'on l'avait invité, c'était censé mettre une note de couleur dans l'ordre du jour et cette critique parfaitement prévisible et de bon aloi ne pouvait qu'être bonne pour l'image des organisateurs : un alibi de choix pour une conférence comme les autres.

Il entra donc prudemment en matière, en suivant scrupuleusement le texte de son intervention distribué à l'avance.

Puis il annonça :

– J'aimerais illustrer mon propos de quelques images.

L'obscurité se fit dans l'amphithéâtre et on vit une image apparaître sur le grand écran surmontant l'estrade. La seule tache de lumière subsistante, outre les plaques vertes marquant les issues de secours, était celle de la petite lampe de la tribune. Lorsque Bengt Lövstedt reprit la parole, il se pencha légèrement en avant et baissa la voix. Le public ne vit plus alors qu'un visage auquel l'éclairage venant du dessous conférait des traits diaboliques et grossiers, tandis que des haut-parleurs lui parvenait une voix sourde, insistante et glaciale. Mais les regards ne tardèrent pas à délaisser l'orateur pour se braquer vers l'écran.

Les images défilèrent à une cadence accélérée : enfants décharnés, enterrements, intérieur d'une morgue, gros plan d'une autopsie, certificats de décès en portugais que Lövstedt traduisait en suédois d'une voix imperturbable et glaciale. Nom, âge, cause du décès – nom, âge, cause du décès – nom, âge, cause du décès...

Il ne s'arrêta même pas lorsque qu'il entendit quelqu'un s'évanouir et ne laissa pas paraître qu'il avait compris qu'une autre personne était prise de nausées.

Dernière image : les bâtiments modernes de Chemosan. Puis la lumière revint au milieu d'un silence total. Personne ne s'agitait sur son siège. Tout le monde était figé sur place.

– Tous ceux que j'ai cités aujourd'hui sont morts du fait de médicaments vendus par Chemosan en dépit du fait que cette firme savait que cela entraînerait de telles conséquences. Il y a, chez Chemosan, des gens qui, par goût du lucre, ont délibérément commis des meurtres systématiques ou s'en sont rendus complices. Certaines de ces personnes sont dans cette salle, aujourd'hui. L'une d'entre elles est M. Sundvall, son directeur général. Il est complice d'au moins une vingtaine de meurtres.

Puis il descendit de la tribune et quitta l'amphithéâtre. Personne ne lui adressa la parole en chemin.

La veille, Bengt Lövstedt avait prévenu Inga-Lisa qu'une bonne partie des réactions à son intervention porterait non pas sur ce qu'il avait dit mais bien plutôt sur la façon dont il l'avait dit. Et, en effet, plusieurs journaux publièrent des articles parlant de « la sensation créée par Lövstedt » et du fait « qu'il essayait, une fois de plus, de polariser toute l'attention sur lui ». En revanche, on ne soufflait mot de ce qu'il avait voulu dire, en fait, à savoir que Chemosan vendait son produit bien que sachant parfaitement que celui-ci allait faire des victimes parmi les populations des pays en voie de développement.

Bengt ne s'était donc nullement trompé dans ses pronostics.

La chance voulut cependant que Chemosan ne se livrât pas à une analyse aussi réaliste de ces réactions. En outre, Bengt avait eu une excellente idée en citant nommément l'une de ces personnes – avant d'avoir le temps de comprendre que la polémique allait porter bien plus sur la sensation ainsi créée que sur les arguments de fait, Bert-Olov Sundvall convoqua une conférence de presse au cours de laquelle il fit savoir que non seulement il allait attaquer Bengt Lövstedt en diffamation mais qu'il allait également exiger des dommages-intérêts de son association.

C'est alors que se réveillèrent quelques journalistes qui, à la différence de la plupart de leurs collègues, ne se contentaient pas de recopier les communiqués de presse et de demander à telle ou telle personne ses “ impressions ” sur ceci ou cela, mais allaient parfois jusqu’à se livrer à des enquêtes un peu plus approfondies. Ils prirent contact avec Lövstedt, qui leur fournit l’adresse de divers organismes et médecins dans plusieurs pays du monde.

La télévision envoya une équipe au Brésil et en Colombie, mais se vit ensuite interdire de diffuser le reportage. Nouvelle bévue de la part des responsables, car cette interdiction fit plus de bruit que n’en aurait peut-être fait le reportage lui-même. Toujours cette question de la forme aux dépens de la matière de ce qui est véritablement en question.

Par la suite, la bande contenant le reportage disparut.

Pourtant, tout cela aurait peut-être fini par se perdre dans les sables de l’indifférence si quelque chercheur légèrement exhibitionniste de l’université de Lund, spécialiste de droit pénal, n’avait pas pris contact avec l’un de ces journalistes pas totalement endormis pour lui dire que, du point de vue juridique, on pouvait bel et bien parler de meurtre si une entreprise savait que tels ou tels effets risquaient de se produire, que ceux-ci n’étaient pas admissibles mais que ces effets se produisaient malgré tout. Il fut ensuite interviewé à la télévision, et qualifié alors de “ chercheur en criminologie ” – ce qui entraîna l’intervention d’un maître de conférences de droit pénal d’une université plus septentrionale, intervention qui amena deux professeurs de la même discipline à se prononcer à leur tour sur l’aspect juridique de la chose – et bientôt la nation tout entière fut informée de la différence entre un meurtre et ce qui était connu sous le nom de “ règle de la vie ”.

Torkel lut tout de suite la satisfaction qui s'inscrivait sur le visage bien-aimé de sa femme lorsque, vers sept heures, elle rentra pour le dîner. La satisfaction du chat qui vient de croquer l'oiseau, celle du pêcheur qui vient de faire la prise de sa vie ou du yachtman qui voit se lever le vent – elle aurait pu aussi bien figurer dans l'un ou l'autre de ces rôles s'ils avaient eu l'idée de jouer aux charades mimées.

Mais ils ne le faisaient jamais. Au lieu de cela, elle se mit à table, rayonnante, et une lueur passa dans ses yeux lorsqu'elle vit les quatre couteaux de bois fichés dans le beurrier. Dan et Lisa, leurs deux enfants, étaient assis à la même table mais, alors que les parents mangeaient des boulettes de viande, ils devaient se contenter de canapés, ce soir-là.

– Comme ça, tu pourras également utiliser un couteau en bois pour le beurre, fit observer Lisa. Bonne idée, non?

– Bonne journée? demanda pour sa part Torkel.

– Excellente.

Excellente pour cette avocate dont le client venait de se voir signifier qu'on l'attaquait en diffamation. Les choses étaient en fait allées trop vite pour la partie adverse, qui s'était brutalement trouvée au centre d'une polémique d'ampleur nationale ayant pour conséquence que bien des citoyens avaient eu l'impression que le fait d'écouler sciemment des produits dangereux, entraînant des décès prévus à l'avance, était bel et bien un meurtre du point de vue strictement juridique. La même opinion était depuis longtemps largement répandue du point de vue moral – la seule nouveauté consistait en ceci que cette firme se voyait soudain reprocher des faits qui – s'ils avaient eu lieu – auraient pu être qualifiés de meurtres en vertu d'une conception du droit très généralement partagée.

Parmi le public tout du moins, elle se voyait donc soudain soupçonnée de meurtre.

Est-ce que ce n'était pas de la diffamation, cela?

Inga-Lisa se frottait les mains en pensant à quel point la partie adverse s'était soudain retrouvée coincée. Elle avait soigneusement analysé les diverses éventualités. Elle savait que Chemosan pouvait choisir d'ignorer purement et simplement ces accusations. Si Lövstedt en restait là, cette méthode pouvait se révéler efficace, étant donné l'apathie de l'opinion publique. D'un autre côté, l'adversaire se disait peut-être que Bengt n'avait pas épuisé tous ses arguments. Il avait de bonnes raisons de se douter que celui-ci n'était pas sans bénéficier des conseils d'Inga-Lisa et, sans fausse modestie aucune, elle se disait qu'elle était bien connue pour sa façon extrêmement stratégique de travailler. De plus, le cambriolage et les actes de violence qui l'avaient suivi indiquaient que la partie adverse était sur les dents et sans doute pas trop regardante sur les moyens.

D'ailleurs, sa liberté d'action avait déjà été réduite notablement par le fait que son directeur général avait perdu son sang-froid et avait publiquement promis une riposte. Ce qui étonnait le plus Inga-Lisa, en ce moment, c'était le fait que sa firme n'avait rien fait pour atténuer le côté emporté de sa réaction. Elle se serait plutôt attendue à ce qu'elle lui accorde un congé de maladie ou bien qu'elle le mette à l'écart d'une façon ou d'une autre. Dans la mesure où, comme il a déjà été dit, on ne doutait pas que Lövstedt ait d'autres arguments à faire valoir. Ce qui était bel et bien le cas. Ceux-ci allaient-ils s'avérer nécessaires?

Pour plus de sûreté, elle regarda les informations de neuf heures à la télévision, mais il ne fut nullement question de l'affaire.

Torkel savait que quelque chose d'important était en préparation et que, cette nuit-là, celle qui partageait son lit serait calme et renfermée, et peu portée à badiner. Elle n'avait pas dit grand-chose. Mais elle le ferait bien tôt ou tard et il n'essaya pas de contrarier sa concentration.

Un peu plus tard, il se réveilla en la sentant se rapprocher de lui et poser sa tête sur son bras. Puis elle s'abandonna au sommeil avec un petit soupir et alors il leva sa main, la posa sur son épaule et se rendormit.

XII

Lovander et Jenny avaient conclu un pacte. En vertu de celui-ci, Jenny ne s'absenterait plus pendant longtemps, la nuit, sans en parler d'abord à l'un de ses parents. Lovander n'avait pas cherché à en obtenir plus. Obtenir d'elle la promesse de ne plus manquer l'école n'était pas de ses affaires. Il ne se souvenait que trop bien de ses propres années d'école.

Cette fois, Viola avait pris directement contact avec Lovander et c'est pourquoi celui-ci se dirigeait de nouveau vers cette maison carrée. Mais, ce jour-là, il faisait chaud et le soleil brillait, et il était presque obligé de plisser les yeux quand il les levait vers le ciel. Celui-ci était d'un bleu profond et la lumière du soleil colorait légèrement en jaune le tronc des bouleaux. Il entendait chanter des oiseaux qu'il ne connaissait nullement. Cela sentait la terre et la végétation qui poussait. Les pelouses étaient parsemées de fleurs printanières en bouton et, en un ou deux endroits, elles étaient déjà écloses. Partout, il y avait de petites îles de crocus de différentes couleurs. Il préférait les blancs et les jaunes.

Viola avait surtout l'air gêné.

– Hier, elle n'est pas allée à l'école et elle n'est pas rentrée à la maison.

C'était un samedi.

En fait, Jenny n'avait pas vraiment projeté cette escapade et, quand elle en avait pris la décision, ce n'était pas pour aller bien loin. Cela faisait d'ailleurs plusieurs semaines qu'elle n'avait pas manqué l'école. Elles n'avaient même pas été particulièrement pénibles, ces semaines. Ce vendredi-là, cependant, quelque chose l'avait empêchée de se rendre à l'école. Mais elle n'avait aucune idée de ce que cela pouvait bien être.

Elle quitta donc la ville vers l'ouest, sur sa bicyclette, en direction de la grande forêt, dont elle longea la lisière et où elle pénétra. Le sol était humide, l'herbe de l'année précédente avait été écrasée par l'hiver qui venait de s'écouler, elle était couleur de bronze et aucune anémone n'avait encore éclos. Elle rencontra un merle, parmi de jeunes sapins plantés très serrés, effraya quelques lièvres dans un champ, regarda une mésange noire qui cherchait un endroit où faire son nid, écouta le cri des buses, mais elle n'avait pas encore vécu assez longtemps pour se demander pourquoi elle se sentait tellement oppressée.

La journée passa sans qu'elle s'en aperçoive vraiment. Tout ce qu'elle avait emporté en fait de nourriture c'était deux oranges, et elle ne se souvenait même pas les avoir mangées. Elle n'avait pas eu faim. L'après-midi se déploya lentement sur la forêt et sur elle. La chaleur du jour avait transformé une bonne partie de l'humidité du sol en vapeur et l'air était maintenant envahi par une brume très fine. La lumière était réfractée dans toutes les directions et le monde devenait de plus en plus bleu.

C'est alors que cela se produisit. Au moment précis où elle se trouvait dans un fourré et observait, à travers ses entrelacs, ce rouge-gorge qui chantait si fort du haut du sapin, à quelques mètres de là, elle se surprit à se demander pourquoi elle faisait cela.

Extérieurement, tout était comme auparavant. Quiconque l'aurait vue aurait pensé qu'elle ne faisait rien d'autre qu'observer des oiseaux.

A quoi est-ce que ça sert, au juste? se demanda-t-elle à la place.

Mais cela, personne ne pouvait le voir. C'est pourquoi personne ne put dire, non plus, combien de temps elle resta absolument immobile à cet endroit. Même pas elle-même.

Mais, finalement, elle s'éloigna légèrement et s'assit sur une vieille souche – et c'est là que la petite Jenny disparut. Certes, le sifflement des merles, autour d'elle, ne faisait que redoubler d'intensité et, tout près, ce rouge-gorge chantait comme un possédé. De plus en plus près, jusqu'à se trouver dans le bouleau au-dessus de sa tête. On aurait dit que le monde entier, que tous les êtres s'efforçaient de la réveiller, de la rappeler. Essayaient de lui expliquer que, malgré tout, en dépit de tout le reste, bien que rien ne fût vraiment quoi que ce soit, la beauté existait tout de même. Que...

Et alors le soleil se coucha et le chant des oiseaux s'éleva du sommet de presque tous les arbres car, ce soir-là, les grives tannées avaient choisi sa forêt pour se reposer au cours de leur migration. Il se poursuivit bien avant dans le crépuscule, tel un bruissement, à travers toute la forêt. Mais sans doute ne pénétra-t-il pas très profondément en elle. Elle ne vit pas non plus les chevreuils qui pâturaient à une cinquantaine de mètres d'elle.

Bien après la tombée de la nuit, et presque en silence, elle continua à s'interroger. Sur une immense question qu'elle n'avait pourtant jamais posée.

La question à laquelle il n'y avait pas de réponse. Celle qui fut la cause de la disparition de la petite Jenny.

XIII

On peut naturellement discuter sur le point de savoir quel mois est le plus beau. Certains diront : avril, car les feuilles des arbres ne sont pas encore écloses alors que les fleurs de printemps brillent déjà de tout leur éclat; d'autres diront : juin, mais alors c'est parce qu'ils se souviennent des grandes vacances interminables de leur enfance. Septembre a également ses partisans, à cause de ses couleurs. Mars, avec son mélange de neige et de soleil, n'était pas mal non plus, selon les Strömbom. Des esprits plus pervers iront jusqu'à murmurer : novembre, mais personne ne les croira. Pour les petits enfants, décembre n'est pas sans attraits. Mais ils finissent toujours par grandir en âge et en sagesse.

Quant à Lovander, il aurait répondu sans hésitation : mai.

On était justement au mois de mai, et celui-ci était plus beau encore que les années précédentes.

Lovander était pâle et avait les traits tirés. Il n'aurait pas fait bon lui demander ce qu'il pensait du mois de mai.

Il trouvait que mai était un trop beau mois pour

que disparaisse une petite fille. Comme balayée de la surface de la terre.

Gunnar Lovander était un policier qui semblait promis à un très bel avenir, malgré sa jeunesse, et, jusqu'à très récemment, il avait beaucoup pensé à sa carrière. Mais d'autres traits de sa personnalité commençaient à se manifester. Des traits beaucoup moins propices à une carrière foudroyante. En effet, il commençait à s'engager.

Trois semaines s'étaient écoulées depuis la disparition de Jenny. En partant à l'école, un vendredi matin, elle avait salué des voisins au passage. Elle était à bicyclette. Mais elle ne se rendait jamais à l'école par ce moyen-là.

Depuis, personne ne l'avait vue. Viola n'avait appelé Lovander au téléphone que le samedi matin, car elle avait pensé que Jenny avait fait l'école buissonnière et qu'elle s'était rendue en forêt pour observer les oiseaux, comme elle le faisait si souvent.

Au début, les recherches n'avaient pas été menées de façon très fébrile. Henrik Perlegrund était en fait en congé, ce week-end-là, mais cela ne l'avait pas empêché de passer toute la journée du samedi et la nuit du samedi au dimanche aux endroits les plus réputés, aux alentours de la ville, pour abriter des oiseaux. Tout d'abord à portée de bicyclette, puis dans un rayon de plus en plus étendu. Il avait aussi pris contact avec d'autres personnes s'adonnant volontiers au même passe-temps. Certains connaissaient en effet la fillette, mais ne l'avaient pas vue ces derniers jours.

La bicyclette avait également disparu.

Le dimanche, les recherches s'intensifièrent et on procéda en certains endroits à des battues. Sans résultat.

La nuit du dimanche au lundi vit un brusque changement de temps, marqué tout d'abord par d'abondantes chutes de neige fondue et par un vent violent, puis par un ciel dégagé et plusieurs degrés en dessous de zéro. Ceux qui procédaient aux recherches dans l'une de ces forêts s'en souviennent encore.

C'est alors que l'on mit en œuvre les grands moyens policiers, avec porte-à-porte, interrogatoire des camarades et des professeurs, appels à la radio.

Rien.

Le lundi soir, Lovander revint chez Jenny. Cette fois, il demanda la permission de fouiller sa chambre systématiquement et seul, afin de voir s'il ne pourrait pas trouver un indice susceptible d'orienter les recherches. Viola ne fit pas de difficultés. Il referma donc la porte derrière lui, se rendit droit au chathuant, détacha la clé, prit ensuite le volume *Biggles en danger* et enfonça la clé dans le cadenas du journal. C'était en effet la bonne. Lovander hésita alors quelques instants, peut-être à l'idée d'empiéter ainsi sur ce qu'un être humain peut avoir de plus sacré. Puis il ouvrit le journal et se mit à lire. Il commença d'abord par la fin, mais reprit ensuite le tout depuis le début.

Cela lui prit plus d'une heure et il en eut terminé au moment où des pas se mirent à retentir dans l'escalier.

– Est-ce que tu veux manger un morceau? demanda Viola sans pénétrer dans la chambre.

– Je veux bien, merci. J'arrive tout de suite.

Il avait le journal à la main et se demanda s'il devait le descendre avec lui. Mais il se dit que, si Jenny revenait, il fallait que tout soit en ordre dans sa chambre.

Il remit le livre à sa place et recolla ensuite la clé sous l'oiseau. Celui-ci le regardait fixement.

Ce soir-là, Lovander durcit notablement son attitude envers les parents. Il avait déjà rencontré une ou deux fois le père, un médecin dans la quarantaine, très occupé par son métier. Lovander, lui, n'avait que vingt-quatre ans. Mais il insista pour que le père soit présent à cet entretien et Viola dut l'appeler à son cabinet.

Il se prénommait Torvald et, au cours d'un interrogatoire très serré qui dura deux heures, les deux parents durent répondre à une foule de questions sur le nombre de fois où Jenny s'était absentée, sur sa scolarité, ses rapports avec les autres enfants, etc.

– En résumé : elle n'avait pas de camarades, elle manquait parfois l'école, était parfois malade et a déjà disparu une fois – celle où nous l'avons retrouvée – et elle était assez difficile à la maison. C'est bien ça?

– Elle a des complexes à cause de sa taille, avança Viola.

– Qui est-ce qui les lui a donnés?

La vivacité toute nouvelle du ton la désarçonna.

– Peu importe, désormais, dit Torvald. L'important, c'est que nous la retrouvions, non?

– Nous? Je croyais que tu étais à ton cabinet.

– J'ai participé aux recherches, moi aussi, mais je ne pouvais tout de même pas...

– Quoi?

– Je veux dire : il faut bien que je m'occupe de mes clients.

– Il faut bien?

C'était le genre de question à laquelle on n'est pas vraiment censé répondre, ils en étaient bien conscients tous les trois.

– Pourquoi toutes ces questions? demanda Viola.
– Parce que je veux avoir des indices sur l'endroit où elle peut se trouver, dit sèchement Lovander.
– Est-ce qu'il ne vaudrait pas mieux chercher? demanda posément Torvald.
– Il y en a d'autres qui s'en chargent. Ce que je veux savoir, c'est *où* chercher.
– Ce n'est pas nous qui pouvons le dire.
Lovander les regarda tous les deux : Viola, toujours aussi mince, et Torvald, bien bronzé. Il pensa alors à ce qu'il avait lu dans le journal de Jenny et se demanda jusqu'à quel point il peut y avoir de la fumée sans feu.
Quand il partit, Viola lui demanda :
– Vous n'allez pas abandonner?
Une inquiétude véritable se lisait dans ses yeux.
– Jamais de la vie, avait répondu Lovander.

C'est pourquoi il était si las, si gris et tellement en colère. Trois semaines s'étaient écoulées, maintenant, et pas un seul signe de vie de la part de Jenny. Pas la moindre trace, pas le moindre message, rien. Pas de cadavre non identifié non plus. On n'avait signalé aucune personne quittant le pays qui aurait pu avoir un rapport avec elle. Aucun mystérieux patient dans un hôpital quelconque. Rien. Quand un envoyé d'un journal du soir était venu le trouver et lui avait dit que, étant donné l'air qu'avait la disparue, on pouvait difficilement penser à un crime sexuel, il avait donc eu bien du mal à ne pas lui taper sur la gueule.
– Tu vas t'attirer des ennuis, si tu mets les journalistes à la porte, lui avait dit Krister sur le seuil.
Lovander fut sur le point de répondre quelque chose, mais se contenta finalement de hausser les épaules.

– Il y a des cas, dit gentiment Krister, qui opposent une sorte de résistance. Il ne faut pas se laisser complètement absorber par eux. On fait du mauvais travail, dans ce cas-là. Où en est-on? As-tu eu vent de quelque chose, ces derniers jours?

– Pas l'ombre de l'ombre de quelque chose. Toutes les pistes sont fausses, bon sang, et les parents de la gosse se comportent comme des vrais zombies, ma parole, et...

Krister se pencha sur son bureau et réussit à croiser son regard.

– Rentre chez toi, Gunnar. Va te reposer. Nous voulons tous la retrouver. Regarde Henrik. Il le veut autant que toi. Mais il sait qu'il faut être patient. On ne va pas l'oublier parce que tu seras chez toi.

Lovander ne bougea pas.

– C'est un ordre, reprit Krister.

Inga-Lisa et Bengt Lövstedt étaient d'autant plus contents. Ce dernier disposait bel et bien d'autres arguments, mais il était évident qu'il n'avait pas besoin de les mettre en œuvre maintenant, car Chemosan semblait bien décidée à s'enfoncer de plus en plus profondément dans la nasse. Bengt attribua cela à une planification de tout premier ordre, mais Inga-Lisa nourrissait certains doutes.

Chemosan déposa plainte contre Bengt pour diffamation et l'affaire était maintenant entre les mains du procureur. Ce qui incitait Inga-Lisa à la prudence, c'était le fait que la firme n'avait pas déployé de bien gros efforts pour étayer sa démarche. Elle se demandait si l'adversaire comprenait vraiment tout le sérieux de la situation.

Dans la mesure où elle pouvait en juger, il valait mieux pour Bengt et pour elle que l'accusation de diffamation soit présentée en correctionnelle ou bien par le ministère public ou bien avec constitution de partie civile ou bien encore à l'appui d'une demande de dommages-intérêts. Elle avait déconseillé à Bengt de faire connaître son point de vue dans un livre ou par l'intermédiaire de la presse, car – à tort ou à raison – elle préférait éviter un procès en cour d'assises et donc devant un jury.

Mais quelle carte Chemosan gardait-elle dans sa manche, vu le peu qu'elle avait confié au procureur?

Elle ne tarda pas à le comprendre car ce dernier – une femme – l'informa un beau jour qu'elle n'avait pas l'intention de faire venir la chose devant les tribunaux, parce que ce n'était pas une affaire d'intérêt public. En fait, ce procureur considérait que les éléments que Chemosan lui avait communiqués étaient par trop minces, mais elle ne pouvait pas vraiment dire les choses ainsi sans se faire sévèrement réprimander.

Inga-Lisa comprit alors que, même si la presse disait que c'était un camouflet pour Chemosan, cela rentrait en fait parfaitement dans le cadre des plans de celle-ci. Elle pouvait en effet se constituer partie civile, maintenant, et exiger des dommages-intérêts en faisant intervenir ses propres avocats. Ce genre de personnes était plus facile à manipuler que des procureurs qui étaient salariés de l'État.

Elle se dit que la lutte allait être chaude. C'est aussi ce qu'elle annonça à Bengt et ce qui incita celui-ci à hocher la tête de satisfaction. Il aimait se trouver au cœur de la bataille.

XIV

L'obscurité était toujours aussi compacte, mais elle ne se sentait plus aussi mal. Son pansement la serrait et elle sentait toujours son pouls qui battait dans sa plaie – à moins que ce ne fût dans sa tête tout entière? Cela sentait la pommade, mais pas comme à l'hôpital. Et l'air, lui, sentait comme d'habitude le renfermé.

Elle n'avait pas la moindre idée du jour ni de l'heure.

Elle ne savait absolument pas où elle était.

Elle était incapable de penser.

Lovander ne voulait pas rentrer chez lui. Il appela son tout nouvel ami, Stig Eklund, et lui demanda s'il pouvait passser le voir au cours de l'après-midi.

Il apportait une bouteille entière de vodka.

– Je ne bois guère, dit Stig.

– Eh bien, tant mieux pour moi, dit Lovander et Stig le regarda.

– Ne t'affole pas, je prendrai un taxi pour rentrer chez moi.

Lovander alla s'asseoir sur une pierre, à quelques

mètres de l'endroit où Stig réglait les soupapes de sa vieille moto.

– Qu'est-ce qui ne va pas, mon vieux?

Mis à part le genre grammatical, la question aurait très bien pu s'adresser à la moto vers laquelle il était tourné.

– Une fille que j'arrive pas à trouver, dit Lovander sans ambages.

Stig leva les yeux.

– Et Yvonne alors?

Yvonne, en effet. Depuis combien de temps ne l'avait-il pas vue? Plusieurs semaines.

– Ce n'est pas ce que je veux dire. Mais c'est vrai que ça fait un bon bout de temps que je ne l'ai pas vue, elle non plus, quand j'y pense. Non, c'est une gamine de treize ans que nous recherchons.

Ah oui, Stig avait lu quelque chose dans le journal à ce propos.

– Droguée?

– Oh non, pas du tout.

– Elle a totalement disparu?

– Complètement. Sans laisser la moindre trace.

– Alors, vous laissez tomber.

– Pas moi.

Le contraire m'aurait étonné, se dit Stig.

– Pourquoi pas?

– Parce qu'elle ne devrait pas avoir disparu.

– Tu l'as déjà rencontrée?

– Oui.

Ah ah, se dit Stig en se levant et s'essuyant légèrement les mains, avant d'examiner la moto d'un œil critique.

– Et qu'est-ce qu'en disent ses parents – si elle en a?

– La mère a l'air très ébranlé, mais le père est un type très froid. Alors, je ne sais pas trop.

Stig se retourna.
– Pourquoi me parles-tu de ça?
– J'en ai besoin.
Ils se regardèrent, à peu près aussi pensifs l'un que l'autre.
– Elle se plaisait chez elle?
– Elle n'aurait pas dû, mais la réponse est à la fois oui et non.
– Oui et non!
Lovander se contenta de hocher la tête.
– Est-ce qu'il y a des hypothèses quant à la raison de sa disparition?
– Non.
– Aucun signe avant-coureur?
– Non, plutôt l'inverse. Elle a déjà fait une fugue auparavant mais, cette fois-là, on l'a retrouvée – enfin, c'est Perlegrund – au milieu des hiboux.
– Des hiboux?
– Il y a un ou deux mois de ça. Elle raffole des oiseaux. Henrik aussi, dieu merci. C'est ce qui lui a permis d'avoir une idée de l'endroit où la retrouver.
– Mais pas cette fois-ci?
– Non. On est allé dans tous les endroits possibles et imaginables – et même pas mal d'autres.
Stig se rendit compte à quel point Lovander était fatigué.
– Eh bien, allons prendre quelque chose, dit-il. Et tu pourras me raconter le reste avant d'être complètement soûl.

Tard le soir, Stig raccompagna Lovander en ville en voiture et dut plus ou moins l'aider à monter l'escalier de son petit appartement.
Puis il fit un long détour pour rentrer chez lui. Le front creusé de grosses rides. Et plongé dans des

pensées très sombres. Vers le nord, le ciel était brun-rouge et l'air odorant et chargé de rosée pénétrait par les vitres du véhicule. Il faisait également partie de ceux qui pensent que mai est un mois magnifique.

Le lendemain matin, il appela Lovander. Il dut attendre un bon moment avant que celui-ci réponde.

– La gueule de bois? demanda Stig.

– Moi! Pas du tout! On sait boire. Non, j'étais sous la douche.

– Est-ce qu'on peut rencontrer les parents de cette gamine?

– Pourquoi? Ça t'intéresse, toi aussi?

– Oui.

Lovander garda le silence un instant avant de dire :

– C'est exactement ce que j'espérais. Merci!

XV

La femme s'appelait Evy. Elle le savait, parce qu'elle avait entendu quelqu'un l'appeler ainsi. En général, elle ne la voyait qu'à contre-jour lorsque celle-ci ouvrait la porte pour lui amener à manger ou pour vider son pot. Quand elle changeait son pansement dans l'obscurité, elle s'y prenait avec si peu de douceur que cela lui faisait mal.

Elle entendit les pas d'Evy de l'autre côté de la porte. L'heure de manger, de nouveau? Un bruit de clés et la porte s'ouvrit.

– Tu dors? demanda Evy.

– Non.

Puis la porte se referma et l'obscurité se fit de nouveau. Pas encore l'heure du repas.

Ses nausées avaient totalement disparu et elle s'était plusieurs fois mise debout pour faire le tour de la pièce. A tâtons. Elle avait fait bien attention de ne pas renverser le pot, posé à côté du lit.

La fenêtre était condamnée au moyen de planches. Elle l'avait déjà constaté auparavant, quand on lui permettait encore d'avoir de la lumière dans la chambre.

Elle retourna donc s'asseoir sur son lit. Mais elle

ne se coucha pas. Et, pour la première fois, elle se mit à pleurer. Longuement et sans bruit, pour ne pas qu'Evy entende. Mais, pour finir, ce fut trop fort pour elle et elle se jeta sur le lit, le visage dans les couvertures. Des pensées désordonnées commencèrent à se frayer un chemin jusqu'à sa conscience. Et elle toucha son pansement de la main, prudemment, en pensant à la raison pour laquelle celui-ci se trouvait là.

Chemosan fit savoir qu'elle avait l'intention de se constituer partie civile et de demander de gros dommages-intérêts. Inga-Lisa se livra à de prudentes estimations. Si elle avait eu à défendre la cause adverse, elle se serait contentée de dommages-intérêts. Elle aurait ainsi pu mettre à profit les règles de procédure des procès contradictoires, qui obligeaient les deux parties à révéler leurs arguments avant la phase principale. Un procès au criminel, en revanche, permettait à l'accusé d'apporter des contre-preuves à un stade relativement tardif – ce qui était bien ce qu'elle avait l'intention de faire en ce qui concernait Lövstedt.

La partie adverse ne cherchait pas à profiter de cette possibilité et c'est bien ce qui lui inspirait une aussi grande prudence. Il y avait des raisons de s'attendre à un coup fourré. A moins que Chemosan ne misât vraiment sur la condamnation de Lövstedt pour claironner son bon droit? Ou bien encore qu'elle leur réservât d'autres surprises?

Et, naturellement, c'est ce qui se produisit!

Bengt Lövstedt l'appela au téléphone pour lui dire qu'il n'arrivait pas à toucher le médecin brésilien qui devait être l'un de leurs principaux témoins.

– Il a tout simplement disparu.

– Où ça?

– Au Brésil. Il est parti en voyage. Personne ne sait où.

– Viens ici immédiatement, dit Inga-Lisa, légèrement fatiguée.

Une demi-heure plus tard, Bengt Lövstedt était dans son bureau.

– Il semble bien que nous allons perdre un témoin important, dit Inga-Lisa.

– Oui, mais j'en ai d'autres.

– Il faut les mettre en sécurité.

– Comment ça?

– Je crois que je vais m'en occuper. Mais ça va vous coûter un petit paquet.

– Pour quelle raison?

– Il faut que je me fasse aider par certaines personnes...

– On peut s'en charger nous-mêmes.

– Non!

Bengt eut un haut-le-corps.

– Pourquoi pas?

– Je suis chargée de faire en sorte que tu ne sois pas condamné pour diffamation. De ton côté, tu cherches à les épingler pour meurtre. Si tu es condamné toi-même, tu n'as pas grande chance d'aller plus loin. Donc, je dois faire en sorte que tu ne perdes pas ce procès. Je me charge d'apporter les preuves – et vous, vous payez.

– Les témoins?

– Il est possible que nous n'ayons pas seulement besoin de témoins mais également d'autres formes de preuves, que les témoins peuvent peut-être nous aider à nous procurer. Si les témoins disparaissent, il nous restera toujours les autres preuves et on peut espérer que ce sera suffisant.

– Qu'est-ce qu'il faut faire?
– Je vais envoyer des gens...
– Des gens, on en a...
– Mais ils ne doivent pas se mêler de ça!
Bengt Lövstedt comprit que la direction des opérations lui échappait bel et bien.
– Il me faut obtenir le feu vert de notre association.
– Jamais de la vie! Ou bien tu me fais totalement confiance, ou bien on laisse tomber.
– Mais, dans notre association, toutes les grandes décisions doivent être prises démocratiquement et, en outre, nous désirons éviter les méthodes trop dispendieuses en énergie...
– Un voilier pour le Brésil? ironisa Inga-Lisa.
– Non, mais il y a peut-être d'autres façons de faire la traversée...
Inga-Lisa pouffa de rire.
– Pas étonnant que vous soyez si peu efficaces, dit-elle au bout d'un instant. Vous en serez bientôt à utiliser la voiture à cheval, pendant que vos adversaires prendront l'avion. Il faut que tu te décides très vite et tu ne peux malheureusement pas mettre tes collaborateurs au courant de ce que nous allons faire. Alors fais-toi délivrer un pouvoir pour prendre, en accord avec moi, toutes les décisions nécessaires dans cette affaire. Si tu n'y parviens pas, je crois que vous feriez mieux d'abandonner toute cette histoire.

Au fond de lui-même, Bengt savait qu'elle avait raison et, en quittant son bureau, il se demandait comment il allait bien pouvoir s'y prendre pour se faire accorder *carte blanche*, même en matière financière, par l'assemblée de l'association. Ce n'est que maintenant qu'il s'apercevait à quel point il s'était engagé sur une voie qui n'avait qu'une seule issue possible : la victoire totale.

Qu'est-ce qu'avait dit Inga-Lisa, déjà, avant qu'il ne parte? Combattre le mal par le mal, ou une expression biblique dans ce genre-là.

XVI

Jenny n'avait aucune idée du temps qui pouvait s'être écoulé depuis la précédente visite. Après avoir pleuré tout son soûl, elle était restée longtemps allongée sur son lit à penser à tout un tas de choses, avant de finir par s'endormir, probablement. Elle ne savait pas non plus comment elle s'était éveillée. Le silence lui paraissait encore plus profond que d'habitude et elle se dit qu'il devait faire nuit. Ou bien qu'il était très tôt le matin. Le seul bruit qu'elle entendît était le chant, extrêmement faible, d'un oiseau, un seul.

Elle se demanda un peu de quel oiseau il pouvait bien s'agir.

Depuis combien de temps était-elle enfermée là, exactement? Et pourquoi?

Elle avait les idées plus claires que depuis bien longtemps et elle était capable de réfléchir à une bonne partie de ce qui venait de se passer. Apparemment, tout ce qu'elle avait lu dans ses livres lui était arrivé. Personne ne lui avait dit quoi que ce soit, cette nuit où elle était rentrée dans la rue de sa maison sur sa bicyclette et où quelqu'un l'avait prise par le bras; puis elle s'était retrouvée assise dans une voiture et avait entendu qu'on jetait son vélo dans le coffre.

Plus tard, Evy lui avait dit qu'elle était kidnappée.

Et c'est ce qu'elle était depuis ce moment-là : kidnappée.

Mais personne ne lui disait pourquoi. Elle était restée enfermée pendant bien des jours et, une fois, elle avait fait comme elle avait lu dans ses livres : elle avait fait semblant de s'évanouir. Et c'est cet homme qui était entré, cette fois-là, à la place d'Evy, et Jenny avait alors roulé sur elle-même, sur le plancher, puis avait pris ses jambes à son cou. Elle s'était retrouvée dans un couloir assez long et étroit, avec au milieu un escalier qu'elle avait commencé à descendre en courant, et là...

Elle était presque hors d'état d'y penser sans être de nouveau prise de nausées de frayeur.

Là se trouvait Evy, très calme, et, à côté d'elle, un gros chien. Et Evy avait dit :

– Vas-y, Danny !

Jenny avait fait demi-tour mais le chien l'avait renversée par-derrière.

– Doucement, Danny, doucement.

Jenny s'était retournée et avait regardé droit dans le museau du chien. Il montrait les crocs. Mais il ne bougeait pas. Alors Evy avait dit :

– Tu vois bien, sale petite morveuse, que ça ne sert à rien de tenter de t'échapper. Allez, Danny, mords-la !

– Non, avait dit l'homme qui se trouvait au-dessus d'eux.

Mais le chien avait planté ses crocs sans hésiter dans la jambe droite de Jenny et Evy s'était alors avancée et l'avait saisi par son collier en disant :

– Ça suffit, Danny!

Ensuite, elle ne se rappelait plus rien de ce qui était arrivé. Elle s'était réveillée dans son lit, avec un pansement autour de la jambe, et ça sentait l'hôpital; et puis elle s'était sentie mal, elle avait eu des frissons de fièvre pendant longtemps et Evy lui avait dit que le chien serait toujours, toujours, à proximité, et que, pour la punir, elle n'aurait plus le droit d'avoir de la lumière dans sa chambre. Elle ne verrait plus rien.

Evy aimait bien faire du mal.

Puis ils avaient recommencé à la harceler...

Elle sentait le pansement autour de sa tête, mais était surtout étonnée de sa présence.

Dans sa tête passaient différents airs de musique. Elle chantait de plus en plus souvent intérieurement, pour elle-même. Différentes chansons, parfois même des mélodies sans paroles. Elle avait déjà eu le temps de s'habituer à l'idée d'être enfermée. Mais elle n'avait pas la moindre idée de l'endroit où elle se trouvait, de la raison pour laquelle on la retenait ainsi, ni de l'identité de ses gardiens. Mais, en revanche, elle savait bien que tout le monde ignorait où elle se trouvait. Voire qu'elle était encore en vie.

D'ailleurs, était-ce bien vrai? Pouvait-on vraiment dire qu'elle était encore en vie?

Dans tous ses livres, il y avait un moyen de s'échapper. Elle avait déjà essayé de s'enfuir par la porte, mais elle ne recommencerait plus, à cause du chien...

Elle frissonna. Elle était restée couchée pardessus la couverture et elle avait légèrement froid.

La fenêtre était totalement impossible à ouvrir. Elle était fermée par des planches clouées de l'intérieur. Elle avait aussi, à plusieurs reprises, examiné soigneusement le plancher, alors qu'elle avait encore de la lumière. Mais elle n'avait rien trouvé.

Elle désirait tellement avoir de la lumière. Elle n'était pas seulement enfermée dans une chambre obscure. L'obscurité était en elle, en dessus et en dessous d'elle. Une partie de ces ténèbres était chaude, une autre était dure et une dernière un peu rêche et fripée. Très noire et très profonde.

Qu'est-ce que c'était, cet oiseau qui chantait, au juste?

Elle resta sans bouger. On entendait à peine son chant, à travers le mur. On n'entendait même pas vraiment tout son refrain. Presque rien ne pénétrait de l'extérieur.

Elle colla alors l'oreille contre le mur, mais ce fut encore pire, encore moins net. Bizarre. Elle se mit sur son séant. Elle entendait toujours le bruit. Elle se mit alors debout au milieu de la pièce. Apparemment, l'oiseau se trouvait près de l'un des coins de la pièce. Elle s'y rendit. Une fois arrivée près du mur, elle se heurta à un tableau. Mais celui-ci ne tomba pas, il devait seulement être un peu de travers, maintenant. A cet endroit-là, le chant de l'oiseau était un peu plus distinct.

Jenny pensa à tous ses livres et se mit à chercher le tableau à tâtons. Elle le trouva et le décrocha, dans l'espoir qu'il dissimule quelque chose de particulier. Elle passa la main sur le mur mais ne sentit rien d'autre que la tapisserie. A un endroit, cependant, celle-ci était légèrement fendue et un très mince filet d'air frais venait lui caresser le bout des doigts. Elle passa alors très doucement la main sur toute la surface et comprit qu'il s'agissait d'un petit aérateur mural d'un modèle tout à fait ordinaire, qu'on avait apparemment recouvert quand on avait tapissé la pièce.

Elle fut tout d'abord immensément déçue. Puis elle se dit qu'il serait peut-être possible de faire parvenir par là un message au monde extérieur – exactement comme dans ses livres. Elle se mit alors à lacérer la tapisserie, tout autour de l'appareil, au moyen de ses ongles qui n'avaient pas été coupés depuis longtemps.

Apparemment, c'était un de ces systèmes à bascule comme il y en avait dans la cave, chez elle. Elle le tira vers elle et il bascula vers le bas – et elle vit de la lumière!

Rien qu'un tout petit filet, sur les bords de l'appareil. Il y avait aussi un grillage, tout au fond du trou. Mais quelques chose l'empêchait de l'atteindre. Elle plongea alors la main, très impatiemment, et poussa cet objet vers le fond. Mais elle la retira très vite, car elle entendit une sorte de froufroutement et comprit alors qu'il s'agissait d'un nid de guêpes.

Elle referma le couvercle, mais n'entendit aucun bourdonnement. Au bout d'un moment, elle ouvrit de nouveau très prudemment. Le nid devait être vieux et abandonné, car elle ne vit pas de guêpes. Très prudemment, pour commencer, puis de plus en plus vite, elle ôta les restes du nid. Maintenant, l'aérateur tout entier, jusqu'au grillage du fond, s'ouvrait devant elle.

Mais la lumière était encore bien faible et cela l'incita à penser que c'était l'aube ou bien le crépuscule, à l'extérieur. Elle enfonça tout le bras dans l'orifice et appuya sur le grillage, tout d'abord légèrement, puis de plus en plus fort. Il ne bougea pas. Elle eut alors l'idée de chercher dans la pièce quelque chose avec quoi l'enfoncer – mais elle se dit alors que, dans ce cas-là, le grillage tomberait sur le sol, à l'extérieur de la maison; à supposer même qu'elle réussît à le faire bouger.

Et Evy l'avait menacée du chien si elle s'avisait de faire de nouveau quoi que ce soit.

Elle avait des frissons rien qu'à envisager cette éventualité.

Elle ne pourrait jamais sortir. Le chien était là en permanence. En permanence. Quelque part à l'extérieur.

Elle retourna s'asseoir sur son lit, mais sans quitter des yeux cette petite lueur grise, là-bas. Puis elle se releva, approcha de nouveau de l'aérateur et respira l'air à pleins poumons. Jamais, jamais de sa vie, l'air ne lui avait paru *aussi* bon.

Soudain, elle entendit quelque chose, là-bas, très loin, un cri très net. Elle se figea sur place, cessant même de respirer. Son être tout entier se banda.

Elle était bel et bien vivante!

« Un martinet, pensa-t-elle. Un martinet! Est-ce que je suis vraiment restée enfermée aussi longtemps que ça? »

Elle était vivante! Puis elle s'aperçut que par cet orifice elle entendait d'autres oiseaux en train de chanter. On sentait que le matin approchait – pas seulement au fait que l'intensité de la lumière augmentait. Mais également parce que le chant des oiseaux se faisait de plus en plus fort.

Mais Evy n'aimerait pas du tout la voir près de cet aérateur, en train d'écouter et de humer.

Elle remit donc le tableau en place, non sans avoir refermé l'appareil, mais pas tout à fait et en le bloquant au moyen d'un morceau de tapisserie.

Elle n'entendait plus aussi bien, maintenant, mais pas trop mal malgré tout, si elle se tenait juste en dessous.

Elle s'assit par terre et s'endormit là, sur le sol, tandis que, venant de derrière le tableau, les bruits confus du monde extérieur pénétraient dans l'obscurité de la pièce.

XVII

C'était le genre de victoire qu'Inga-Lisa appréciait par-dessus tout. Certes, la peine n'avait pas été bien sévère – une modeste amende – mais le tribunal avait tout de même rendu un verdict de culpabilité. Elle plissa les yeux en les levant vers le soleil de mai, sur la grand-place de la ville, non loin du tribunal. Le ciel était bleu et parsemé de nuages blancs et laineux, aux contours très tranchés. Les mouettes rieuses poussaient leur cri entre le toit des maisons et, plus haut en l'air, on pouvait entendre celui de quelques martinets. Krister Strömbom, de même qu'Henrik Perlegrund, avait pris le temps d'assister au procès et tous trois se dirigeaient maintenant vers un endroit où prendre une tasse de café.

– Ils sont arrivés hier, dit Perlegrund en levant les yeux en l'air.

– Qui ça ?

– Les martinets. En général, ils arrivent entre le 12 et le 16 mai. Cette année, ils sont en retard.

Ils avancèrent en direction du pont.

– Inga-Lisa, tu sais que tu es vraiment dingue ? demanda poliment Krister.

– Tu veux parler du procès d'aujourd'hui ?

– Oui. Qu'est-ce qui se passerait, si tout le monde se mettait à observer la loi telle qu'elle est?

– Tu trouves que le tribunal a eu tort de juger comme il l'a fait?

– Non, techniquement il a évidemment parfaitement raison, mais...

– Techniquement, c'est tout?

– Bah...

– Cela confère aux enfants un droit qu'il est bon qu'ils aient, dit Perlegrund.

Krister le regarda d'un œil critique.

– Tu es drôlement plein de sollicitude, ces derniers temps, dit-il ensuite.

– A propos d'enfants, vous avez eu un cas de disparition, récemment. Vous l'avez retrouvée?

– Non, dit Perlegrund, toujours aussi pensif. Hélas, non.

Krister se mit à réfléchir. Il lui semblait bien que c'était la première fois que Perlegrund se montrait aussi directement affecté par une affaire. Il secoua alors la tête pour lui seul – où en étaient ses collègues, exactement?

– Enfin, reprit posément Inga-Lisa, en ce qui concerne le procès d'aujourd'hui, c'était clair comme de l'eau de roche. Il se trouve simplement que, lorsque les choses sont trop claires, procureurs et tribunaux ont tendance à avoir la vue un peu basse. Mais quand, comme aujourd'hui, on a des juges qui se sentent obligés d'expliquer pourquoi ils rendent le jugement qu'ils s'apprêtent à rendre, on peut dire qu'ils ont réfléchi à la chose. Et, dans ce cas, il n'est pas impossible de réussir.

– Bah, dit Krister d'une voix légèrement hésitante...

– Mon cher Krister, ne m'oblige pas à te faire

encore un cours de droit. Voyons un peu. Est-ce que cet enfant n'avait pas demandé si l'autocar s'arrêtait bien au croisement?

– Si.

– Et la chose a été prouvée, n'est-ce pas?

– Oui.

– Et il s'agissait bien d'un car de ramassage scolaire?

– Oui.

– Mais le conducteur n'a pas répondu et il a quitté l'école avec cet enfant à bord?

– Oui.

– Mais il ne s'est pas arrêté au croisement, bien que plusieurs enfants lui aient dit de le faire?

– Bien sûr, mais...

– Et, entre autres, ce garçon qui voulait descendre du car?

– Bien sûr, mais...

– Et qui n'a donc pas pu le faire?

– Oui.

– Et qui s'est donc vu privé de l'exercice de sa liberté, oui ou non?

– Oui, mais si peu de temps...

– Il a tout de même été obligé de faire un kilomètre et demi à pied, non?

– Si, mais...

Inga-Lisa s'arrêta et se retourna vers Krister, arborant son sourire le plus maternel.

– Krister, reconnais donc que tu as tort!

– Bien sûr, mais... dit-il, sans doute surtout de façon machinale.

– Le conducteur a donc été condamné à une légère amende et les enfants se voient reconnaître, à l'avenir, exactement les mêmes droits que nous autres, les adultes – est-ce que ce n'est pas une bonne chose, Krister? Même s'il a fallu pour cela se constituer partie civile?

Après la rivière, ils obliquèrent en direction de la cafétéria, Krister non sans secouer une fois de plus la tête. Perlegrund, lui, était plongé dans d'autres pensées.

Cette fois, ce n'était pas Evy qui lui apporta à manger, mais l'un des hommes. Plus précisément, celui qui avait essayé d'empêcher Evy de la faire mordre par le chien, ce jour-là, dans l'escalier. Il avait toujours été beaucoup plus doux avec elle, pas du tout brutal et méchant comme Evy. Une fois aussi, c'était encore un autre homme qui était venu lui apporter à manger, mais il n'avait pas dit un seul mot.

– Est-ce qu'on est bien mercredi, aujourd'hui? demanda Jenny.

– Non, seulement lundi.

La réponse était un peu étonnée. C'était la première fois que Jenny lui demandait quoi que ce soit.

– Comment est-ce que tu t'appelles? demanda Jenny.

– Je... peu importe.

Mais Jenny l'avait déjà baptisé Josef, sans trop savoir pourquoi.

Josef eut l'air vraiment gêné lorsqu'il prit le pot de chambre et sortit avec. Il ferma très soigneusement la porte à clé. Au bout d'une ou deux minutes, il revint et posa le pot par terre. Puis il ressortit sans rien dire d'autre.

Le pot sentait le produit à récurer. Evy ne le lavait jamais, elle.

Jenny attendit plusieurs minutes après son départ, mais personne ne revint. Elle gagna alors le coin de la pièce, écarta prudemment le tableau et fit basculer l'aérateur. Une bouffée d'air chaud lui parvint au visage et elle entendit des mouettes, des sternes et des oiseaux chanteurs.

Les martinets sont donc arrivés le premier lundi, se dit-elle. Ils sont arrivés le premier lundi après ma naissance, continua-t-elle à raisonner de façon un peu bizarre, en regardant le monde extérieur. A travers les mailles du grillage, en face d'elle, elle voyait le mur d'une maison. Apparemment, cet aérateur devait être situé très près de l'angle d'une cour. Il y avait aussi une partie où elle voyait du bleu. De l'eau – elle n'était pas loin d'un peu d'eau, sous une forme ou sous une autre. Mais, d'après le chant des oiseaux, elle avait l'impression que c'était la mer.

Mais elle ne voyait que quelques mètres de cette eau, le reste était caché par le cadre du grillage.

Tout son univers se limitait à ces quelques mètres d'eau et à un mur. De temps en temps, une mouette ou un goéland passait à toute allure devant ces quelques mètres et, en cette journée de mai, les oiseaux chantaient à pleine gorge. Elle était sûre qu'on était déjà en mai, puisque les martinets étaient arrivés.

Je me demande combien d'espèces d'oiseaux on peut voir et entendre, ici, se dit-elle.

Elle eut tout juste le temps de remettre le tableau en place avant qu'Evy n'entre dans la pièce pour lui apporter un peu à manger. Evy ne prononça pas un seul mot. Aussitôt la porte refermée, Jenny regagna son coin à pas de velours. Ce qu'on lui avait amené devait être le dîner car, sur ce petit coin de mer, la lumière était maintenant d'un bleu plus foncé et un merle s'était mis à chanter.

Elle s'efforça de regarder et d'écouter jusqu'à ce

que tout soit devenu parfaitement paisible. La surface de l'eau était mate et elle voyait des hirondelles domestiques de diverses espèces passer très rapidement dans son champ visuel, en rasant la surface de l'eau. Un peu plus loin jouait un chevalier gambette et on entendait encore autre chose.

Ce soir-là, elle fut bien longue à s'endormir. Tant de choses s'étaient passées, elle avait eu tellement de choses à voir, tellement de choses à entendre.

Le plus étrange de tout, c'était peut-être le fait que, tandis que le sommeil s'emparait graduellement d'elle, elle pensait également à cette soirée d'avril, dans la forêt. Ce jour où tout lui était apparu dénué de signification. Pourtant, c'était une belle soirée, se dit-elle. La lumière était si belle et il y avait tellement de chants d'oiseaux.

Ce qui lui arriva en tout dernier, avant de s'endormir définitivement, ce fut de comprendre confusément quelque chose d'autre, une chose dont elle ne se souvint pourtant pas de la même façon le lendemain. Le fait qu'elle aurait bien voulu avoir quelqu'un à qui raconter tout ce qu'elle avait vu et entendu. A qui dire comme c'était beau, là-bas, dehors. Et que les martinets étaient arrivés.

XVIII

En fait, ce n'était rien d'autre que de l'exotisme. Cela aurait pu se passer en Italie, par exemple.

Gunnar Lovander et Stig Eklund avaient été reçus par Viola, en ce beau jour de mai. Lovander avait vaguement présenté Stig en disant qu'il travaillait sur l'affaire, lui aussi. Ils avaient fouillé systématiquement la chambre de Jenny. Lovander avait montré l'étagère à livres et Stig avait longuement examiné son contenu. Il fut très élogieux à propos de la cachette du journal et de la clé.

– Elle est futée, cette gamine, dit-il.

– Je veux que tu lises son journal, toi aussi, dit Lovander.

Stig eut l'air d'avoir des scrupules.

– Si, fais-le, dit Lovander. Il faut que tu la connaisses également.

Au bout d'un moment, on entendit une voiture approcher du garage.

– On dirait que le maître de maison arrive, marmonna Lovander. Je descends le retenir en bas.

Stig ne répondit pas, car le journal de Jenny avait commencé à tenter de lui parler de quelque chose.

Son écriture n'était pas difficile à déchiffrer.

Comme chez beaucoup d'adolescents, elle était à la fois claire et consciente d'elle-même. Elle n'était pas penchée vers l'arrière, comme c'est souvent le cas, mais suivait quand même un certain modèle.

Jenny avait beaucoup de choses en tête et Stig n'était pas certain qu'elle consignât chaque jour dans ce journal ce qu'elle faisait en vérité. Mais il n'était pas difficile de voir quels jours elle avait manqué l'école et fait autre chose que ce qu'elle devait faire. Elle parlait beaucoup de ses rêves. Et pourtant ! Elle *savait* qu'il s'agissait de rêves. Elle était doué d'une imagination très fertile, mais n'était nullement dupe de celle-ci. Cette imagination comportait une bonne part de désir d'autre chose, mais il était clair que Jenny était consciente que ce désir était vain.

Jadis, Stig avait également été dans la police, même s'il n'avait pas été occupé à des tâches policières bien banales. Par contre, il avait souvent pénétré par effraction dans la vie privée des gens. C'est d'ailleurs ce qui l'avait amené à renoncer. Mais voilà qu'il se retrouvait dans la même situation.

Pourtant il y avait une différence importante. La personne en question avait besoin d'aide. Il n'avait donc pas vraiment le sentiment de l'espionner.

Mais il espérait bien qu'elle ne saurait jamais que d'autres qu'elle avaient lu son journal.

En fait, elle n'était pas très difficile à connaître. Pas étonnant que Lovander s'obstine sur cette affaire, se dit Stig. Jenny avait disparu mais, cette fois-ci, ce n'était sans doute pas dans son univers imaginaire, car elle semblait parfaitement consciente des limites de celui-ci.

Jenny inventait des choses.

Elle avait envie de partir. Et maintenant elle était

véritablement loin de chez elle. Mais pouvait-on dire pour autant que ses vœux avaient été exaucés?

Il n'était pas difficile non plus de comprendre pourquoi elle désirait partir.

Si nous pouvions l'interroger, elle se considérerait sans doute comme le vilain petit canard du conte, se dit Stig.

Pourquoi n'est-elle pas ici en ce moment, pour qu'on puisse lui poser des questions sur ce point précis? se demanda ensuite Stig, juste au moment où Lovander ouvrait la porte. Stig leva les yeux et ensuite se mit brusquement debout, avant qu'un seul mot ait été prononcé; le regard de Lovander était assez éloquent. Il fit demi-tour en direction de l'escalier sans desserrer les lèvres, avec Stig sur ses talons.

Stig n'avait encore jamais rencontré Torvald, mais ils ne se saluèrent pas. Les deux époux étaient debout dans la pièce, immobiles, et regardaient la table. Sur celle-ci était posée une petite boîte en carton.

Avant même de regarder dedans, Stig savait, pour quelque obscure raison, ce qu'il allait y trouver. Quant à dire pourquoi, il en aurait été bien incapable, même après coup.

C'est la raison pour laquelle il vit immédiatement que c'était une oreille qu'il y avait dans cette boîte. Une oreille humaine.

– Occupe-toi de ta femme, se contenta-t-il de dire à Torvald.

Celui-ci leva les yeux, étonné.

– Emmène ta femme d'ici, bon sang, répéta Lovander à haute et intelligible voix. Enfin, quoi! Tu es médecin. Fais quelque chose!

Il enfonça ses phalanges dans les côtes de Torvald, que la douleur parut tirer de sa torpeur. Puis il posa les mains sur les épaules des deux époux, les poussa dans la pièce qui se trouvait près de la cuisine et ferma la porte derrière lui. Le silence retomba.

L'oreille avait en fait été enveloppée dans le papier de soie qui était toujours là, légèrement chiffonné, au fond de la boîte. Elle avait été désinfectée, mais la plaie en disait malgré tout assez long.

Cela aurait pu se passer en Italie.

Et pourquoi?

Une partie du moi de Stig enregistra le fait que c'était un être humain qui avait été soumis à ce traitement et que cet être-là était sans doute Jenny. Il devait faire tout son possible pour mettre un terme à cette horreur. Pour cela, il mit en œuvre l'autre partie de sa personnalité.

Il doit y avoir une lettre, se dit-il.

En prenant bien garde de ne pas toucher la boîte ni son contenu, il examina attentivement celle-ci. Rien. Il se rendit donc dans la pièce voisine.

La scène à laquelle il assista était quelque peu étrange. Lovander avait le bras passé autour d'une Viola totalement muette, tandis que Torvald faisait le tour de la pièce sans s'arrêter, même lorsque Stig entra.

– Allez vous-en d'ici, je vous l'ai déjà dit.

La voix de Torvald était décidée. Lovander ne répondit pas, se contentant de caresser les cheveux de Viola.

Ce serait plutôt le rôle du mari, se surprit à penser Stig.

– Est-ce qu'il y avait une lettre? demanda-t-il ensuite.

Torvald donna l'impression de se réveiller.

– Qui es-tu?

– Y avait-il une lettre?

– Allez vous-en.

– Y avait-il une lettre dans la boîte? répéta Stig, toujours de la même voix.

Torvald hésita pendant cette fraction de seconde qui est si éloquente. C'en était presque offensant.

– Non, dit-il enfin.

Lovander lâcha alors Viola et traversa la pièce d'un pas ferme, empoigna presque sans s'arrêter Torvald par le revers de sa veste et alla le coller au mur avec si peu de ménagements qu'on entendit le choc. Ses pieds ne touchaient même pas le sol et Stig se dit que cela allait laisser des traces. Les visages des deux hommes se touchaient presque et la voix de Lovander tremblait légèrement :

– Ça suffit comme ça, les mensonges. T'as compris, bon dieu? Ne refais jamais ça! Ja-mais! Tu m'entends?

Torvald était toujours suspendu contre le mur par la poigne de Lovander. Il n'avait pas l'air de se rendre très bien compte de ce qui se passait.

– Alors, cette lettre, où est-ce qu'elle est? demanda Lovander toujours de la même voix, mais cette fois-ci sans trembler.

Le silence s'éternisa. Les pieds de Torvald ne touchaient toujours pas le sol. La poigne de Lovander se durcit encore un peu plus. Puis il attira Torvald vers lui tout en pivotant sur ses talons et l'envoya brutalement vers le centre de la pièce. Torvald heurta le bord de la table basse et tomba sur le tapis avec un bruit sourd. Lovander le suivit et l'empoigna de nouveau par sa veste.

Stig n'intervint pas.

Lovander ferma le poing et leva le bras. C'est alors que Torvald dit :

– On nous a interdit de parler de ça à la police.

Le bras de Lovander resta brandi.

– Aujourd'hui, je ne suis pas ici en tant que policier. Donne-moi cette lettre – ou bien alors je te démolis. Et je me fous pas mal comment.

– Ils vont la tuer !

– La lettre, merde ! La lettre !

– Ils ont juré qu'ils la tueraient.

Lovander sembla reprendre un peu le contrôle de lui-même et Stig poussa un soupir de soulagement.

– Personne ne sait que nous sommes là, dit Stig très posément. Mais il nous faut absolument cette lettre, autrement, on ne pourra rien faire. On n'en parlera pas à la police.

– Mais vous êtes bien...

– La police aussi est capable de garder le silence, dit Lovander calmement. On veut absolument la retrouver, et toi, tu nous mets des bâtons dans les roues en...

– Mais...

– La lettre, merde !

Viola avait peu à peu retrouvé ses esprits au cours de cette altercation et, sans vraiment avoir réfléchi à la question, elle savait ce qui motivait Lovander.

– Donne-la-lui, Torvald, dit-elle d'une voix tranquille.

– Mais...

– Donne-la-lui, c'est tout ! C'est moi qui décide...

Et, pour une raison ou pour une autre, c'est en effet ce qui se passa.

XIX

La lettre aurait pu, elle aussi, provenir d'un pays étranger, si elle n'avait pas été rédigée en un suédois sans fioritures :

« Nous avons Jenny et il faut que tout le monde fasse exactement ce qu'on lui dit. Si la police est mise au courant, elle sera tuée tout de suite. Si vous la recherchez, elle sera tuée tout de suite. Pour prouver que nous sommes sérieux, nous envoyons son oreille droite. Nous reprendrons contact avec vous. »

Afin de bien montrer de quelle oreille il s'agissait était jointe une photo polaroïd de Jenny prise légèrement de la droite.

Il ne faisait aucun doute que l'oreille n'était plus là.

La photo montrait également la première page de l'*Aftonbladet*. Stig avait vérifié qu'il s'agissait du numéro de la veille de ce journal. Jenny était donc encore en vie – la veille.

Les deux amis s'étaient retirés dans la chambre de Jenny, au premier étage, laissant les parents seuls au rez-de-chaussée.

– On ne peut pas divulguer ça, dit Stig. Tu le comprends bien.

Lovander acquiesça d'un hochement de tête. Stig reprit la parole :

– Pourquoi ? De l'argent ?

Ils avaient déjà interrogé les parents sur leur situation financière. Elle était bonne, mais sans plus.

Ils observèrent de nouveau la photo et leurs regards à tous les deux furent attirés par son visage – non pas par la plaie qui se trouvait à l'endroit de l'oreille, mais par les yeux.

Ceux-ci étaient à moitié fermés. Son visage avait une expression légèrement absente. Il était impossible de dire à quoi elle pensait.

Lovander retourna la photo.

– Il y a un numéro. On devrait pouvoir trouver d'où elle provient.

– Il est probable que ça ne nous mènerait pas loin. Ils ont bien dû y penser, sans ça ils n'auraient pas laissé un numéro aussi apparent.

– Oui, sans doute.

Ils savaient tous deux qu'ils allaient vérifier malgré tout.

Stig regarda par la fenêtre, à travers le rideau.

– Tu crois que quelqu'un surveille la baraque ?

Lovander avait une expression particulièrement belliqueuse sur le visage.

– Il faut que tu te tiennes à l'écart, étant donné que tu es de la police, dit ensuite Stig.

– Et toi ?

– Un ami de la famille.

C'est alors que retentit la sonnerie du téléphone. Elle déchira le silence de la maison et de la chambre, car ils parlaient à voix très basse. Lovander fut le premier à atteindre la porte et à crier en bas :

– Attendez pour répondre !

Ils descendirent l'escalier quatre à quatre et trouvèrent Viola dans la salle de séjour, la main près du téléphone.

– Il faut que que tu lui parles, à elle, dit Stig.

– Il faut que tu aies la preuve qu'elle est vivante, compléta Lovander.

– Refuse d'ajouter foi à quoi que ce soit avant de lui avoir parlé, dit Stig. C'est important. Il le faut!

Le téléphone sonnait toujours.

Elle souleva le combiné et dit :

– Allô.

Les trois hommes avaient les yeux rivés sur son visage.

Elle écouta, puis ses traits se creusèrent. Puis elle fut parcourue par un frisson et dit, d'une voix brisée :

– Oui. Oui... En effet.

Au bout d'un moment, elle raccrocha sans avoir dit quoi que ce soit d'autre, mais ne se retourna pas. Elle ne chercha pas à faire face aux autres et garda le visage tourné vers la fenêtre.

Peut-être ne se serait-elle plus jamais retournée, si Lovander n'était pas allé lui poser la main sur l'épaule.

– C'était eux?

Elle n'entendit pas sa question.

– Viola! Est-ce que c'était eux? Qui était-ce? De quoi s'agit-il?

Elle finit par secouer la tête.

– Non, dit-elle. Ce n'était pas eux.

Sa voix était absolument morte.

Il fut impossible de tirer quoi que ce soit d'autre d'elle. Torvald dut se charger de tous les contacts avec l'extérieur et on ne lui fit grâce d'aucun détail quant aux problèmes qui se posaient.

– Quoi que tu puisses dire, on a bien l'intention de la retrouver, avait dit Lovander. Impossible de procéder de façon officielle, maintenant, mais...

– Mais...

– Tais-toi et écoute-moi bien. On ne peut pas mettre officiellement la police au courant, parce que ça ne manquerait pas de se savoir tôt ou tard. Il faut absolument qu'on sache si elle est toujours en vie...

– Mais...

Lovander se pencha vers lui, le regarda droit dans les yeux et lui dit à voix basse :

– Tu vas te taire et faire exactement ce qu'on va te dire et rien d'autre. Je suis prêt à risquer quelques années de prison pour le plaisir de te casser la gueule, au besoin. On pourrait aussi avoir le sentiment que tu es directement mêlé...

On peut naturellement discuter sur le point de savoir lequel de ces propos produisit le plus d'impression sur ce médecin de quarante ans, vigoureux et socialement posé. Quoi qu'il en soit, l'effet global – encore renforcé par la voix de Lovander et par ce qu'il pouvait lire dans les yeux de celui-ci – fut dévastateur :

– C'est quand même moi qui suis responsable, dit-il d'une voix pâteuse.

– Trop tard, répondit calmement Stig.

Torvald aurait peut-être un peu mieux compris cette réponse s'il avait pu, lui aussi, lire le journal de Jenny.

– Tu vas faire exactement ce qu'on va te dire, répéta Lovander. On se fout pas mal de ce que tu penses ou de ce que tu ressens. Il va falloir que tu nous aides jusqu'au bout. Et plus jamais un seul mensonge !

Le souvenir du traitement qu'il avait reçu dans

cette même pièce était encore inscrit aussi bien dans les membres que dans l'esprit de Torvald.

– Mais s'ils la tuent...

– Ils le feraient sans doute de toute façon, dit Lovander.

Sa voix avait soudain pris des accents très professionnels.

– Comment...?

– On ne peut pas encore le savoir, mais ce genre d'enlèvement a toujours un motif ou un autre et, avant qu'on sache de quoi il s'agit, on est bien obligé de supposer que c'est l'argent – et les victimes peuvent toujours avoir la langue un peu trop longue.

Il n'avait pas tort, objectivement, mais ce nétait pas précisément le genre de discours qui était fait pour rassurer des parents inquiets. Lovander poursuivit impitoyablement :

– Il ne faut pas que tu le répètes à Viola, mais je te préviens que si tu ne nous apportes pas ton aide pleine et entière, ce sera de ta faute si... ta gosse meurt. Va retrouver ta femme et occupe-toi d'elle. Stig va rester ici un petit moment. Ensuite, on vous laissera seuls, tous les deux. S'ils prennent contact avec vous, il faut que vous refusiez de faire quoi que ce soit avant d'avoir pu parler à Jenny. Afin d'être certains qu'elle est en vie. Quoi qu'ils puissent vous dire – exigez de lui parler! Refusez toute autre chose avant ça. Dites que vous ne croyez pas qu'elle soit encore en vie depuis que la photo a été prise. Soyez intraitables!

– Au fait, qui est-ce qui a téléphoné, tout à l'heure? demanda Stig.

– Je ne sais pas...

Lovander avait beau être de seize ans le cadet de Torvald, celui-ci n'osait plus lui dire autre chose que la vérité.

– Je ne sais pas au juste... mais il me semble bien que...

– Quoi?

– Il faut que je demande à Viola d'abord.

Et il quitta la pièce. Toute sa belle vigueur avait disparu.

– Comment est-ce que tu vas t'y prendre? demanda Stig.

– On y arrivera.

– Mais comment?

– Je ne vais rien dire à Krister et continuer à m'occuper de l'affaire comme si de rien n'était.

Stig savait fort bien ce que cela pouvait signifier quant à sa carrière.

– Ça pourrait avoir des conséquences fâcheuses pour toi. Torvald peut très bien finir par...

Lovander se tourna vers Stig et lui dit d'une voix neutre :

– Quoi?

Puis il prit la photo par deux de ses coins et la regarda, avant de faire des yeux le tour de la chambre de Jenny. Le chat-huant l'observait de son air sagace.

– Comment pourrait-on bien procéder, au juste? se contenta de dire Stig. Est-ce qu'il y a déjà eu des enlèvements de ce genre-là, en Suède?

Il voulait parler de l'oreille sectionnée et Lovander le comprit.

– Non, pas que je sache.

– Il vaudrait quand même mieux vérifier, tu ne crois pas?

– Oui, et même jusqu'à l'étranger car, là, il est certain qu'il y en a déjà eu. Je vais sortir ce qu'on a là-dessus – rien que pour voir si ça ne pourrait pas nous fournir une piste.

– Mais on ne sait pas ce qu'ils veulent. Pas encore.

– Non, mais ils ne vont pas tarder à le faire savoir. Autrement, ils n'auraient pas envoyé ça.

Il fallait savoir que c'était une oreille pour la reconnaître, empaquetée dans sa petite boîte en carton.

Ils savaient à peu près quoi faire. Sur le pas de la porte, Stig dit :

– Que peut ressentir une petite fille quand...

Mais Lovander passa devant lui sans dire un mot et descendit l'escalier. Stig ferma soigneusement la porte de la chambre de Jenny derrière lui, transportant la boîte de carton et la photographie dans un sac de bibliothèque qui était resté sur son bureau.

XX

Au début ce fut difficile, mais ensuite de plus en plus facile. Il était évident que ce n'était qu'une question d'entraînement, et Jenny se souvenait bien avoir lu ou entendu quelque part que, jadis, les textes étaient appris par cœur parce que les gens ne savaient pas lire.

Elle tint donc un journal très précis de ce qui se passait – mais intérieurement. Le lundi, les martinets étaient arrivés. Le mardi avait été assez pluvieux. Vue à travers l'aérateur, l'eau était grise et l'air, ou du moins le peu qui pénétrait par là dans la pièce, était frais. Ce jour-là, les hirondelles ne passèrent que rarement dans son champ visuel. Par un temps pareil, les insectes devaient se tenir plus à l'abri. De façon générale, ce jour-là fut un peu sombre, jusqu'à une heure assez tardive, où le merle se mit à chanter.

Le mercredi, le beau temps était de retour et elle resta pendant des heures à regarder son petit coin d'eau. A un moment, elle vit passer un bateau à moteur avançant assez lentement. Il devait donc y avoir un débarcadère à proximité. A moins que ce ne soit un port tout entier?

Est-ce qu'un navire pourrait y pénétrer?

Un navire avec beaucoup de voiles et de canons. Qui viendrait la sauver.

Une mélodie lui trotta de nouveau dans la tête.

Le jeudi, elle avait fait le compte des espèces d'oiseaux qu'elle avait vues ou entendues et elle arriva au chiffre de vingt-sept. Il y en avait même deux ou trois autres dont elle n'était pas sûre. Parmi celles-ci, l'oiseau qu'elle avait entendu le premier jour, lundi dernier.

Le vendredi, elle comprit soudain de quel oiseau il s'agissait. Pourquoi n'y avait-elle pas pensé plus tôt? Il figurait même sur l'un de ses disques, à la maison. Mais elle ne l'avait encore jamais vu ou entendu dans la réalité.

Toute la journée du samedi elle l'écouta très attentivement et fut alors absolument certaine.

Cette soirée-là fut calme. Les martinets poussaient leur cri, les hirondelles domestiques passaient souvent au-dessus de l'eau et elle respirait une douce odeur : les merisiers étaient éclos. La nuit tomba très lentement, l'eau resta longtemps colorée en jaune vif par le ciel vespéral et ensuite un rossignol se fit entendre, très loin de là. L'air se fit plus dense, d'une façon ou d'une autre, et Jenny ne put s'arracher de son coin. Cet aérateur ne constituait plus un obstacle, elle ne faisait plus qu'un avec la nuit, l'air, les bruits et les odeurs. Les insectes passaient en foule tout près du grillage.

Cette nuit-là, elle n'alla pas se coucher. A l'aube, l'eau formait un miroir parfait. Elle vit les oiseaux se refléter sur sa surface aussi nettement que si elle les voyait directement, ce qui élargit considérablement son champ de vision. Elle put même voir le ciel.

Un oiseau de couleur sombre et un peu plus gros

que les autres fit alors son apparition et resta suspendu en l'air, sur place, comme un hélicoptère. Jenny observa attentivement cet oiseau en train de planer. Le dessous de son ventre avait de belles couleurs, partiellement réfléchies par la surface de l'eau, et le rouge tranchait nettement sur un fond plus sombre. Bien qu'elle n'ait à aucun moment pu le voir directement, il était aisément identifiable. Jamais auparavant elle n'avait vu de faucon kobez.

Une nouvelle chanson se mit à lui trotter dans la tête, celle sur le cri du faucon.

Elle n'était pas sûre si c'était bien son faucon qui criait ou si c'était seulement dans sa chanson.

La surface de l'eau fut soudain de nouveau déserte et Jenny attendit longtemps, très longtemps que le faucon revienne. Mais en vain. Elle ne le revit pas.

Ce matin-là, elle pleura pour la première fois depuis qu'elle avait découvert cet aérateur dans le mur de sa chambre. Mais elle aurait été incapable de dire pourquoi.

XXI

C'était bien la dernière chose qu'elle aurait cru possible : qu'on lui permette de parler au téléphone.

Tout d'abord, Evy n'avait rien dit et s'était contentée de rester sur le pas de la porte, le chien derrière elle. Jenny n'avait pas bougé de son lit. Par l'aérateur derrière le tableau on entendait le cri des mouettes tellement fort que Jenny eut un moment peur qu'Evy ne découvre le pot aux roses, son secret.

– Descends, lui dit ensuite Evy.

La dernière fois qu'elle était descendue... Jenny porta le bout de ses doigts à son oreille. On lui avait ôté son pansement la veille.

– Tu n'as rien à craindre, cette fois-ci, dit alors Evy, d'une voix presque amicale. Viens! Allez, Danny, en bas!

Le chien disparut. Jenny avança lentement vers la lumière. Elle était bien plus forte que vue à travers l'aérateur, tellement forte qu'elle lui fit mal aux yeux.

– Il faut que tu dises à ta mère au téléphone que tu es en vie. Tu n'as le droit de rien dire d'autre, simplement que tu es en bonne santé.

Elles descendirent l'escalier.

– Danny va rester à côté de toi pendant tout le temps. Si tu dis quelque chose qu'il ne faut pas, il va s'occuper de toi.

La lumière lui faisait mal et, en bas, l'attendait le chien.

– Va-t'en, Danny, dit Evy.

Le chien les précéda dans une autre pièce. Evy empoigna Jenny par l'épaule et la conduisit dans cette même pièce. L'animal n'arrêtait pas de la regarder.

A l'intérieur, plusieurs personnes étaient assises. L'une d'entre elles était Josef. Elle avait déjà vu deux des autres auparavant, le jour où ils l'avaient endormie... Elle porta de nouveau la main à son oreille mais, cette fois, du côté droit. Elle n'avait pas encore l'habitude de ne presque plus rien avoir à cet endroit.

Et il y avait encore deux hommes qu'elle n'avait jamais vus.

Tous la regardaient. Seul Josef détourna les yeux lorsqu'elle chercha à les rencontrer.

Le téléphone n'était pas du modèle ordinaire : il n'avait pas de fil, mais une antenne.

– Ta mère n'est pas persuadée que tu sois encore en vie, dit Evy. Alors tu vas lui dire que tu vas bien et qu'il faut qu'elle et tous les autres fassent exactement ce qu'on leur dira. Rien d'autre – c'est bien compris? Pas un mot sur nous. Pas un mot sur la maison où tu es, ni sur le chien. Rien. Autrement, Danny te mordra au ventre.

Jenny regarda le visage des autres. Elle aurait bien voulu être dans l'obscurité de sa chambre, dans son coin favori.

– Il est impossible de repérer ce genre de téléphone, dit encore Evy. Mais il ne faut pas traîner, malgré tout. Si tu fais exactement ce qu'on te dit, tu auras de nouveau le droit d'avoir de la lumière dans ta chambre. Et s'ils font ce qu'on leur dit, eux, tu pourras bientôt rentrer chez toi.

Jenny eut la tête qui tournait.

– Pourquoi est-ce que vous me gardez ici?

– Ne t'occupe pas de ça. Tu as bien compris?

Oui, Jenny avait parfaitement compris. Mis à part le fait de savoir comment ils pourraient bien la laisser partir, maintenant qu'elle avait vu leurs visages.

Elle hocha la tête.

L'un des hommes avait pris le téléphone et appuyé sur diverses touches, avant d'écouter un instant. Puis il tendit l'appareil à Evy en disant :

– Il est branché, maintenant, alors il n'y a plus qu'à...

– Allô?

On entendit la voix résonner dans toute la pièce et Jenny comprit aussitôt qu'il y avait un haut-parleur quelque part.

– Allô? Allô?

Evy fit un signe de la main et le chien alla se coucher aux pieds de Jenny, qui n'osait pas bouger. Puis Evy lui tendit le téléphone sans dire un mot. Ses yeux n'avaient pas la moindre expression.

Les idées se bousculèrent dans la tête de Jenny lorsqu'elle prit l'appareil.

– Maman?

– Jenny, c'est toi?

Elle ne répondit pas, tout d'abord, et alors Evy fit un ou deux pas dans sa direction.

– C'est toi, maman?

La voix de Viola emplissait toute la pièce.

– Jenny, où es-tu?

– Je ne sais pas.

Evy eut l'air un peu rassurée.

– Comment vas-tu? Es-tu malade?

Elle ferma un instant les yeux. Cela se mit à crépiter dans son cerveau et la présence du chien était impossible à oublier. Puis elle vit de nouveau le faucon Kobez se refléter sur le miroir de l'eau et elle se dit alors qu'elle voulait sortir de là pour aller le retrouver.

– Vous me manquez tellement... dit-elle sans oser regarder Evy ni le chien... la maison et puis les mouettes et puis le faucon kobez... et les gobemouches à collier, est-ce qu'ils ont déjà des petits?

Elle ferma les yeux pour ne pas voir s'abattre la main. L'appareil tomba à terre au moment précis où la voix de Viola disait :

– Quoi? Encore tes oiseaux...

Un petit bruit sec. La communication était coupée. Jenny se mit en boule sur le côté, prête à sentir les crocs du chien se planter en elle. Mais Josef se jeta sur elle pour la protéger et Evy hésita un instant avant de se contenter de dire :

– Couché, Danny.

– C'était inutile, Evy, dit quelqu'un.

– La gosse a désobéi.

– C'était inutile, s'obstina la voix.

Josef se mit debout et aida Jenny à se relever. Il se trouvait entre elle et Evy. Personne ne dit quoi que ce soit. Jenny sentit un goût de sang lui venir à la bouche. Elle regarda sa main et les gouttes qui lui coulaient du visage. Quelque chose cognait dans sa tête. Et puis il y avait quelque chose de bizarre dans sa bouche. Elle ouvrit les lèvres, porta la main à leur hauteur et trois dents tombèrent dans sa paume, accompagnées de nouveau d'un peu de sang. Elle leva les yeux vers Josef.

– Je veux retourner dans ma chambre.

Ce n'était pas très distinct, les mots étaient assez difficiles à articuler.

– Accompagne-la, Nicke, dit quelqu'un. Toi, Evy, reste ici.

Il ferma la porte derrière elle. Mais non sans lui avoir dit :

– Essaie de ne pas être triste, Jenny. Essaie!

Et elle avait essayé. Sa bouche lui procurait une sensation de plus en plus bizarre, dans l'obscurité, et elle avait de nouveau des nausées. Elle finit par se lever et par se rendre dans le coin de la pièce. Une fois à cet endroit, elle ôta le tableau et regarda longuement l'eau et le mur. La vue était brouillée à la fois du fait de ses larmes et de la brise qui venait balayer la surface de l'eau, bleue et déserte. Elle aurait tellement voulu qu'on vienne la chercher. Un grand navire de guerre qui aurait démoli toute la maison avec ses nombreux canons. Qui aurait abattu tous ces murs.

Et maman...

Elle ferma les yeux. On ne lui laisserait plus la moindre occasion, maintenant. Evy ne la lâcherait plus d'une semelle. Tout se terminerait dans l'obscurité, si personne ne venait à son secours.

Ce secours ne pouvait venir que de l'extérieur. Si seulement quelqu'un approchait, sur l'eau, là-bas. Un être humain ou un bateau. Alors, elle pourrait essayer d'appeler...

Mais non, impossible, à cause du chien!

Stig passa l'enregistrement plusieurs fois de suite. Viola ignorait qu'on avait branché sa ligne sur un magnétophone, car il pensait qu'elle serait incapable de ne pas se trahir d'une façon ou d'une autre.

Les parents avaient bien identifié la voix de Jenny, tous les deux. Et puis n'était-ce pas son habitude de parler d'oiseaux à tout bout de champ?

Et c'était bien ce qu'elle avait fait, cette fois encore.

Il arrêta le magnétophone et posa son menton sur ses mains. Les yeux obstinés du chat-huant l'observaient toujours, dans l'expectative. Pas un mot sur le motif de l'enlèvement. Pas un mot sur les exigences des ravisseurs. Rien d'autre qu'une preuve que la petite était toujours en vie.

Le bruit de fond très particulier de l'enregistrement était un signe que la communication avait été établie par l'intermédiaire d'un radio-téléphone. Mais, même s'il s'était agi d'un téléphone ordinaire, il aurait été impossible de le localiser après coup. Il faut être prêt sur le moment. C'était le cas, en ce qui le concernait, mais il savait que cela ne servirait à rien dans le cas présent. Il se disait que la piste mènerait tout au plus à une cabine téléphonique située dans un endroit retiré.

Il avait en gros raison. Il s'avéra que le numéro de téléphone correspondait à celui des bureaux de la municipalité. Mais il comportait une centaine de postes différents. On pouvait appeler à partir de n'importe lequel de ces postes et brancher une radio dessus.

Le lundi, Lovander fut en mesure de l'assurer qu'on n'avait pas signalé de cambriolage dans les bureaux de la mairie.

Aucune piste!

Ce lundi-là, tous deux écoutèrent de nouveau l'enregistrement une dizaine de fois.

– Elle a été interrompue, dit Lovander.

– Dommage, dit Stig. Mais, de toute façon, elle

ne pouvait pas en savoir bien long. Parce que, dans ce cas-là, ils n'auraient jamais osé la laisser parler au téléphone.

– Bon sang! explosa Lovander.

Comparée à ce qu'elle était quelques jours plus tôt, Viola n'était plus que l'ombre d'elle-même. Torvald, pour sa part, passait le plus clair de son temps à son cabinet et, quant à son fils, elle ne lui permettait pas de s'éloigner d'elle de plus de la moitié de la pièce. Il n'arrêtait guère de bougonner. Les enfants sont particulièrement sensibles à l'atmosphère qui règne autour d'eux.

Devait-elle l'appeler et tenter encore une fois de lui parler?

Elle le haïssait.

Mais elle l'appela tout de même.

Non, dit-il. Non, je ne peux pas faire ça. Tu ne comprends pas. C'est impossible.

XXII

Un peu plus tard dans la journée, ce lundi-là, Lovander, Stig et Mikael partirent chacun dans une direction différente. Lovander avait convenu avec Viola de la rencontrer chez un ami à lui, quelqu'un qui ne pourrait être soupçonné de faire partie de la police, puisqu'il était médecin. Même si elle était surveillée, personne ne pourrait savoir qu'elle avait rendez-vous avec un policier.

Mikael, pour sa part, se rendit tout d'abord à l'aéroport d'Arlanda.

Stig, quant à lui, devait en premier lieu effectuer, pour le compte d'Inga-Lisa, une mission dont il aurait en fait dû s'acquitter la semaine précédente. La veuve de l'homme qui devait fournir à Bengt Lövstedt les preuves qu'il attendait, mais qui avait été assassiné au Brésil, habitait une ferme située à l'est de la ville. Elle avait accepté que Stig examine les objets personnels de son mari qu'on lui avait rendus.

Mona Frankheim avait trente-six ans, elle était assez petite et avait les cheveux châtains. Elle le regarda tranquillement dans les yeux lorsqu'il se présenta, sur le pas de la porte.

– Je suis désolé de venir ainsi retourner le couteau dans la plaie, dit-il.

Mais elle se contenta de secouer la tête.

– Il n'y aura peut-être rien à regretter, au bout du compte, dit-elle. Entre !

La maison avait été construite pas mal d'années auparavant, elle était très basse de plafond et un escalier menait à l'étage supérieur. Ce n'était pas vraiment une ferme à l'ancienne, mais plutôt une habitation d'un genre mal défini. A l'ouest du bâtiment, en direction de la forêt, s'étendait un vieux verger. Le soleil pénétrait par la fenêtre donnant de ce côté-là et les pommiers étaient en fleur. Stig observa ce spectacle printanier sans rien dire. Au bout de quelques instants, il s'aperçut qu'elle faisait de même.

– Tu es vraiment bien ici, dit-il.

C'est alors qu'il entendit du vacarme dans l'escalier.

– Peter, dit-elle d'un ton résigné. Combien de fois est-ce que je t'ai dit de faire moins de bruit quand tu descends ?

Il ne devait pas être âgé de plus de sept ans, avait le visage couvert de taches de rousseur et semblait même loucher légèrement.

– Et où est ton bandeau ? demanda-t-elle.

– Il a glissé.

– Va le remettre ! Immédiatement !

Le garçon remonta l'escalier en faisant tout autant de bruit qu'en le descendant.

– Qui c'est, le monsieur ? cria-t-il du haut de l'escalier.

– Le bandeau ! lui répondit-elle.

– On ne dit pas lapon *, on dit same, répliqua le garçon.

Elle poussa un soupir en regardant son visiteur d'un air de désespoir.

– Il a un strabisme, mais il n'arrête pas d'enlever

* Jeu de mots intraduisible entre « bandeau » et « lapon » *(N.d.T.)*.

son bandeau. J'en ai trois et ils sont tous les trois pareils!

– Comment est-ce qu'il s'appelle, le same? cria Peter.

– Stig, répondit Stig.

Le silence se fit soudain. Puis on entendit quelqu'un descendre l'escalier à pas de loup.

– Tu es vraiment same? demanda Peter, surpris.

Il avait mis son bandeau.

– Les bandeaux des pirates sont noirs, fit observer Stig.

Peter ouvrit la bouche mais garda le silence. Pendant quelques secondes.

– Tu es venu faire des bisous à maman?

– Peter!

Mona ne parvint pas à prendre un ton suffisamment indigné.

– Bien sûr, répondit gentiment Stig.

– Eh bien alors, vas-y!

– J'attends d'avoir pris une tasse de café, dit Stig.

Il était évident que Peter n'était pas très au fait des habitudes des adultes. Mona haussa les épaules.

– Les enfants, dit-elle.

– Et tu en as deux autres?

– Neuf et treize ans. Tous aussi embêtants les uns que les autres.

– Embêtants?

– Comme tous les enfants, dit-elle. Je les adore. Tu as bien parlé de café?

Ce que lui confia Viola était trop surprenant pour que Lovander le comprenne tout de suite. Il était d'ailleurs probable que nul autre que lui n'aurait pu lui arracher ce secret. Il était assis à la place du médecin et elle à celle du patient et tout ce qu'il réussit à dire, ce fut :

– Quoi?

Elle hocha la tête avec force.

– Aussi simplement que ça. Et sans plus de ménagement.

– Et tu as appris ça...

– Pendant que vous étiez là. Il a appelé. Pour savoir si c'était vrai qu'elle avait été... enlevée.

– Et Torvald? Il est au courant?

– Il ne sait pas la raison pour laquelle elle a été enlevée.

– Mais pourquoi est-ce qu'il n'a pas...

– En effet. Il a dû se douter de quelque chose. Pendant que... pendant que vous étiez là.

Ils attendirent tous deux un moment.

– C'était un accord passé entre lui et Bengt, en quelque sorte. Je veux parler de la naissance de Jenny. Ils étaient amis d'enfance et camarades d'études. Il a reconnu la paternité – en fait, nous étions déjà mariés à ce moment-là.

On le sait, Lovander n'avait que vingt-quatre ans, mais il avait déjà perdu bien des illusions. Cela n'en faisait jamais qu'une de plus. Une ou deux.

– Jenny a donc été enlevée afin d'exercer un chantage sur l'autre?

– Sur son père, oui.

– Pourquoi?

– Il ne me l'a jamais dit franchement. Mais je le sais.

– Quoi donc?

– Il a engagé un procès très important contre une entreprise commerciale. C'est de ça qu'il s'agit.

Bien sûr! Gunnar Lovander lui-même était capable d'opérer le rapprochement, maintenant. Mais il n'avait pas la moindre idée de ce qu'il devait faire ensuite.

– Encore une chose, dit-il malgré tout. Est-ce que Jenny était au courant?

– Non, nous – c'est-à-dire Torvald et moi – nous avons souvent voulu lui en parler mais nous avons toujours remis ça à plus tard.

Lovander ne secoua pas la tête de façon visible. Bien des choses commençaient à s'expliquer. Y compris des choses assez mesquines. De façon assez peu rationnelle, il regretta de ne pas avoir secoué Torvald encore un peu plus.

– Tu crois qu'elle sera relâchée, si Bengt abandonne la partie? demanda alors Viola.

Non, Lovander n'était pas de cet avis. Mais il dit :

– Elle devrait l'être car, autrement, ils n'auraient plus de moyen de pression sur lui.

Cela paraissait presque sensé, à vrai dire.

– Le seul ennui, c'est que Bengt ne cédera pas, dit-elle d'une voix dépourvue d'intonation.

– Quoi?

– Il ne cédera pas.

– Mais c'est quand même sa fille!

– Il ne cédera pas. Il dit qu'il ne faut jamais céder dans ces cas-là.

– Mais il n'avait pas dit clairement de quoi il s'agissait.

– Il a dit ça de façon très générale. Je le connais bien. Il ne cédera pas. Il n'est pas bien. Je dirais même qu'il est cinglé.

Elle fut prise de soubresauts et se mit à pleurer à chaudes larmes.

– Je veux qu'on la retrouve, dit-elle entre ses sanglots, tandis qu'il s'efforçait de lui faire retrouver ses esprits en la serrant dans ses bras.

– En fait, vois-tu, les pauvres, là-bas, n'ont peut-être pas la vie aussi difficile qu'on se l'imagine. Ils n'ont pas autant de soucis, ils prennent la vie comme elle vient. Il ne faut pas transférer sur eux toutes nos habitudes de pensée.

Le DC 9 était en train d'effectuer son approche au-dessus de la côte est du Sund, près de Falsterbo, en vue d'atterrir à Kastrup, l'aérodrome de Copenhague, et Mikael n'écoutait déjà plus aussi attentivement que précédemment. Son voisin à bord de cet avion était le patron d'une entreprise suédoise de São Paulo qui était venu deux semaines au pays et retournait maintenant là-bas pour quelques semaines encore, avant ses vacances en Suède. Le trajet en avion entre Arlanda et Kastrup avait pris près d'une heure et Mikael – qui se rendait lui aussi à São Paulo – avait obtenu tous les renseignements qu'il pouvait désirer sur les bons restaurants de la ville, sur la signification et les charmes de la samba, sur la façon dont on se procurait des femmes faciles – « ils voient ça d'une autre façon que nous, là-bas » – et sur celle dont il fallait se comporter quand (son voisin n'avait pas dit “ si ”) on se faisait attaquer. « Aie toujours une petite somme d'argent sur toi, si tu ne veux pas te retrouver avec un coup de couteau dans le ventre. » Il se livrait maintenant à une analyse des conditions économiques et sociales qui régnaient au Brésil. Mais il était évident que cet exposé n'était pas exempt d'arrière-pensées politiques.

L'homme avait environ la soixantaine. Mikael se prit à espérer qu'ils ne seraient pas placés l'un à côté de l'autre dans l'avion suivant.

Le café se fit un peu attendre car les trois enfants arrivèrent l'un après l'autre à environ une minute d'intervalle, comme des champignons sortant de terre à tour de rôle. Stig eut le sentiment très net qu'ils venaient exprès pour le voir.

– Aussi bien prendre tout de suite votre chocolat du soir, soupira Mona Frankheim. Ninni va mettre la table.

Stig regarda cette fillette de treize ans. Elle ressemblait beaucoup à sa mère, mais avec un nez plus petit. Elle portait un pantalon de forme et de couleur indéterminées, sans doute en vertu des exigences de la mode de ce printemps-là. Elle n'était pas très grande.

Soudain, il pensa à Jenny et à ce corps un peu injuste qui était le sien. Il ne fallait pas qu'il s'attarde trop longtemps ici car, quelque part, se trouvait une autre petite fille qui désirait tellement retrouver son oreille et ses oiseaux.

Treize ans ! Ce n'est pas juste, se dit Stig en regardant sa montre.

– Tu es pressé ? demanda Peter.

Stig se sentit un peu gêné.

– Non, dit-il. Pas particulièrement. Je voulais simplement savoir l'heure qu'il est...

Mona ne se laissa pas abuser par cette mauvaise comédie.

– Tu peux bien venir voir les affaires de Paul *avant* le café, dit-elle simplement. Je vais te montrer le chemin !

L'ensemble se trouvait dans un cabinet de travail, bien emballé dans deux ou trois cartons.

– C'est arrivé en deux fois, dit-elle. Bengt a déjà pris connaissance des papiers – il n'y en avait pas tellement. La machine est arrivée par la suite, à cause de la douane.

Elle montra un petit ordinateur portatif et sortit ensuite de la pièce.

– Tu n'auras qu'à descendre quand tu auras fini, lui lança-t-elle par-dessus l'épaule. Il y aura du café et des petits pains. Frais!

Les papiers n'étaient en effet pas bien nombreux, la plupart des feuilles étant d'ailleurs vierges. Stig savait parfaitement ce qu'il devait chercher. Mais il ne trouva rien de ce genre. Il parcourut attentivement le carnet de notes pour voir si rien n'aurait pu se glisser là. Mais non. Il ne trouva pas non plus trace de copie sur papier de texte ayant été rédigé sur un autre support.

Autrement dit : il joua les parfaits détectives!

Jenny aurait longtemps cherché ce genre de choses, se dit-il ensuite, bien qu'il ne l'eût jamais rencontrée. Ce qui lui faisait penser cela, c'était son journal intime et les livres qui se trouvaient dans sa chambre. Elle aurait cherché ardemment la moindre trace d'écriture.

Elle était vraiment douée!

Les livres non plus ne contenaient rien – ni notes dans la marge ni feuilles glissées entre les pages.

Le petit ordinateur fonctionnait sur piles mais, comme il s'en doutait, ne contenait pas de disquette. Il n'en trouva pas non plus dans les autres affaires.

Il alluma l'appareil et vit aussitôt clignoter un voyant indiquant que les piles étaient presque épuisées. Il connaissait le modèle. La publicité disait que Napoléon aurait dû posséder un ordinateur de ce genre pour éviter Waterloo. Pour plus de sûreté, il pressa la commande d'édition – et éteignit aussitôt la machine.

Un texte était resté en mémoire dans l'appareil lui-même! Les piles étaient presque à plat et, au cas où elles viendraient à s'épuiser complètement, ce texte disparaîtrait aussi. Avec mémoire additive, ce type d'ordinateur pouvait conserver jusqu'à deux pages de texte.

Il fouilla de fond en comble les cartons, et ensuite le bureau et les étagères.

– Qu'est-ce que tu cherches?

Mona se tenait sur le pas de la porte. Stig leva les yeux, un peu gêné. Ses anciennes mœurs de policier avaient déjà repris le pas sur la bonne éducation.

– Un raccord, dit-il. Pour brancher cette machine et la regarder. Elle a un texte en mémoire.

– Un texte rédigé par Paul?

– Sans doute. Mais on ne peut pas le lire pour l'instant, le courant n'est pas assez fort.

Elle sortit et revint au bout de quelques instants.

– Il suffisait de demander, lui dit-elle d'une voix douce en lui tendant un rouleau de fil électrique.

Stig vit aussitôt que c'était bien le type de raccord qu'il fallait.

– Excuse-moi, dit-il, c'est... j'ai...

– Est-ce que tu vas quand même avoir le temps de prendre ton café? demanda-t-elle.

Il brancha le fil dans la prise et dans l'ordinateur et fit ensuite quelques pas en arrière.

– Je n'ose pas le lire tout de suite. J'ai peur de tout effacer.

Il se tourna vers elle.

– Cette machine est capable de garder pas mal de texte en mémoire, même quand on l'éteint, dit-il. Mais si le courant fait totalement défaut...

Elle secoua la tête avec un sourire.

– Je ne comprends absolument rien à ce genre de choses. Uniquement le fait que tu dois attendre qu'elle soit de nouveau gavée et bien gentille. Et que ça te laisse donc le temps de prendre le café avec nous. Alors laisse-la manger tranquille.

Stig ne savait pas quoi faire. Il était tellement pressé. Il fallait qu'il aille rendre compte à Inga-Lisa de ce qu'il avait trouvé là et il devait continuer à rechercher Jenny...

Mais cette machine contenait *quelque chose*, et il fallait la recharger sans tarder.

Il allait donc devoir rester là au moins une ou deux heures.

En fait, c'était la seule chose qu'il pouvait réellement faire en ce moment. La machine l'emportait.

– Bon, d'accord, dit-il.

XXIII

Mona servit le café juste au moment où, comme par hasard, ses trois enfants traversaient la cuisine et où le téléphone se mit à sonner.

– Réponds, Peter! cria-t-elle en posant la cafetière et en s'asseyant.

Peter s'exécuta puis cria à son tour :

– C'est pour le same.

Mona leva les yeux.

– Comment?

– Celui qui s'appelle Stig, consentit à expliquer Peter.

Pour Stig personnellement, ce fut une surprise. Il s'excusa, sortit et prit l'appareil. Mais ce n'était pas Inga-Lisa.

– Est-ce que tu peux parler librement? demanda Lovander.

Stig se retourna pour s'en assurer.

– Oui. Mais comment as-tu su...

– Si tu veux bien m'écouter, une seconde. Il faut qu'on se voie tout de suite.

– J'ai besoin de une ou deux heures...

– Tout de suite!

Il s'agissait donc de quelque chose qu'il ne pouvait pas dire au téléphone.

– Où ça?

– Chez moi.

La ville était distante de près de trente kilomètres. De la cuisine lui parvenait l'odeur de petits pains à la cannelle.

– Ça ne peut pas attendre?

– Non.

Je crois que je ne vais vraiment pas arriver à le boire, ce café, se dit Stig.

En fait, il préférait le thé.

Il raccrocha et alla retrouver Mona dans la cuisine.

– Il faut que je parte, lui dit-il.

– Tu n'as pas le temps...?

– Non.

– Mais, la machine...

C'est vrai, la machine.

– Tu peux venir la reprendre plus tard, dit-elle avec son sens pratique. Je suppose qu'elle n'est pas encore rechargée?

Il hésita pendant un bon moment.

– C'est très important... Fais attention que personne n'y touche et débranche-la demain matin.

– Je ne me couche pas de bonne heure. Tu peux venir la chercher tard ce soir, si ce qu'il y a dedans est si important que ça.

Stig accepta cette proposition d'un hochement de tête, bien que ne sachant pas pour combien de temps il en aurait chez Lovander.

– Viola a couché avec Bengt Lövstedt et ils ont eu Jenny ensemble. Ce n'est pas une question d'argent, c'est à Bengt lui-même qu'ils en veulent.

Comme d'habitude, Lovander allait droit au fait. Mais il avait déjà suffisamment d'expérience pour laisser à Stig le temps nécessaire pour digérer cette information passablement baroque.

– A Bengt?

– Je n'en suis pas encore absolument sûr et elle non plus, d'ailleurs. Mais elle pense – et je suis bien de son avis – que ça a un rapport avec les histoires de cette firme de produits chimiques. Dont tu es assez bien informé, si je ne m'abuse.

Il n'était pas bien difficile de comprendre ce qu'il voulait dire par là. Stig voyait déjà se dessiner plusieurs possibilités.

– Mais comment pourraient-ils échapper aux conséquences, si Jenny est retrouvée? Ils n'ont aucun moyen d'être sûrs qu'elle ne dira rien.

– Je crois, dit lentement Lovander, qu'ils sont assez malins pour éviter d'être impliqués directement. J'ai pris des renseignements avant de t'appeler et il apparaît bien que, dans certains cas, en particulier à l'étranger, des gens paient pour faire effectuer ce genre de boulot par d'autres, comme une sorte de contrat. Au moyen de tout un tas d'intermédiaires. Ce qui fait que celui qui emporte le contrat, si j'ose dire, n'a pas le moindre rapport avec celui qui l'a engagé. Parfois, il n'a même pas la moindre idée de la raison pour laquelle il tue ou du véritable bénéficiaire de l'opération. Le paiement se fait bien sûr par des voies tout aussi détournées.

– Et on peut parvenir au même résultat au moyen d'un enlèvement.

Stig se mit à réfléchir intensément.

– En fait, c'est même extrêmement simple et c'est étrange que ça n'arrive pas plus souvent. Une personne ou une société – voire un État, pourquoi pas – peut de la sorte échapper à tout risque d'avoir à répondre de ce qu'il ou elle fait d'illégal. Et, en soi, ça n'a rien de répréhensible de profiter, comme par hasard, d'un crime commis par quelqu'un d'autre.

Stig joignit les deux mains et posa son menton dessus. Son regard se perdait dans le vague.

– Je me demande s'ils la relâcheront même s'il jette l'éponge, marmonna-t-il au bout d'un moment.

– Viola pense qu'il ne le fera jamais.

Stig sursauta.

– Mais c'est quand même *sa* fille, bon dieu !

– Bah...

Le téléphone était posé à proximité. Stig le tira vers lui et composa un numéro.

– Inga-Lisa ? C'est Stig. Est-ce que je peux te demander de ne pas aller te coucher ? Tu ne vas pas tarder à avoir de la visite.

Puis il se leva.

– Toi, tu restes là, puisque tu fais partie de la police. Moi, je passe chercher cet enfoiré en allant chez Inga-Lisa et je reviens ensuite ici. Sans personne à mes trousses.

L'enfoiré en question était bien sûr Bengt Lövstedt et celui-ci n'aurait pas fait plus piteuse mine en voyant un chien couvert de saletés sur le pas de sa porte qu'en saluant Stig. Il était plus de neuf heures du soir et Stig eut très nettement le sentiment qu'il savait – peut-être par l'intermédiaire de Viola – que le secret était éventé.

– On va chez Inga-Lisa, dit Stig.

– Pas à cette heure-là.

La voix de Lövstedt monta assez haut dans l'aigu.

– Maintenant, ou bien alors on envoie tout promener, y compris l'affaire que tu nous as confiée. On prend ma voiture. Allez, dépêche.

Bengt Lövstedt n'avait aucun argument véritable à opposer et c'est dans un silence peu amène qu'ils accomplirent le trajet d'une quinzaine de minutes qui les séparait de chez Inga-Lisa.

Elle accueillit ses deux visiteurs avec un certain étonnement mais les précéda ensuite dans la pièce qui lui servait de bureau.

– Eh bien? dit-elle en s'asseyant.

Stig était resté sur le pas de la porte.

– Ce type avait une fille de la main gauche. Et ils l'ont enlevée pour l'obliger à abandonner l'affaire.

Pour éviter toute ambiguïté, il désignait Bengt de la main sans le regarder. Inga-Lisa évita elle aussi de porter les yeux dans sa direction, mais une expression nouvelle passa dans ceux-ci.

– Je t'avais bien dit de prendre toutes les dispositions nécessaires, n'est-ce pas? dit-elle d'un ton calme.

Lövstedt était maintenant au comble de la fureur mais ne disait toujours rien.

– Est-ce qu'il faut s'attendre à d'autres surprises de ce genre? lui demanda-t-elle.

– Non, explosa-t-il. Et je vous interdis de vous mêler de ma vie privée...

– Va te faire f..., dit Stig.

Inga-Lisa ne l'avait encore jamais connu aussi grossier. Elle leva la main.

– Bon. Calmons-nous. Je veux d'abord savoir ce qu'il y a à savoir. Où est l'enfant?

– On n'en sait rien, dit Stig.

– Quand est-ce qu'elle a disparu?

– Il y a un mois.

– Est-ce bien la même que recherchent Lovander et les autres?

– Oui.

Cette fois, elle s'adressa directement à Bengt Lövstedt.

– Jusqu'ici, tout est exact?
– Oui.
– As-tu fait l'objet de menaces?
Il ne répondit pas. Inga-Lisa attendit un moment, puis elle se leva et se dirigea vers la fenêtre. Elle y resta longtemps à regarder dans la nuit.
– Est-ce que tu abandonnes? finit-elle par demander.
– Non.
Pour commencer, ils restèrent tous deux sans bouger. Puis elle se retourna et ils se jaugèrent du regard. Ils ne cédèrent ni l'un ni l'autre.
– Va nous attendre dans le hall, finit-elle par dire.
– Mais, Inga-Lisa, ce genre de décision, c'est à moi de...
– Dans le hall, répéta-t-elle, inflexible. Et restes-y jusqu'à ce que je te rappelle.
Elle le précéda vers la porte et ouvrit celle-ci. Stig fit un pas de côté, mais pas plus qu'il ne fallait pour le laisser tout juste passer.
– Bon, dit-elle une fois la porte refermée.
Stig haussa les épaules.
– A vrai dire, c'est à peu près tout. La petite a disparu depuis un mois. Il y a deux jours, la mère a reçu... Mais il faut d'abord que j'aie ta parole de ne souffler mot de ça à quiconque!
Elle acquiesça de la tête.
– Il y a deux jours, sa mère a pu lui parler au téléphone. Très brièvement. Apparemment, afin de lui prouver que la petite était encore en vie. Je crois que ce n'est qu'après ça qu'ils ont commencé à exercer leur pression sur cette merde, là, dehors.
– Que fait la police?
– Elle n'est au courant de rien de ce qui vient de se passer. Sinon, la petite risque d'y laisser la vie. Ils ont

bien dit qu'il ne fallait sous aucun prétexte aviser la police.

– Et toi, comment es-tu au courant de tout ça?

– Lovander et moi nous occupons de cette affaire.

Il ne fut pas surpris du regard interrogateur qu'elle lui lança.

– Lovander n'est pas dans la police vingt-quatre heures sur vingt-quatre.

– Tu veux dire qu'il travaille aussi pour son propre compte?

– Oui.

– Et toi de même?

– On la cherche, tous les deux.

– Et Krister?

– On ne peut pas lui parler de ça.

Bien sûr que non, se dit Inga-Lisa. Ce pauvre Krister, tellement service-service. On ne pouvait pas lui dire grand-chose.

– Quelqu'un d'autre?

– Personne, mis à part les parents. Il est vrai que, dans le cas présent, ils sont trois.

Sa voix était un peu amère.

– Quelque chose d'autre qu'il soit néccessaire que je sache?

– Oui. Ils ont envoyé l'une de ses oreilles au prétendu père.

Elle porta, en un geste à demi inconscient, sa main gauche à sa joue, avant de la retirer brusquement.

– Pour de vrai?

– Oui.

– L'oreille, murmura-t-elle au bout de quelques secondes, peut-être surtout à l'intention d'elle-même. Quel âge as-tu dit qu'elle avait?

– Treize ans... Enfin, elle les a toujours.

XXIV

Ce soir-là, la maison d'Inga-Lisa fut le théâtre de l'interrogatoire véritablement en règle d'un Bengt Lövstedt maintenant en sueur et à bout de patience. Il était assis dans l'un des fauteuils du cabinet de travail d'Inga-Lisa, tandis que celle-ci et Stig tournaient autour de lui comme des oiseaux de proie, lui posant d'interminables séries de questions. Inga-Lisa savait depuis longtemps à quel point Lövstedt pouvait être vaniteux et elle s'efforça donc de lui faire rentrer dans la tête que tout ce beau combat se solderait par un échec s'il n'était pas en mesure, pour commencer, de répondre de façon satisfaisante à leurs questions.

C'est pourquoi le tout prit moins de dix minutes. Soudain, un silence absolu se fit dans la pièce. C'était terminé. Stig et Inga-Lisa regardèrent Lövstedt d'un air incrédule. Puis elle lui dit :

– Maintenant, rentre chez toi et ne parle à personne avant que j'aie repris contact avec toi. Ne sors pas de chez toi.

– Mais, demain il faut que je...

– Ne sors pas de chez toi, je t'ai dit. Tu vas prendre un taxi pour rentrer, je t'en appelle un. Et maintenant, j'ai à te parler, Stig.

Bengt s'éclipsa.

– Si vraiment il refuse de laisser tomber, il va falloir que tu abandonnes l'affaire, dit Stig, dès qu'elle eut raccroché.

Elle avait le dos tourné. Elle était de nouveau allée se poster près de la fenêtre et regardait maintenant dans la nuit, les bras croisés sur la poitrine, comme si elle s'efforçait de se réchauffer. Ou bien comme si elle essayait de se tenir. A ce moment-là, elle ne se différenciait pas de millions d'autres jeunes femmes, avec son jean bien propre et son chemisier rouge que n'atteignaient pas tout à fait ses cheveux bruns.

Stig eut vraiment l'impression qu'elle avait froid, mais c'était peut-être dû au fait qu'il n'était pas tellement réchauffé lui-même.

Sans doute auraient-ils bien aimé que quelqu'un les prenne dans ses bras, tous les deux.

– Qu'est-ce que tu en penses? dit-elle simplement.

– De quoi?

– Si nous gagnons ce procès, tout un tas de firmes chimiques et pharmaceutiques risquent de sentir le vent du boulet et ça pourrait épargner une foule de vies humaines.

– Mais...

– Et, dans ce cas, ce serait une seule vie de sacrifiée pour en sauver beaucoup d'autres, n'est-ce pas?

Elle avait toujours le dos tourné.

– Tu le *crois* vraiment?

Ce n'est qu'alors qu'elle se retourna.

– Est-ce que ce n'est pas une simple question de mathématiques élémentaires? demanda-t-elle lentement.

Il y avait des fois où il ne la comprenait pas très bien.

– Si, mais...
– Mais quoi?
– Il se trouve que la vie qu'il risque de sacrifier, ce serait celle de son propre enfant.
– Pour en sauver bien d'autres, peut-être.
Stig ne put se retenir de taper du poing sur la table.
– Mais enfin, est-ce que tu as perdu la raison, Inga-Lisa?
Elle le dévisagea d'un regard impénétrable.
– Non, dit-elle ensuite. J'ai bien peur que non, Stig. Je crois que je suis en pleine possession de mes moyens. Je sais compter. Et Lövstedt aussi.
– Mais ce serait tout de même effroyable...
– Bien sûr, dit-elle.
Il n'était pas bête.
– Qu'est-ce qui te dit que vous épargnerez plus de vies que vous n'en sacrifierez?
– Je ne sais pas, en tout cas pas avec une certitude suffisante, et pourtant je suis prête à soutenir que, si nous gagnons ce procès, nous n'aurons pas à le regretter du point de vue quantitatif.
Stig savait qu'il était inutile de s'obstiner. S'il n'avait pas connu aussi bien Inga-Lisa, il se serait contenté d'en rire et de quitter la pièce une fois pour toutes.
– Alors tu es d'avis qu'il faut qu'on se mette à compter et ensuite qu'on sacrifie Jenny?
– Non, Stig. Ce n'est pas ce que je veux dire. Du moins pas encore. Comment être sûrs qu'il n'existe pas une troisième possibilité?
– En ce moment, je ne suis sûr de rien. Et toi?
Elle secoua la tête.
– Non, mais essayons toujours. D'accord?
Il acquiesça sans desserrer les lèvres.

– Pour commencer, il vient de nous expliquer les exigences des ravisseurs. Ils veulent que, lundi prochain, c'est-à-dire le jour où nous devons répondre à leur assignation, il accepte leurs conditions et dise clairement qu'il avait entièrement tort et qu'il est prêt à payer des dommages-intérêts. Dans le cas *contraire*, la petite sera exécutée. C'est bien ça, n'est-ce pas?

– Oui.

– Tu crois qu'ils la relâcheront?

– On est bien obligés de tabler là-dessus.

– Oui, mais *sera-t-elle vraiment* relâchée?

Stig hésita pour répondre. De toute évidence, Inga-Lisa avait envisagé les mêmes éventualités que celles qui leur avaient déjà causé tant de tourments, à Lovander et à lui.

– Ça dépend de savoir si ceux qui la détiennent sont suédois ou non. Dans le second cas, il se peut qu'ils osent la libérer avant de prendre la fuite.

– De quels indices disposez-vous?

– Tout ce qu'on sait, c'est que les contacts qui ont eu lieu avec ceux qu'il est convenu d'appeler les parents se sont déroulés en bon suédois.

– Qu'est-ce que ça laisse supposer?

– Des rapports avec la Suède.

– Et à part ça?

Il se contenta de hausser les épaules.

– Tu estimes donc qu'il existe une bonne chance qu'elle soit malgré tout relâchée?

Stig hésita de nouveau, car il voyait bien où voulait en venir Inga-Lisa. Mais il ne pouvait pas dire le contraire.

– Une petite chance, mais il faut la saisir.

– Pourquoi?

Retour à la case départ.

– Parce que je ne veux pas voir sacrifier délibérément la petite, je ne veux pas avoir ça sur la conscience.

– Mais les autres enfants, oui. Parce que tu ne les connais pas. Elle est donc tellement à part?

– Oui, répondit Stig sans réfléchir.

Mais Inga-Lisa ne releva pas la chose.

– Et les autres, ceux dont nous pensons qu'ils seront sauvés par la suite?

– Nous ne les connaissons pas.

– Et tu considères que c'est suffisant?

Tous deux réfléchirent en même temps.

– Est-ce que ce n'est pas le cas, en fait? reprit Stig. Quand on est un être humain. Ceux qu'on ne connaît pas ne pèsent pas lourd... face à ceux qu'on connaît.

– Tu le penses vraiment?

– Oui, même si c'est extrêmement égoïste, à la vérité.

– Bah, dit Inga-Lisa. Ou humain. Comme s'il y avait une différence.

– Pourquoi Lövstedt n'est-il pas humain, alors?

– D'autres choses peuvent s'avérer plus importantes. Mais il n'est pas le seul de son espèce, tu ne crois pas?

– Je ne connais personne de plus froid que ce type-là.

– Oh si, nous en connaissons toi et moi. Il se trouve seulement que nous ne pensons pas à ce qui est en jeu.

Elle se dirigea vers la porte de la terrasse, l'ouvrit et resta là, à respirer le bon air et regarder dans la nuit. Une odeur de terre mouillée et d'herbe coupée pénétra dans la pièce, l'envahit et les entoura tous les deux.

– Attends une seconde, je vais simplement prévenir Torkel. Tu veux boire quelque chose?

– Non, merci.

Elle fit demi-tour, le regarda un instant et traversa ensuite la pièce pour gagner le hall. Au bout de deux ou trois minutes, elle revint, seule, un verre à la main. Stig reconnut l'odeur du whisky.

– Il va se coucher, dit-elle simplement.

Ils sortirent et approchèrent des meubles de jardin blancs disséminés sur la pelouse. Le banc était un peu humide, mais ils s'assirent malgré tout. Chacun était plongé dans ses propres pensées. Stig n'était pas certain de la nature de celles d'Inga-Lisa, mais pour sa part il n'avait pas de secret pour elle. Il n'y avait pas d'issue satisfaisante.

C'est Inga-Lisa qui fut la première à reprendre la parole et elle enchaîna sur ce dont ils parlaient auparavant.

– Prends un militaire de haut rang parmi d'autres, par exemple, ou bien le patron d'une industrie à haut risque. Tu as là des hommes qui sacrifient aussi de façon parfaitement consciente des gens qu'ils connaissent, afin de parvenir à un but qu'ils estiment important.

– Mais pas leurs propres enfants!

– Si, dit-elle posément. Même leurs propres enfants. Tout politicien ou militaire qui pousse un conflit jusqu'à ses ultimes conséquences prend ce risque. De même que ceux qui lancent des guerres, nucléaires ou conventionnelles. Ils sacrifient aussi leurs propres enfants, souvent consciemment.

Elle avala une gorgée bien excusable.

– Et tu le sais parfaitement, toi aussi, Stig.

Bien sûr qu'il le savait.

– Et tu penses donc que nous pouvons bien le faire, nous aussi?

– Pour toi comme pour moi, le problème ne se pose pas vraiment. Nos propres enfants ne sont pas en cause.

Ils restèrent longtemps assis côte à côte en silence. Il n'arrivait pas à se mettre en colère contre elle, pas plus qu'elle ne pouvait le faire contre lui. Pourtant, elle se demanda un peu quelle était cette ombre qui passait sur son visage.

– Ses propres enfants et ceux des autres?

La voix de Stig s'était faite un peu tranchante.

– Enfin, disons au moins que les enfants qui sont mis au monde ont le droit de s'attendre à être tout particulièrement protégés par leurs parents. Autrement, il faut s'abstenir de procréer.

Inga-Lisa n'avait pas d'enfants à elle, mais elle en avait deux adoptifs. Il lui était déjà arrivé une fois, auparavant, de les mettre en sécurité avant de se lancer dans une bataille.

Stig eut malgré tout l'air d'être un peu soulagé par ce qu'elle venait de dire.

– Est-ce que ça veut dire que tu ne soutiens pas Bengt, quoi qu'il fasse?

– Je ne l'ai pas soutenu dans le cas présent. En revanche, je vais sans doute continuer à me charger de cette affaire jusqu'à ce qu'il renonce ou bien que nous gagnions ou perdions.

Ils se complurent longtemps dans le silence qui suivit. Un silence qui était plus commode que les mots.

– On pourrait poser le problème de façon purement mathématique, finit-elle par dire. Ce n'est pas mon enfant à moi. Et sans doute est-ce un seul d'un côté contre plusieurs de l'autre. C'est à peu près comme lorsqu'un médecin est dans l'obligation de choisir entre plusieurs malades aussi gravement atteints l'un que l'autre parce qu'il n'a pas le temps de s'occuper de tous.

– Mais celle à laquelle nous pensons n'a jamais bénéficié de cette protection particulière dont tu parlais...

Elle l'observa avec une certaine prudence.

– Non, je m'en avise maintenant.

– Il reste malgré tout que le raisonnement mathématique cloche sur deux points, dit Stig.

– Lesquels ?

– Le premier est que nous ne sommes pas certains que, si vous gagnez, le nombre des enfants sauvés sera supérieur à celui des victimes.

– Malheureusement non, concéda-t-elle. Il n'est pas certain que d'autres firmes prendront plus de précautions pour la simple raison que l'une d'entre elles s'est trouvée condamnée.

– Mais ce n'est pas tout sur ce point.

– Tu penses au fait que, si elles prennent trop de précautions, au contraire, on ne mettra pas au point de nouveaux médicaments qui pourraient également sauver des vies humaines ? Qu'on n'osera plus rien entreprendre ? Qu'on n'osera plus faire le pari qu'on sauvera plus de vies humaines que l'on en sacrifiera du fait de ces médicaments ?

Il aurait dû se douter qu'elle y avait pensé également.

– Pour ma part, je crois, poursuivit-elle calmement, qu'il existe une différence capitale entre, d'un côté, des médicaments qui guérissent mais qui ont des effets secondaires et, d'un autre côté, des médicaments qui peuvent être remplacés par d'autres ou par autre chose. C'est cette dernière catégorie que Chemosan a écoulée. Je crois aussi qu'il importe de distinguer entre une erreur humaine survenant dans le cadre de l'industrie et la pure prise de risques, voire de procédés dignes de vulgaires bandits. Les gens de chez Chemosan se sont comportés comme de véritables bandits. Si nous parvenons au moins à faire sanctionner ce genre de procédés, nous pourrons dire que nous nous sommes rendus utiles. Ce n'est pas la même chose que de faire interdire des médicaments ayant des effets secondaires. Il y a des cas où ceux-ci peuvent se révéler nécessaires.

– Mais ce n'est pas tout, non plus, en ce qui concerne l'aspect mathématique de l'affaire, poursuivit Stig.

Elle posa sa main sur la sienne.

– Essayez de la retrouver, dit-elle. Vous avez six jours devant vous. Parce que, si vous y parveniez, les mathématiques n'auraient plus la moindre importance.

Et certaines personnes se verraient épargner des larmes, pensa-t-elle.

Stig aurait également dû comprendre cela : qu'Inga-Lisa s'était rendu compte que la fillette ne serait probablement pas libérée, quoi que puisse faire Lövstedt. Stig savait lui aussi que les chances étaient minimes. C'était ce qui l'avait perturbé au cours de toute cette conversation. Et pourtant, il désirait ne pas laisser passer la chance qu'elle soit relâchée.

D'un autre côté, la partie adverse avait décidé que le lundi suivant serait le jour où Lövstedt devrait faire amende honorable. Le jour où Chemosan remporterait une victoire totale en le contraignant à s'humilier d'une façon qui le réduirait pour toujours à l'impuissance.

C'était un calcul extrêmement habile. Mais, en même temps, cela donnait à Stig six jours pendant lesquels il n'était même pas possible de renoncer.

– Comment as-tu fait la connaissance de Jenny?

Et Stig lui raconta.

XXV

C'est pourquoi il était déjà bien tard lorsque Stig revint dans le petit appartement de Lovander. Fatigué comme il l'était, il ne se soucia pas d'essayer de tout expliquer à ce dernier. Il lui raconta seulement ce qui s'était passé en allant droit au fait. Puis ils restèrent tous deux silencieux.

– La nuit porte conseil, dit alors Lovander.

– Oui, dit Stig, qui se souvint seulement à cet instant de l'ordinateur qu'il devait passer chercher chez Mona. Il tira le téléphone vers lui. Elle répondit à la troisième sonnerie.

– J'ai failli oublier..., dit-il, sans se rendre compte de son impolitesse. Est-ce que tu préfères que j'attende demain matin?

– Ce café, tu as trouvé le temps de le boire? répondit-elle.

Mais il ne parvint pas à décider si c'était sarcastique ou non.

– Non, dit-il honnêtement.

– Alors je te le sers dans une demi-heure, dit-elle en raccrochant.

Lovander le regardait d'un œil intéressé.

– Il y a peut-être quelque chose d'intéressant pour le procès d'Inga-Lisa...

Stig s'interrompit, car il était justement en train de se demander pourquoi il continuait à s'occuper de cette affaire.

– Ah bon?

– Euh non, rien. C'est la dernière chose que je vais faire sur ce point. A la place, il va falloir qu'on passe en revue tout ce qu'on sait sur Jenny.

– Oui, mais demain matin. Il est trop tard pour moi, à cette heure-ci. Tu as l'enregistrement?

Stig sortit de son sac une copie de la cassette.

– C'est une copie, tu peux la garder.

Lovander la prit et se dirigea vers un petit magnétophone. Cette pauvre tentative de contact entre une mère et sa fille résonna de nouveau dans la pièce. Les deux hommes secouèrent la tête.

– Quel dommage qu'elle n'ait pas pensé à ses livres de gangsters, plutôt qu'à ses oiseaux, dit Lovander. On dirait qu'elle a voulu dire quelque chose mais qu'on l'a coupée.

Ils se demandaient ce que cela pouvait bien être.

Il était minuit, même si l'heure d'été indiquait en fait une heure du matin. La voiture pénétra sur la pelouse en oscillant doucement et alla s'arrêter près d'un hangar de couleur rouge. Stig ouvrit prudemment la porte, posa les deux pieds par terre et regarda dans la nuit, se laissant un peu griser par ses senteurs. Ce n'est qu'au bout d'environ une minute qu'il sortit vraiment de la voiture. La porte de la maison était entrouverte mais il frappa doucement avant de la pousser. Il y avait de la lumière dans la cuisine et il s'y rendit, accueilli par la même odeur de cannelle qui y flottait lorsqu'il l'avait quittée.

– As-tu faim? demanda-t-elle. Tu veux manger un morceau? Une bière?

Le silence régnait dans le reste de la maison. Il faisait bon et chaud.

– Je veux bien une petite tartine pour prendre avec mon café, dit-il.

– Et puis des petits pains?

– Et puis des petits pains, merci.

Elle apporta promptement tout ce qu'il fallait et s'assit devant sa tasse.

– Pourquoi les hommes s'occupent-ils exclusivement de leur travail? demanda-t-elle alors.

Il eut un léger sursaut.

– Quoi?

– Tu étais si loin d'ici?

Il ne répondit pas. Ils mangèrent en silence pendant un moment. Ce fut finalement Stig qui le rompit.

– Comment ça va, depuis sa mort?

Elle ne leva pas les yeux.

– Bien. Il n'y a pas grande différence.

Sa voix n'était pas dure.

– Pour les enfants aussi?

– Ils ont eu de la peine, bien sûr, mais pas de problèmes particuliers. Il n'était presque jamais à la maison.

Prudence, se dit Stig. Il fallait faire attention à ce qu'il allait dire.

– Ça n'allait donc pas très bien entre vous?

– Bah, ni bien ni mal. Je suppose qu'il avait besoin d'être marié avec quelqu'un. Et, pour une raison ou pour une autre, on a eu des enfants. On devait être drôlement féconds, pour en avoir eu trois.

Il vit une lueur dans ses yeux.

– Et toi! dit-elle. Est-ce que tu as quelqu'un avec

qui tu considères que tu es marié? Ou bien quelque chose dans ce goût-là?

– Non, pas depuis longtemps.

– Qu'est-ce qui s'est passé?

– Elle a disparu.

– Disparu?

– Oui, disparu. En Namibie.

Un moment de silence.

– Vous aviez des enfants?

– Elle en avait un. Il a disparu également.

– Pourquoi?

– Elle militait politiquement.

– Et elle a fait passer ça avant toi... et avant l'enfant.

Stig n'avait encore jamais envisagé la chose sous cet angle-là.

– Et maintenant, c'est toi qui travailles comme un dingue, poursuivit-elle.

Stig se souvint alors de l'ordinateur et du fait qu'il devait se lever de bonne heure le lendemain.

– Je donne vraiment cette impression? demanda-t-il sans acrimonie.

Dehors, il faisait nuit et elle regarda ce visiteur qui n'en avait pas encore terminé avec son travail de la journée, qui était ailleurs.

– Qu'allez-vous faire de ce que Paul a laissé?

C'était précisément la question qu'il ne désirait pas entendre à ce moment-là.

– Je ne sais pas exactement, eut-il l'audace de dire. Je crois qu'on va le communiquer à une avocate...

– Celle qui défend Bengt?

– Oui.

– Et pourtant, tu n'as pas l'air heureux, alors que tu vas peut-être trouver quelque chose?

– Je n'ai encore aucune idée de ce qu'il a pu écrire.

– Mais il est possible que ce soit utile.

– Oui.

– Eh bien alors. Pourquoi fais-tu cette tête-là?

Ses mains étaient posées autour de la cafetière et elle semblait scruter le marc de café. Puis elle leva les yeux et dit :

– Excuse-moi. Je ne voulais pas être indiscrète. Mais ça fait tellement de temps que je ne fréquente personne que j'ai dû perdre le sens des bonnes manières.

La chaleur de la cuisine. Elle les enveloppait et, à l'extérieur, le gris de la nuit s'était légèrement éclairci. C'était étrange : les soirées étaient bleues mais les petits matins gris, bien que le ciel fût dégagé.

– Nous recherchons une petite fille qui a été enlevée, dit-il tout à coup. Elle a treize ans et ses ravisseurs lui ont coupé une oreille qu'ils ont envoyée à sa mère.

L'un des premiers moustiques de l'année se mit à bourdonner et la cafetière fit entendre un ou deux petits claquements en se refroidissant.

– Et, quoi qu'il puisse arriver, ils vont probablement la tuer au plus tard lundi prochain. Le pire, c'est qu'on ne peut pas mettre la police au courant car alors ils l'exécuteraient immédiatement.

Silence de nouveau.

– Tu la connais? demanda-t-elle ensuite.

– Oui, d'une certaine façon.

Elle se leva et gagna la cuisinière, secoua un peu la cafetière et se tourna vers lui pour lui demander, d'une voix légèrement pâteuse :

– Il en reste un peu. Tu en veux?

Il secoua la tête et elle vida le fond de la cafetière dans sa propre tasse, sans s'asseoir.

– On va chercher la machine, dit-elle alors, et puis je t'accompagnerai jusqu'à ta voiture.

Une petite déception. Un léger regret. Que Stig ne remarqua pas. Puis ils se rendirent dans la pièce où se trouvait l'ordinateur, allumèrent celui-ci et firent apparaître le texte qu'il avait conservé en mémoire. Il n'était pas facile à lire, car l'écran était tout petit et n'affichait que quelques mots à la fois. Pourtant, il put déchiffrer aussi bien des noms que d'autres informations dont ils n'avaient pas encore connaissance. Apparemment, Paul avait résumé là ses conclusions, sans doute dans le but d'en faire par la suite un compte rendu écrit, et ceux qui avaient fouillé sa chambre d'hôtel après le meurtre avaient enlevé la disquette et emporté tous les papiers – mais sans savoir que ce genre d'appareil pouvait conserver une certaine quantité de texte en mémoire même quand il était éteint.

Stig était très au fait de tout ce qui touchait à l'informatique et aux ordinateurs et, à la liste des avantages dont il jouissait par rapport à ceux qui n'y connaissaient pas grand-chose, il pouvait maintenant en ajouter un de plus.

Il y avait là de quoi fournir du grain à moudre à Inga-Lisa. La plupart des informations concernaient le Brésil et ils pourraient les faire parvenir à Mikael le lendemain, dès son arrivée.

Cette maudite affaire.

– Ça peut vous être utile? demanda Mona.

– Oui, je crois bien.

– Dans ce cas, il aura tout de même servi à quelque chose, dit-elle sans émotion.

Il baissa les yeux vers l'appareil et hocha la tête, légèrement absent.

Ils avaient ensuite gagné sa voiture, tous les deux.

– Vous êtes bien, là, dit-il.

– Et ce n'est pas loin du lac, non plus. Là-bas. Les arbres se détachaient sur la lueur de l'aube et un chemin, partant du verger, allait se perdre dans l'obscurité. Un peu plus loin, on entendait de l'eau qui ruisselait paisiblement.

– Est-ce que tu as le temps de jeter un coup d'œil? suggéra-t-elle.

Stig n'était pas pressé de rentrer chez lui. Ils suivirent le sentier.

– Est-ce qu'il faut vraiment que tu emportes cet appareil avec toi?

– Je ne le lâcherai pas tant que je n'aurai pas mis ce qu'il contient à l'abri.

Elle haussa les épaules et ils pénétrèrent dans le bois. Ils ne tardèrent pas à arriver au bord de l'eau. Un petit rocher s'avançait légèrement dans le lac et, dans une anse juste à côté, il y avait des roseaux. Au milieu de ceux-ci, de même que sur toute la surface du lac, on entendait chanter et caqueter des oiseaux. Des oiseaux qu'il ne connaissait pas.

Ils regardèrent la barque à fond plat qui venait d'être mise à l'eau; elle passa son bras sous le sien et ils firent demi-tour. On était encore loin du lever du soleil, mais le gris de l'aube s'était déjà éclairci et la mousse qui recouvrait les troncs des vieux pommiers formait de gros traits clairs supportant la nuée blanche de leurs fleurs. Un chant d'oiseau paisible, au rythme un peu incertain, s'éleva au loin, aussi pensif qu'ils l'étaient eux-mêmes sur le chemin du retour. Une fois près de la maison, ils s'arrêtèrent, toujours bras dessus bras dessous.

– Peter voulait un nichoir, comme cadeau d'anniversaire, et Ninni et moi en avons fabriqué un. C'est cette sorte de petit cabinet tout de guingois que tu vois dans l'arbre, là-bas. Le plus curieux, c'est qu'un gobe-mouches s'y est installé il y a quelques jours. Peter est aux anges. Et Ninni et moi ne sommes pas mécontentes de nous, également.

Ils se dirigèrent vers la voiture.

– Pourquoi les appelle-t-on gobe-mouches à collier, au juste? demanda-t-il.

– Je ne le savais pas. Je croyais qu'on parlait de gobe-mouches noir et blanc. Car c'est bien comme ça qu'il est, en fait. Viens voir!

Elle l'entraîna de l'autre côté, avec une certaine fièvre, et il la suivit docilement. Il n'était vraiment pas pressé de rentrer. Ils levèrent les yeux vers l'arbre et elle put bientôt lui montrer l'oiseau du doigt. Il était perché près du nichoir et chantait le refrain hésitant qui les avait accompagnés à travers tout le jardin.

C'était vrai qu'il était noir et blanc.

– Tu t'y connais en ornithologie? demanda-t-il.

– Non, celui-là est l'un des rares que je connaisse. On le trouve partout. Il doit venir de pondre un œuf, parce qu'il n'y a pas longtemps qu'ils sont arrivés. D'habitude, les petits naissent juste avant la fin de l'école. Et alors, ça fait un de ces boucans!

Stig fronça les sourcils.

– Si tard que ça?

– C'est toujours comme ça. Il n'y a pas encore beaucoup d'oiseaux qui ont eu le temps...

Ce fut comme si la foudre s'était abattue. Un éclair fendant en deux les ténèbres de son cerveau et les jetant ensuite quelque part. La lumière se fit. D'un seul coup, il comprit.

Il s'accorda pourtant quelques secondes. Pendant lesquelles il ne fit rien d'autre que se laisser envahir par ce sentiment de lumière. Puis il se retourna vers elle.

– As-tu un manuel d'ornithologie?

Elle sourit. Il ne s'était pas encore aperçu qu'elle avait les yeux bruns. Et qu'ils étaient très chaleureux.

– Ça te prend subitement?

Il s'efforça de réprimer un tressaillement.

– Mona! Je suis sérieux. Est-ce que tu en as un, oui ou non?

Elle eut l'air un peu surpris.

– Je crois qu'il y en a un sur l'étagère à livres, Peter le regarde...

Soudain, elle ne sentit plus le contact bien chaud de son bras. Lorsqu'elle entendit la porte de la maison s'ouvrir, elle le suivit en frissonnant légèrement.

Stig était déjà rendu près de la fenêtre et compulsait le livre à la lumière de l'extérieur. Elle vit son doigt suivre les lignes d'un index puis tourner très vite les pages et s'arrêter finalement à l'une d'elles. Puis il s'assit près du téléphone. Lovander répondit dès la deuxième sonnerie.

– Gunnar! De quels oiseaux parle Jenny sur l'enregistrement?

– De gobe-mouches à collier et de faucon kobez. J'ai pensé à ça il y a un instant et je cherche partout un livre sur les oiseaux que ma mère m'a offert il y a bien longtemps de ça.

– Tu dis bien faucon kobez?

– Oui.

– Il n'est pas question de gobe-mouches à collier, dans ce livre-ci.

Lovander resta sans rien dire.

– Attends une seconde, dit Stig avant d'aller reprendre le livre sur l'étagère, de consulter de nouveau l'index et d'ouvrir le volume à une autre page.

Puis il reprit l'appareil.

– Pas de faucon kobez non plus.

– Où est-ce qu'il y en a, alors?

A ce moment, Stig se rendit compte qu'il était fatigué. Il sortit le livre pour la troisième fois et regarda aux mêmes endroits que précédemment. Cela lui prit un bon moment.

– Le faucon kobez n'existe pas normalement dans le pays. Le gobe-mouches à collier se rencontre surtout à Gotland et Öland.

Ils restèrent silencieux, pensant tous deux à la même chose.

– Elle est futée, cette gamine, dit alors Lovander. Je le savais bien. Comment est-ce qu'on a fait pour ne pas comprendre, bon sang...?

Eh oui, se dit Stig. Une gamine douée d'une imagination pareille. Elle avait essayé de leur dire où elle se trouvait. Dans la mesure où elle le savait elle-même.

Avec un peu de chance, cela avait pu échapper à ses ravisseurs. Car ils ne la connaissaient pas aussi bien que Stig et Lovander.

Depuis le pas de la porte, Mona lui demanda :

– Une illumination?

Stig hocha pensivement la tête.

– Plus que ça. Elle nous a dit...

– Quoi?

– Elle a essayé de nous dire où elle se trouvait. Et on n'a pas compris!

Il hocha de nouveau la tête.

– Quelle gamine!

Puis il se leva et referma le livre.

– Est-ce que je peux te l'emprunter pendant quelques jours?

Elle acquiesça d'un signe de tête.

– Je te le renverrai dès que je n'en aurai plus besoin.

– Tu es vraiment obligé de rentrer?

Il était tellement fatigué qu'il ne comprit pas. Il ne faisait pas encore bien clair et le visage de Mona, plongé dans l'obscurité et appuyé contre le chambranle de la porte, était encadré par ses cheveux blonds. Il hésita, passant le livre d'une main dans l'autre. Puis il hocha la tête, reprit l'ordinateur là où il l'avait posé et avança en direction de la porte. Une fois arrivé près d'elle, il regarda prudemment son visage, ses yeux. La lueur qu'il y avait distinguée n'y brillait plus. Il ne put y lire que de la lassitude.

– Je veux la retrouver, cette petite, dit-il.

Lorsque la voiture démarra, elle serra ses bras autour de son corps pour tenter de se réchauffer.

XXVI

Jenny n'avait pu dormir beaucoup, cette nuit-là, et, par l'aérateur, elle entendit l'arrivée du jour. Le gobe-mouches à collier chantait tout près de là, les martinets poussaient leur cri et, pour sa part, elle ne s'éveillait vraiment qu'avec peine. Elle resta un bon moment assise sur son lit, passant sa langue sur sa gencive à l'endroit où, auparavant, se trouvaient ses trois dents. Elle comprit que le trou qu'elles avaient laissé se verrait si elle ouvrait la bouche. C'était une bonne chose que personne ne puisse la voir, dans l'obscurité de cette chambre. Et que personne ne puisse sentir la puanteur qui y régnait.

L'aérateur l'attira de nouveau et, au-dehors, l'eau était bleue. En approchant le nez de l'orifice, elle pouvait également sentir ce bon air, pur et frais, qui pénétrait par là dans la pièce. Aujourd'hui, cela sentait la mer et... n'était-ce pas le goudron, au juste? Et puis cela sentait le camion et quelque chose d'autre qu'elle ne parvenait pas à identifier.

Elle resta là pendant bien longtemps, jusqu'à ce qu'elle entende des pas dans l'escalier. Alors, elle remit rapidement la tableau en place et regagna son lit sans faire de bruit. La porte s'ouvrit et, dans la lumière, elle vit Evy et le chien. Sans dire un mot, Evy posa une assiette à l'intérieur et referma la porte. L'odeur du yoghourt liquide vint se mêler au reste. Jenny n'alla pas prendre l'assiette. Au lieu de cela, elle se coucha et reprit le fil de ses pensées de la nuit sur la façon dont on viendrait la sauver. Plus tard dans l'après-midi, elle s'efforcerait d'entendre si le merle se mettait à chanter à la même heure que la veille. Étant donné que le soleil brillait, elle devait pouvoir remarquer la position de l'ombre et comparer avec celle du jour précédent.

Mais, tout d'abord, elle désirait qu'un navire de guerre, armé d'une foule de canons, vienne la sauver. Elle fredonna la chanson entre ses lèvres et ne tarda pas à se laisser envahir par le sommeil.

Henrik Perlegrund put dormir jusqu'à six heures moins le quart et, à moins cinq, il était assis, les yeux rouges et encore un peu étourdi, près d'une tasse à café dans laquelle Lovander versait quelque chose de noir qui exhalait une odeur familière. Sa femme referma la porte de la chambre à coucher en la faisant claquer ostensiblement et, pendant un instant, Perlegrund éprouva une certaine tristesse. Mais celle-ci ne tarda pas à se dissiper.

– C'est Gotland qui est le plus probable, dit-il d'une voix rauque. Tous les amateurs d'oiseaux l'associent à Gotland, même si on le rencontre aussi à Öland. Par contre, il n'y en a pas sur le continent. Là, c'est le noir et blanc qu'on trouve à sa place.

Stig n'avait dormi qu'une ou deux heures, et de façon bien agitée. Curieusement, il se souvenait parfaitement du chant du gobe-mouches noir et blanc.

– Mais peut-être ne savait-elle pas exactement où elle se trouvait, mais simplement qu'il existe à cet endroit-là? dit Lovander, en pensant à voix haute.

– Oui, répondit pensivement Perlegrund. Si elle l'avait su avec certitude, elle aurait peut-être essayé de trouver autre chose que le faucon kobez, afin de nous mettre plus sûrement sur la piste. Elle aurait pu parler de grand guillemot, par exemple. Alors, on aurait exclu Öland. Il se peut donc très bien que ce soit Öland. En ce qui concerne le faucon kobez, il est impossible de trancher, on le rencontre aux deux endroits.

Ils burent leur café en silence.

– Mais c'est sur la côte, dit alors Perlegrund. Les mouettes.

– On en a ici, en ville.

– Oui, mais elle n'en aurait pas parlé, si elle n'avait pas eu l'impression de se trouver sur la côte. Aucun amateur d'oiseaux ne parlerait de mouettes pour évoquer un endroit situé à l'intérieur des terres. Elle n'a sans doute pas osé parler de goélands. Dans ce cas-là nous n'aurions pas eu le moindre doute, mais ses gardiens risquaient de se douter de quelque chose.

– Tu la crois peut-être plus maligne qu'elle ne l'est vraiment? demanda Lovander.

– Non, pas quand il s'agit de ce genre de choses. Il y a des gosses qui sont très calés. Elle était de ceux-là... enfin, je veux dire : elle est de ceux-là.

Stig et Lovander pensèrent tous deux au journal intime de Jenny.

– Öland ou Gotland, dit Stig. C'est drôlement grand.

– Sur le paquet qu'a reçu son père, il n'y avait rien qui indiquait sa provenance?

– Non, il a été déposé à son cabinet par quelqu'un dont personne ne se rappelle l'allure qu'il avait, ni l'infirmière ni qui que ce soit d'autre, répondit

Lovander. Nous avons également vérifié le numéro figurant au dos de la photo. Mais le fournisseur ne disposait pas de listes précises.

– Le journal! s'exclama soudain Stig.

– Il doit toujours être dans la boîte à lettres, dit Perlegrund.

Mais, au lieu de cela, Stig approcha du téléphone, appela les renseignements et obtint le numéro souhaité. Il dut avoir affaire à plusieurs correspondants avant que quelqu'un puisse lui fournir le renseignement.

– Gotland, dit-il en venant rejoindre les autres.

– Comment ça?

– Il y a un an, l'*Aftonbladet* a changé son système de distribution. Gotland reçoit l'édition de Stockholm par avion. Öland, au contraire, reçoit celle du sud de la Suède. Ce jour-là, celle-ci montrait en première page deux moutons qui auraient été tués par un loup. Alors que, sur la photo, on voit un conseiller général qui est resté pris dans une barrière de fil de fer barbelé au cours des grandes manœuvres qui se sont déroulées dans le secteur – et cette image figure sur tous les exemplaires de l'édition de Stockholm de ce jour-là. Même s'il a la tête en bas, on voit bien qu'il ne s'agit pas de moutons.

Ils accueillirent cette information avec tout le respect qu'elle méritait.

– C'est un bon indice, dit ensuite Lovander.

– Un excellent indice, renchérit Stig. Si nous partons de l'idée qu'ils n'ont pas pensé que les parents la rechercheraient, il est possible qu'ils aient négligé ce détail. En outre, ils n'ont pas pu l'emmener bien loin pour la photographier, c'est trop risqué. Si nous nous fions à ces oiseaux, c'est Gotland et non pas Öland.

– La *côte* de Gotland, précisa Perlegrund.

– Et nous ne pouvons pas faire intervenir la police, crut bon de rappeler Stig à ses deux amis membres de cette corporation.

– Un faucon kobez, marmonna Perlegrund.

– Quoi?

– Rien pour l'instant. Mais je vais essayer de trouver quelqu'un là-bas qui puisse me dire où il y en a à Gotland cette année – si tant est qu'il y en ait. Mais, si elle en a bien vu un, il y a toujours le risque qu'il n'ait été que que de passage – quand ils viennent en Suède, c'est surtout parce qu'ils sont allés un peu trop loin au cours de leur migration.

– Tu t'en charges?

– Bien sûr.

– Et qu'est-ce qu'on fait en ce qui concerne Krister?

Ils savaient tous trois que ce serait faire preuve envers lui d'égards qui seraient très appréciés que de ne pas l'ennuyer avec une foule de détails inutiles. En outre, Gotland n'était pas de son ressort.

Le matin passa et l'après-midi survint. C'est le moment que choisit Krister Strömbom pour entrouvrir la porte du bureau de Lovander et le trouver vide. Pourtant, il avait entendu la voix de celui-ci peu de temps auparavant. Il alla donc frapper à la porte de Perlegrund et entra. Trois visages se tournèrent en même temps dans sa direction et, légèrement surpris, il salua de la tête Perlegrund, Lovander et Stig.

– Eh bien, dit-il. Qu'est-ce qui se passe? On peut savoir?

– Rien de particulier, dirent d'un seul souffle Perlegrund et Lovander.

Krister se tourna vers Stig.

– Comment va Gerd? demanda benoîtement celui-ci.

Son bon ami Stig avait parfois des façons qui décontenançaient Krister. C'est donc sur un ton assez mal assuré qu'il dit :

– En fait, je cherchais Gunnar.

– Qu'est-ce qu'il y a?

– Rien de particulier. Simplement quelque chose que j'aimerais savoir.

– Quoi donc?

Krister se sentait vraiment de trop.

– On verra ça plus tard. Passe me voir, quand vous aurez terminé, tu veux?

– Bien sûr, dit Lovander, magnanime.

La sonnerie du téléphone vint se mêler aux senteurs de cette fin de printemps, par la fenêtre ouverte, et Stig rentra, s'essuyant les mains à un vieux chiffon.

– C'est Mona Frankheim, dit la voix.

– Ah, salut!

– Salut! Je... je voulais simplement savoir si tu as réussi à tirer quelque chose de l'appareil de Paul?

Comme un coup sur la tête.

– Bien sûr que oui, dit-il.

Elle parut sincèrement étonnée.

– Comment? Ne me dis pas que tu as oublié *ça*?

– Euh, si, répondit-il, un peu gêné. En fait, si. Bon sang! Comment est-ce que je vais trouver le temps...

– Tu as réusssi à dormir, cette nuit?

– Suffisamment.

– Hmm.

Elle n'avait pas l'air très convaincu.

– Il faut que je m'en occupe immédiatement, dit Stig.

– Et à part ça comment ça va? L'autre histoire?

– Je ne sais pas encore. Il faut que je m'en aille bientôt.

– Oh, bien sûr. Je voulais seulement savoir...

– Quoi?

Silence. Que Stig finit par rompre :

– Écoute, excuse-moi, c'est un peu trop tôt. Je promets de te donner de mes nouvelles et de bientôt te raconter ce qui s'est passé. Mais il faut que je m'en aille pendant quelques jours.

– Tu pars en voyage?

– Oui.

– A la recherche...

– En vacances, dit Stig.

– Qu'est-ce que tu dis?

– En vacances. Environ une semaine. Sans doute jusqu'au début de la semaine prochaine.

– Naturellement, dit-elle en raccrochant.

L'idée qu'il avait oublié les informations contenues dans l'ordinateur de Paul le chiffonna un peu. Mais il sortit dans le jardin pour terminer ce qu'il était en train de faire avant d'appeler Inga-Lisa au téléphone. Il dut attendre quelques instants avant de l'avoir au bout du fil et il se mit à tambouriner nerveusement sur la table.

– Inga-Lisa! J'ai oublié ce qu'a ramené Frankheim et je n'ai pas le temps de te l'apporter. Je pars.

– Tu pars?

– Oui, je pars. Une semaine. Environ.

Inga-Lisa parlait à un véritable étranger.

– Alors il faut que tu viennes le chercher chez moi. En te dépêchant.

– Ça signifie que tu ne vas pas pouvoir...

– Non, il va falloir que tu te débrouilles toute seule. J'ai autre chose à faire.

Naturellement! La légère expression de surprise

qui était venue s'inscrire sur son front disparut et elle hocha la tête sans s'en rendre compte.

– Je ne peux pas venir moi-même, parce que je suis occupée pendant une demi-heure, dit-elle en changeant de ton. Je t'appelle dans cinq minutes. Tu seras encore là ?

– Oui.

Elle raccrocha et regarda de nouveau sa visiteuse. Une jeune femme de vingt-cinq ans, aux cheveux bruns coupés court, portant un tailleur très classique et – Inga-Lisa l'avait remarqué dès son entrée dans la pièce – des talons d'une hauteur vertigineuse. C'était Mikael qui aurait dû se charger de cette interview d'embauche mais, comme on le sait, il était en ce moment à bien des milliers de kilomètres de là.

– En fait, dit pensivement Inga-Lisa, il faudrait que nous parlions pendant un bon moment pour bien faire connaissance. Il serait bon, en particulier, que tu saches où tu mets les pieds.

La jeune femme l'observait calmement.

– Il est vrai que je suis une femme, dit Inga-Lisa, avec sa franchise habituelle. Mais ce n'est pas ça qui facilite les choses pour les jeunes personnes du sexe, ici, je dirais même : au contraire. Je me fiche totalement des questions d'égalité entre les sexes et ceux qui travaillent ici sont mes *subordonnés*, si je me fais bien comprendre.

La jeune femme hocha la tête.

– Et *travailler* n'est pas seulement une façon de parler, poursuivit Inga-Lisa.

– Est-ce que tu es amoureuse ? demanda-t-elle ensuite ?

Même cette question ne réussit pas à faire perdre contenance à sa visiteuse.

– Plus ou moins, se contenta-t-elle de dire.
– Hmm. Parce que je n'ai rien à faire de toi si tu dois te mettre aussitôt à élever toute une bande de mioches.
– Même pas si j'ai un jardinier... d'enfants pour s'en charger?
Inga-Lisa n'était jamais restée sans voix plus d'une seconde. Mais le record ne fut pas loin d'être battu ce jour-là.
– Hmm. Ce n'est pas une mauvaise façon de procéder, concéda-t-elle. Bon. Deux autres conditions, avant que tu te mettes à l'œuvre.
– Lesquelles?
– La première est que tu commences dans cinq minutes. La seconde, c'est une période d'essai d'un an. Quoi que puisse en dire la législation du travail.
– Dans cinq minutes?
– Un an.
– Et qu'est-ce que je dois faire, dans cinq minutes?
– Aller chercher un ordinateur.
– Un quoi?
– Un ordinateur.
– Où cela?
– A une trentaine de kilomètres d'ici.
La jeune femme lui tendit la main.
– Un an, dit-elle. Quelle est l'adresse?
Inga-Lisa tendit à son tour la main et les deux se rencontrèrent au-dessus du bureau.
– Elsa va te la donner.
Inga-Lisa l'observa s'éloigner en direction de la porte tout en décrochant le téléphone.
– Anne! Une dernière question. Pourquoi te montrer d'aussi bonne composition?
Une lueur passa dans les yeux de la jeune femme,

près de la porte, mais son visage ne se départit pas de son expression de parfaite correction.

– Mikael m'avait prévenue.

Elle oscilla légèrement de la croupe en sortant de la pièce.

Lorsque Inga-Lisa composa le numéro de Stig, la commissure de ses lèvres était agitée d'un petit tic nerveux.

– Dans trois quarts d'heure, il y a une fille qui va venir chercher ce que tu as.

– Tu as l'air bien émoustillé ?

– Oh, c'est simplement parce que je viens d'avoir de bonnes nouvelles de Mikael.

Puis elle continua à réfléchir et dit, tout en saisissant de quoi écrire :

– Qu'est-ce que je peux faire pour t'être utile ?

Elle écouta, hocha la tête et prit note très rapidement.

XXVII

Il ne prit pas vraiment le chemin le plus court, choisissant de pénétrer dans la province de Sörmland par le pont de Strängnäs sur le lac Mälar. Après celui-ci, la forêt se fit plus variée. Les feuilles des érables étaient encore un peu claires et celles des chênes venaient tout juste d'éclore. C'était l'époque de l'année la plus propice pour prouver aux hommes le nombre de teintes de vert que recèle en fait la nature.

La Suède arborait l'un de ses visages les plus avenants. La saison touristique n'avait pas encore commencé et sa moto immatriculée en Hollande paraissait donc, pour cette raison, assez exotique. Peut-être également pour d'autres, d'ailleurs, car, comparée à ces monstres aux chromes étincelants et au plastique bien luisant qui sillonnaient les routes, la sienne était assez ancienne. Des valises usées étaient accrochées sur ses flancs, tente et sac de couchage sur le porte-bagages et un sac de cuir informe sur le réservoir à essence.

Le but de ce voyage était Nynäshamn, mais il avait tout le temps d'arriver avant le départ du ferry-boat de Gotland. Toutes les conditions étaient donc réunies pour qu'il profite au maximum du plaisir de conduire. Il avait la plupart du temps le soleil dans le dos et, au fur et à mesure que le soir approchait, le paysage prenait des teintes de plus en plus chaudes. Les rochers isolés dans la campagne luisaient comme des écueils au milieu de la mer et les terres cultivées qui les séparaient ressemblaient à une eau d'un vert très profond. Avant d'arriver au voisinage de Stockholm, il ne rencontra que fort peu de circulation mais, même après, celle-ci ne fut pas particulièrement intense. L'air était d'une douce tiédeur.

Pourtant, il ne profitait ni de la journée ni du voyage, car sa tête débordait de pensées. Certains parlent de planification permanente. C'était bien le cas pour lui, quoique d'une façon particulière. Des plans et des bribes de plans s'entrechoquaient dans sa tête comme des billes dans une main en forme de coupe, se frottaient l'un à l'autre, se mêlaient, se subdivisaient et formaient au total un désordre parfait. Une seule de ces billes restait en place, pour l'instant, mais il est vrai que c'était en l'occurrence la plus importante : aller prendre position sur l'île de Gotland et, une fois là-bas, continuer à travailler.

En allant très vite en besogne, grâce à l'aide de certains anciens camarades de travail et en ayant recours à divers procédés parfaitement illégaux, il avait pu opérer une mutation complète en un temps record. C'est ainsi que, en cette fin de journée, une moto anglaise d'un modèle assez ancien ayant subi un changement d'identité grâce à la substitution de plaques d'immatriculation hollandaises aux suédoises d'origine était sortie de la ville. Son conducteur donnait également l'impression d'être hollandais, du moins à en juger d'après la couleur de son casque – assez usagé et d'un type qui n'avait rien de suédois. C'est dans son meilleur anglais qu'il avait commandé, non loin de Strängnäs, un repas fort simple, tout en s'efforçant de ne pas comprendre le suédois qu'on parlait autour de lui. Puis il avait continué son chemin et était arrivé à temps pour prendre le ferry qui, le lendemain matin, les avait déposés – sa moto et lui – sur le quai du port de Visby.

En bon touriste désargenté, il avait dormi sur un coin du pont, dans son sac de couchage, mais pas assez à l'écart, cependant, pour ne pas assister à des manœuvres d'approche tortueuses et embrumées par les vapeurs de l'alcool entre un homme et une femme d'âge mûr. Le dialogue s'était éternisé, bien qu'entrecoupé, de temps en temps, par certaines tentatives d'ordre plus pratique de la part du partenaire masculin.

Mais Stig ne comprenait pas le suédois et n'eut donc pas à se montrer indiscret malgré lui. Il finit par s'endormir.

Afin de ne pas se faire prendre immédiatement en défaut, dans son rôle de composition, il évita soigneusement de se raser et de se laver, avant de débarquer aux commandes de sa machine. En revanche, il ne put s'empêcher de se peigner avant d'enfoncer son casque sur sa tête.

Le passager moyen de la ligne de Gotland est censé être un travailleur impatient ne se souciant ni de l'endroit où il dort ni de la façon dont il le fait, et n'ayant qu'une seule idée en tête : arriver sur l'île avant le début de la journée de travail. C'est pourquoi le ferry reste à quai pendant la journée mais fend tranquillement les eaux pendant la nuit. Et c'est pourquoi Visby montre un visage encore bien mal réveillé au touriste qui débarque et il n'y a aucun risque que celui-ci puisse se croire en train d'arriver à Hawaï.

Stig n'était jamais allé à Hawaï et ne pensait pas non plus à ces îles de rêve. Il se contenta de pénétrer dans la ville sur ses deux roues et se rendit vite compte, bien entendu, qu'il n'y avait pas, à une heure aussi matinale, le moindre endroit où manger quoi que ce soit. Il explora toute la ville en touriste consciencieux, aussi bien à l'intérieur du mur d'enceinte qu'à l'extérieur *, mais ce fut surtout afin de se faire une idée de l'architecture de la ville. Il ne voyait pas très bien comment il pourrait retrouver la fillette en se contentant de circuler à moto dans les rues de Visby, si c'était bien là qu'elle était.

Puis il quitta la ville et suivit la côte en direction du sud. La route traversait des zones habitées et des bois de pins assez peu fournis, longeait une mer au rivage bas et traversait des champs et des enclos. La proportion des arbres à feuilles caduques était parfois assez importante mais, le plus souvent, la forêt était uniquement constituée de pins de petite taille. Il ne rebroussa chemin que lorsqu'il ne put aller plus loin, c'est-à-dire une fois parvenu à la pointe sud de l'île, mais sans avoir vu le célèbre rocher portant le nom de Bonhomme de Hoburg. Ce n'était pas vraiment la chose à faire, pour quelqu'un souhaitant passer pour un touriste mais, heureusement, personne ne l'avait remarqué. Il était évident qu'il n'était ni suivi ni surveillé. Il s'était arrêté deux fois, en cours de route : la première en terrain découvert, après une courbe, et la seconde dissimulé à l'entrée d'un bois, au bout d'une longue ligne droite. Dans les

* Visby est pourvue d'une enceinte médiévale totalement conservée, à la manière de Carcassonne. *(N.d.T.)*

deux cas il lui avait fallu attendre environ deux minutes avant de voir arriver le véhicule suivant et il s'agissait de voitures différentes. Il rencontra de nouveau l'une d'entre elles par la suite, arrêtée devant une boutique, mais ne revit plus jamais l'autre.

Il hésita à remonter le long de la côte est, mais la faim se faisait maintenant cruellement sentir. C'est pourquoi il reprit le même chemin pour rentrer à Visby. Il resta à l'affût d'une éventuelle filature mais, apparemment, personne ne se souciait de sa présence, mis à part quelques gamins qui, à un endroit, montrèrent sa moto du doigt. Cette fois-ci il se donna, malgré sa faim, la peine de descendre jusqu'à certains des petits ports de pêche situés le long de la côte, et c'est pourquoi la journée était déjà bien avancée quand il pénétra enfin en ville en pétaradant. Il s'arrêta en stationnement tout à fait interdit – ne pas oublier de jouer les touristes en toutes circonstances – devant un petit restaurant dans lequel il pénétra.

L'homme qui se trouvait au comptoir parlait un peu anglais. Stig montra donc du doigt les boulettes de viande que mangeait un autre client, ainsi qu'une bière légère, et le tour fut joué. Il était même allé jusqu'à mélanger ses billets suédois avec son argent hollandais et dut donc les trier avant de les tendre à l'homme, qui n'en garda que quatre de dix couronnes et lui rendit la monnaie sur le dernier.

La vie n'est pas donnée, en Suède, se dit Stig, en allant s'asseoir. Au bout de quelques minutes, l'homme revint vers lui avec une assiette de boulettes de viande qui avaient été fabriquées à la tonne, quelque part dans le pays, et baignaient dans une sauce brune qui devait provenir d'un bidon de cent litres. Sans oublier une sorte de confiture rouge, essentiellement à base de pomme légèrement additionnée d'airelles ou de quelque chose ayant goût d'airelles, et fabriquée dans un troisième lieu encore. Tout cela s'était mystérieusement retrouvé à Gotland et maintenant dans l'assiette de Stig. Heureusement, celui-ci ne s'intéressait nullement à la provenance de ce qu'il mangeait, mais uniquement à sa valeur nutritive ou plutôt à son aptitude à rassasier.

En outre, il s'appliquait toujours à ne pas comprendre le suédois. Ce ne fut pas chose aisée pour lui, à vrai dire, car, à la table d'à côté, plusieurs hommes se racontaient des histoires de pêche.

– Et vous savez ce qu'a fait la fille? disait l'un des convives à ses voisins de table.

Stig se demanda s'il écoutait.

– Eh bien, elle est venue pêcher, elle aussi, et c'était la première fois après une longue période d'orage. Elle était jolie, chic, enfin épatante, quoi. Pas une touche pendant plusieurs heures. Et puis soudain une secousse au bout de la ligne, j'en tenais un. Un brochet. Énorme. « Enfin », que j'ai dit. La fille était en train de me dire je ne sais plus quoi sur sa mère. Le brochet, lui, il se démenait comme un beau diable, il passait sous le bateau et moi j'essayais de le suivre de l'autre côté avec ma canne – et elle, elle n'arrêtait pas de me casser les oreilles avec sa mère. Et puis tout d'un coup, le brochet a sauté hors de l'eau, tout près du bateau, et ça a éclaboussé partout. Ça lui a coupé la chique pendant une seconde, mais vous savez ce qu'elle a fait, ensuite?

A ce moment, Stig faillit se retourner; mais il se souvint juste à temps qu'il ne comprenait pas le suédois. Plus un bruit. Il allait bientôt devoir se retourner, malgré tout, s'il ne voulait pas manquer le fin mot de l'histoire – mais à ce moment l'homme rompit le silence.

– Elle a dit " Oh là là ". Et puis elle s'est remise à jacasser comme si rien ne s'était passé. Le brochet est venu tout près du bateau et on s'est regardés.

– La fille et toi?

– Mais non, bon sang. Le brochet et moi. La fille, elle, elle jacassait toujours.

– Ben merde, dit une autre voix, empreinte d'une compassion non dissimulée.

– T'aurais vu la taille...

– De la fille?

– Mais non, quoi! Du brochet!

– Ah oui, oui. Et après?

Stig entendit le narrateur prendre sa respiration afin de donner à sa voix toute l'indignation nécessaire à une histoire aussi tragique.

– Alors, tout d'un coup, je l'ai vu faire un tour complet, bon sang...

– La fille?

– Enfin quoi, merde, Robby, à quoi tu penses? Le brochet, tiens! La fille, je t'ai déjà dit qu'elle faisait rien que de raconter des trucs sur sa mère.

– Oui, oui, c'est vrai. Mais qu'est-ce qui s'est passé, alors?

– Je l'ai vu passer encore une fois sous le bateau – le brochet, hein – et remonter de l'autre côté. Et puis il a gonflé ses branchies et ouvert la gueule et il s'est mis à secouer la tête. Et voilà-ti-pas ma ligne qui sort de l'eau et qui vient retomber dans le bateau. Et mon brochet qui s'en va, peinard. Moi, je suis resté là à le regarder, j'en croyais pas mes yeux, et j'ai dit " Il a filé ". Et la fille, vous savez ce qu'elle faisait?

– Non, quoi? dirent tous les autres d'une seule voix.

– Elle continuait à me parler de sa mère, tiens pardi...

Une salve de rires explosa dans la salle. Stig leva les yeux et rencontra ceux d'une femme assise à la table d'à côté. Elle sourit et il sourit à son tour, avant de se rappeler qu'il ne comprenait pas le suédois et qu'il n'avait donc aucune raison de trouver cela drôle. Il plongea le nez dans ses boulettes de viande.

XXVIII

Bien sûr, se dit Krister Strömbom, ça ne va pas être facile, mais on ne badine pas avec l'égalité ni avec le syndicalisme, dans ce pays, et, contre le mélange des deux, il n'y a vraiment rien à faire. Il remerciait donc le ciel de l'existence de Lovander et du fait que celui-ci fût encore célibataire. On pouvait ainsi lui demander de faire quelques heures supplémentaires si le besoin s'en faisait sentir pendant l'absence de Perlegrund.

La journée était belle et hésitait entre la fin du printemps et le début de l'été. Krister continua à réfléchir à propos de Lovander. Il y avait quelque chose qui ne collait pas, mais il n'avait aucune idée de ce qui pouvait se cacher derrière cela. Lovander avait motivé sa demande de renseignements auprès du fichier informatisé en disant qu'il s'intéressait à certaines formes de crime en général et qu'il était donc peut-être allé un peu loin en faisant également appel à Interpol. Un kidnapping. C'était sûrement la disparition de cette petite qui le travaillait toujours.

Au cours des six derniers mois, trois personnes avaient disparu. Deux d'entre elles avaient été retrouvées en aval de la rivière, au début du printemps. La seule à n'avoir pas encore été retrouvée, c'était cette fillette.

Strömbom estimait pour sa part qu'elle était morte et qu'il pouvait très bien y avoir un crime à la clé. Mais toutes les pistes s'étaient avérées des culs-de-sac et il avait également remarqué que Lovander commençait à se consacrer à d'autres tâches avec plus d'enthousiasme.

Comme le meurtre de ces deux policiers. Mais, dans ce cas-là, il n'y avait pas le moindre indice à suivre. Avec beaucoup de prudence, mais aussi d'efficacité, Strömbom avait exploré les débuts de piste que lui avait fournis Inga-Lisa. Avec prudence, car il n'y avait aucun lien apparent avec l'affaire juridique dont elle lui avait parlé.

Krister avait travaillé très dur et avec beaucoup d'ardeur, et Gerd, sa femme, aurait certainement utilisé pour qualifier son travail les mêmes mots que ceux qu'il employait pour évoquer celui de Lovander : abnégation totale et acharnement démentiel.

Rien.

On frappa doucement à la porte et Lovander passa la tête par l'ouverture.

– Tu as quelques minutes, Krister?

Celui-ci indiqua de la main la chaise qui se trouvait de l'autre côté de son bureau et Lovander s'assit.

– J'ai besoin de vacances, dit calmement ce dernier.

Krister le regarda, l'air de celui qui ne comprend pas.

– Oui, de vacances; de congé, si tu préfères, une semaine, ou quelque chose comme ça.

Lovander regardait son chef avec le même calme que celui de ce dernier.

– Et quand souhaites-tu partir? demanda Krister d'une voix douce.

– Demain.

Krister esquissa un sourire.

– Mais bien sûr. C'est tout naturel. Comme tu sais, nous n'avons strictement rien à faire...

– Je suis sérieux.

Le sourire laissa place à une expression de réel scepticisme.

– Tu sais bien que c'est impossible. Tu es malade?

– Non, dans ce cas-là je me ferais mettre en congé de maladie, n'est-ce pas?

– Je viens d'accorder congé à Perlegrund pour cette semaine.

– Ah bon?

Curieux, le ton qu'il a pris, se dit Krister.

– Et toi aussi tu viens m'en demander un?

– Il le faut absolument!

– C'est impossible. Totalement exclu. Je suis navré. Je sais que tu as travaillé comme un dingue, ces derniers temps, mais...

– Alors, je démissionne. Aujourd'hui.

Krister referma la bouche. Lovander était tout aussi calme que lorsqu'il était entré. Mais il avait les lèvres un peu plus hermétiquement closes que d'habitude et ses yeux bleus étaient – si possible – encore plus fermes que normalement. Ce que Krister avait devant lui, ce n'était pas un homme surmené, mais un être prêt à tout.

– Répète-moi un peu ça, Gunnar.

– Je te demande de me mettre en congé à partir de maintenant. Il le faut absolument. Raisons personnelles. Sinon, je donne ma démission et je me fous pas mal du préavis et du reste.

Ils restèrent silencieux.

– Il le faut absolument, répéta calmement Lovander.

Krister laissa passer un instant avant de poser la question :

– Pourquoi ?

Lovander se contenta de hausser les épaules pour toute réponse.

– Tu pars en voyage ?

Nouveau haussement d'épaules.

– Tu as des problèmes ?

Troisième haussement d'épaules de suite.

– Est-ce que je peux te toucher s'il se passe quelque chose d'important ?

– Non, je pars en bateau à voile.

– En bateau à voile ? Toi ?

– Oui. Je t'ai dit que j'avais besoin de vacances. De détente.

Comprenant qu'il n'arriverait à rien, Krister renonça à faire changer Lovander d'idée. Il avait maintenant le choix entre le perdre pour de bon ou seulement pour quelques jours.

– Est-ce qu'il y a derrière ça quelque chose dont je devrais avoir connaissance ? demanda-t-il à la place.

– Absolument pas.

– Est-ce que tu es devenu...

Lovander haussa les épaules. Krister regarda de biais par la fenêtre, par-dessus l'épaule de Lovander. Le carreau avait besoin d'être nettoyé, pensa-t-il. Le soleil éclairait la saleté et c'est pourquoi cette belle journée n'était pas d'une beauté sans tache. En fait, le ciel était d'un bleu parfait. Des vacances. Ce n'était pas une idée absurde, par une journée comme celle-ci. Il se leva soudain et ouvrit brusquement la fenêtre. La rumeur de la ville et les cris des oiseaux envahirent tout à coup la pièce.

Il se retourna.

– Tu me mets dans un foutu pétrin, dit-il.

– Je sais et j'en suis désolé. Mais je n'y peux rien.

– Mais pourquoi?

– Navré, Krister. Je sais ce qu'il en est. Mais il faut que tu m'accordes ce congé, parce que, de toute façon, je fiche le camp.

Krister ne réfléchissait pas très vite. Mais, cette fois, il avait compris qu'il n'avait pas le choix. Il soupira.

– Combien de temps?

– Une semaine. Peut-être même un ou deux jours de moins.

– Pas plus.

– Non, c'est tout ce dont j'ai besoin.

– Pourquoi?

Lovander haussa les épaules.

– Quand est-ce que tu pars?

– Tout de suite.

Krister secoua lentement la tête.

– Donne de tes nouvelles. Si je peux t'aider en quoi que ce soit. Si tu...

Krister le suivit jusqu'à la porte et poussa jusqu'au bureau de Perlegrund. Celui-ci était vide. Il jeta un coup d'œil dans celui d'à côté.

– Henrik est parti pour aujourd'hui, lui dit Louise.

Krister regarda sa montre. Il n'était même pas trois heures et demie. Il retourna dans son bureau, regarda le téléphone, sentit la chaleur qui régnait à l'extérieur et composa enfin le numéro de Perlegrund.

– Henrik n'est pas encore là, lui répondit sa

femme. Il a tout un tas de choses à préparer pour le voyage. Ça s'est décidé si brusquement.

Curieux, pensa Krister. Je ne croyais pas que Henrik était un mari dévoué au point de jouer les domestiques à l'intention de sa femme quand celle-ci doit s'absenter pour suivre un cours de formation syndicale.

– Tu vas loin? demanda-t-il poliment.

– Loin? Moi? Je ne vais nulle part. Je parlais de Henrik.

– Henrik?

– Oui. Il part faire de la voile.

Pour la seconde fois en très peu de temps, Krister ferma brutalement la bouche mais, cette fois-ci, il avait le souffle aussi court qu'un limier en train de suivre une piste.

– Ah oui, c'est vrai, dit-il alors. Dis-lui simplement que j'ai appelé.

– Tu veux qu'il te rappelle?

– Non, non, inutile.

Krister raccrocha et réfléchit ensuite pendant un bon moment. Il hésita un instant à rapporter son manteau à la maison, mais l'idée de devoir le mettre par cette chaleur le fit renoncer.

Le commissaire Strömbom quitta son bureau. Il rentra chez lui et prit son dîner. Gerd remarqua qu'il était plongé dans ses pensées et elle s'en retourna jardiner. Mais elle finit par revenir vers lui, l'embrasser sur la nuque et lui proposer du café. Il hocha la tête, toujours passablement absent.

– Dehors, dit-elle.

Il hocha de nouveau la tête et sortit. Au bout d'un moment, elle vint le retrouver avec le plateau.

– Du cognac ou du punch? demanda-t-elle.

– Quoi?

– Tu m'as l'air d'avoir besoin d'un petit remontant. Cognac ou punch?

Il n'était pas encore tout à fait revenu à la réalité.

– Un cocktail, si je comprends bien. Dans ce cas, je vais aller chercher du cognac plus ordinaire.

Elle le regarda avec insistance.

– Reste assis, lui dit-elle bien inutilement avant de disparaître et de revenir avec une autre bouteille.

Elle mélangea le punch et le cognac et tendit l'un des verres à son doux époux.

– Si tu veux quelque chose de plus pur, après, je laisse le Renault sorti, dit-elle pour calmer ses appréhensions. Qu'est-ce qu'il y a qui te tracasse?

– Une mutinerie, dit-il.

Elle le regarda avec un sourire amusé.

– Rien que ça?

– Henrik et Gunnar sont partis en congé.

– Ah bon?

– Et Henrik a menti.

– Henrik! Lui? Jamais de la vie!

– Si. Et Lovander aussi. D'une certaine façon.

– De quoi s'agit-il?

– Apparemment, ils partent faire de la voile.

– De la voile! Eux?

Il goûta ce qu'il avait dans son verre. Puis une nouvelle fois.

– C'est de saison, on dirait, laissa ensuite tomber Gerd.

– Quoi?

– De prendre des vacances. Stig a téléphoné pour se décommander pour vendredi. Il a dit qu'il partait. En vacances. Il a fichu le camp hier.

Krister posa violemment son verre. Si violemment que Gerd ne put s'empêcher de comprendre, elle aussi.

– Ils ne t'ont rien dit, Krister?

Sa voix était légèrement amusée. Elle posa sa main sur sa cuisse et il posa à son tour la sienne par-dessus.

– On a besoin de toi ici, dit-elle alors. Viens, on rentre. Il commence à faire frais. Ça gâche le cognac.

L'air qui pénétrait par l'aérateur se fit légèrement plus frais et Jenny dut changer de position. Sa joue lui faisait un peu mal, car elle était bien restée près de deux heures sans bouger, les yeux rivés sur ce petit coin d'eau bleue et l'oreille résonnant du chant du gobe-mouches à collier. Elle répugnait à quitter cet univers qui n'appartenait qu'à elle seule, parce qu'il était si bon et si frais à sentir, alors qu'à l'intérieur la puanteur était abominable.

Jenny savait qu'Evy était en colère, car elle avait cessé de dire quoi que ce soit et ils ne venaient plus nettoyer la chambre. Ils ne sortaient même plus le pot, se contentant d'en apporter un autre. On aurait dit qu'ils voulaient l'étouffer sous cette odeur d'excréments.

Ses larmes se mirent à couler le long de sa joue et elle appuya l'un des côtés de son front contre le cadre de l'aérateur, en continuant à regarder ce bleu et à respirer la mer et le monde, à guetter ce grand navire de guerre qui fendait les flots et allait bientôt abattre tous ces murs, avec ses canons, et alors elle se retrouverait au milieu de la lumière et elle...

D'ailleurs, qu'est-ce qu'on fait ensuite? Quand on vient d'être libéré? Où va-t-on? Est-ce qu'on se contente de partir, comme ça? Qu'est-ce qu'on dit? Et à quoi ressemble la vie, après?

Est-ce que tout redevient comme d'habitude?

Étrangement, le navire se perdit dans la brume de ses larmes. Le chant du rossignol et celui du merle la bercèrent et elle finit par s'endormir, assise près de cet aérateur.

Au cours de l'après-midi, Stig régla une foule de questions pratiques à l'intérieur de l'île mais, le soir, il était de retour sur la côte. Il lui fallait faire connaissance avec celle-ci. Il s'écarta prudemment de l'étroite route pour rouler sur le sol très sec. Ses amortisseurs se mirent à grincer et il dut se mettre debout sur les repose-pieds pour pouvoir contourner lentement pins et genévriers. Le soleil était précisément en train de se coucher. Le moteur tournait à bas régime et très régulièrement. Les soupapes faisaient exactement le bruit qu'il fallait, un bruit métallique mais très léger et agréable, et l'homme et la machine avançaient tous deux paisiblement, s'éloignant de la route et des endroits habités pour se rapprocher du bord de la falaise. Parvenus là, ils s'arrêtèrent, très haut au-dessus de l'eau, et Stig fit le tour de l'horizon du regard, puis passa la première et roula lentement jusqu'à quelques genévriers situés près d'un pin incliné. Il réussit à faire pénétrer la moto dans les buissons, déplia le pied, coupa le moteur, ôta son casque et attendit que son ouïe redevienne normale. Puis il descendit de moto, prêta l'oreille et attendit. On entendait le ressac de la mer, parfois même le bruit d'une vague plus forte que les autres qui venait se briser sur le rivage. Au loin chantait un oiseau. C'était un merle, mais il ne le savait pas. Puis il s'éloigna des genévriers et regarda la mer. Au loin passait un cargo mais, à part cela, elle était déserte. Il décrivit des cercles de plus en plus larges autour de sa moto pour s'assurer qu'il était bien seul. Il vérifia aussi que la moto n'avait pas laissé de traces sur ce sol sec.

Et, tandis que le bleu du ciel se faisait de plus en plus sombre, il se prépara pour la nuit. Il décrocha l'une des valises, de même que le sac de couchage, celui contenant la tente et celui posé sur le réservoir. Du sac de tente il sortit un filet de camouflage dont il recouvrit sa moto. Il n'était pas à grosses mailles, comme les filets militaires, mais beaucoup plus fin et serré, et épousait parfaitement les formes. On aurait pu passer tout près de la moto, dans le crépuscule qui tombait, sans s'apercevoir de sa présence.

Il longea le bord de la falaise jusqu'à parvenir à une excavation légèrement en pente. Il y descendit, examina l'endroit et retourna ensuite chercher son équipement. A un endroit, la falaise formait un ressaut qui le protégerait de la pluie si celle-ci survenait. Et surtout, qui le mettrait à l'abri des regards d'en haut, ce qui était plus important que tout.

Au nord-ouest le ciel était orangé et formait ensuite un dégradé – gris, gris-bleu, et ensuite bleu très foncé – au fur et à mesure que le regard montait. Dans les deux directions, la côte était presque blanche, là où le calcaire réfléchissait la lumière du crépuscule, et noire là où la forêt l'emportait. Il regarda longuement vers le nord puis vers le sud, dans ses jumelles de nuit, et compara avec les impressions qu'il avait recueillies le long de cette même côte, le matin.

Il n'eut pas le sentiment d'être au bon endroit.

Il resta longtemps sur sa corniche, loin du monde, à s'imprégner de cette atmosphère particulière. Ce n'est que vers minuit, lorsque l'obscurité fut presque complète, qu'il se consacra à d'autres occupations. De sa valise, il sortit un téléphone et composa un numéro. Sa voix avait un son bizarre, sur cette falaise.

– Alors, comment ça va?

– On a trouvé un bateau à Stockholm et on part demain matin à huit heures, répondit Lovander. Tout le reste est prêt. J'ai parlé à Inga-Lisa il n'y a pas plus d'une heure. Elle est d'accord pour tout.

On entendit un nouveau petit claquement, au moment où l'ordinateur calibra le système de mesure temporelle des deux émetteurs et changea de longueur d'ondes.

– C'est bien ce que je pensais, dit Stig. Et la demande de renseignements?

– Ça va coûter un petit paquet, mais on a réussi à mettre la main sur les consultants dont tu nous a parlé. Il n'y aura pas de fuites. Ils se mettent au travail dès demain.

– Et le faucon kobez?

– Henrik aura les premières réponses au plus tôt dans la journée de demain. Et toi, comment ça va?

– Rien pour l'instant. Aujourd'hui, j'ai inspecté la côte ouest, pour voir comment elle se présente. Demain, je m'occupe de la côte est. Ce sera plus long. On ne s'en tirera pas sans tri informatique. Si la demande de renseignements et le reste ne nous aident pas à déblayer le terrain.

– Où es-tu en ce moment? Dans la baraque?

– Non, je vais coucher ici, sur la côte, ce soir. Au nord de Visby. Ça vaut mieux.

– Alors, dors bien!

Stig mit fin à la communication et se glissa aussitôt dans son sac de couchage. Maintenant, il ne pouvait plus rien faire d'autre qu'écouter la mer et essayer de comprendre encore un peu plus. Essayer de comprendre.

XXIX

Le mercredi matin, Bengt Lövstedt se présenta comme convenu au cabinet d'avocats et fut aussitôt introduit près d'Inga-Lisa. Ils se saluèrent sur un ton dépourvu d'expression particulière et elle l'observa attentivement. A première vue, il avait son air habituel. Mais, à le regarder de plus près, on s'apercevait qu'il était plus pâle et plus mollasson que jamais.

– Du nouveau? lui demanda-t-elle sur un ton très amical.

– Viola a reçu un bref appel téléphonique, hier soir, et ils lui ont dit qu'il fallait que je fasse exactement ce qu'ils m'ont dit précédemment et qu'ils ne reprendraient plus contact avec nous.

Inga-Lisa hocha la tête. Exactement comme on le fait quand on tient quelqu'un dans ses griffes. La partie adverse ne déployait aucun effort particulier pour fournir des preuves supplémentaires qu'elle détenait bien l'enfant. On se contentait d'un ultimatum très sec. Pourtant, il fallait bien qu'ils conservent la fillette, afin d'avoir la possibilité de montrer qu'ils détenaient bien la marchandise, au cas où Lövstedt hésiterait au moment décisif.

– Ça signifie donc, dit Inga-Lisa, qu'il ne va rien

se passer d'ici lundi, jour où tu dois faire connaître ta réponse. Ils ne vont te forcer à rien avant cette date. Ils sont sûrs d'eux et savent qu'ils ont de bonnes raisons de l'être.

Lövstedt n'avait pas l'air de très bien se porter.

– J'ai beaucoup réfléchi depuis la dernière fois, dit-il.

– Ah bon? Et alors?

Il ne la regarda pas, préférant braquer les yeux vers la fenêtre. Puis, après s'être légèrement raclé la gorge, il dit :

– Je ne vais pas tenir le coup.

– Comment ça? Tu abandonnes?

– Tu crois que je devrais le faire?

– Ce n'est pas à moi de le dire.

– Mais qu'est-ce que tu en penses?

– Je n'ai pas l'intention de te le dire.

Il se tortilla un peu sur sa chaise.

– Est-ce tu ne pourrais pas...

– Non, la décision t'appartient entièrement. Et ce que je pense ne te regarde pas.

– Mais tu as quand même bien une opinion?

– Peut-être que oui, peut-être que non.

Le silence se fit et, pour une fois, Inga-Lisa n'y mit pas fin prématurément. Elle s'était rejetée en arrière, dans son fauteuil, les mains jointes devant la bouche, la paume tournée vers le bas, et elle s'obstinait à ne rien dire. Elle prenait tout son temps, ce jour-là, et elle en eut bien besoin, car il fallut peut-être attendre deux minutes avant que Lövstedt ne reprenne la parole.

– Je n'ai pas cessé de réfléchir, depuis la dernière fois. J'ai à peine fermé l'œil. Ce qui s'est passé est totalement de ma faute et n'aurait jamais dû se produire, mais je ne peux plus rien y faire, maintenant.

Si je cède aujourd'hui, ils vont le savoir, et, s'ils sont décidés à tuer Jenny malgré tout...

Il observa un long silence.

– ... et s'ils sont décidés à le faire, ils le feront d'autant plus vite que je céderai plus tôt...

Inga-Lisa hocha la tête sans s'en apercevoir. Elle avait eu la même idée.

– Et si je ne cède pas avant lundi, ils le feront ce jour-là. Et si je ne cède pas, ils le feront peut-être ce jour-là, peut-être plus tard. Plus tard, s'ils essayent une fois de plus de m'impressionner.

Nouveau silence.

– Mais, si je cède, ils la relâcheront *peut-être.*

– Et tu perdras le reste.

– Oui. Et ce serait une erreur. Et pourtant, plutôt ça que...

Ce n'est qu'à ce moment qu'il tourna le regard vers elle.

– Je n'ai pas eu envers elle les sentiments que j'aurais dû. Et je crois que je ne les éprouve toujours pas. Je ne la connais pas, à vrai dire. Mais c'est malgré tout un être bien particulier que je vois devant moi...

Inga-Lisa se leva, alla jusqu'à la porte, l'ouvrit sans faire de bruit et dit quelque chose. Puis elle regagna sa place et attendit que Lövstedt ait terminé.

– Je me suis livré à un calcul de probabilités, dit celui-ci. Pour une raison ou pour une autre, ils me laissent jusqu'à lundi. Je n'ai donc rien besoin de faire d'ici là. Je vais en profiter. Et je ne vais pas décider ce que je ferai avant lundi. Lundi matin. Je viendrai ici. D'ici là, je vais voir si je peux trouver...

– Comment ça?

La voix d'Inga-Lisa était maintenant rapide comme l'éclair.

– Des détectives, ou n'importe quoi.

Il écarta les bras en un geste d'impuissance, mais Inga-Lisa secoua la tête.

– Ne fais pas ça, ça pourrait venir aux oreilles de la partie adverse.

– Mais...

– Crois-moi, Bengt. Ne fais pas ça. En revanche...

On frappa à la porte et Anne entra avec un plateau et deux tasses. Inga-Lisa haussa légèrement les sourcils.

– Elsa était occupée, dit Anne. Et je *sais* faire le café. En plus du reste!

Il faut dire, à l'honneur de Bengt, qu'il ne regarda pas le bas de son dos lorsqu'elle fit demi-tour pour sortir de la pièce.

– Une nouvelle? demanda-t-il.

– Une juriste fraîchement émoulue. Elle va tout d'abord nous prêter la main pour le grand procès en dommages-intérêts contre la centrale nucléaire.

– Dont s'occupe également Mikael?

– Oui, mais il est au Brésil, en ce moment.

Bengt Lövstedt sursauta.

– Je ne le savais pas.

– Non, ça ne t'avance pas à grand-chose non plus de l'apprendre. Il est là-bas pour recueillir des informations.

– Dont Paul n'a pas eu connaissance.

– Dont Paul a eu connaissance mais que nous devons vérifier et mettre en lieu sûr.

– Dont Paul a eu connaissance?

– Oui.

Ils se regardèrent.

– Alors, vous avez trouvé quelque chose.

– Oui.

– Pourquoi est-ce que tu ne m'en as rien dit?

– Parce que tu devais d'abord prendre une autre décision. C'est fait, maintenant. Est-ce que ça change quelque chose?

– Sur quoi avez-vous mis la main?

– Très probablement sur un chercheur qui a participé aux expériences ayant mis en évidence, chez Chemosan, les risques entraînés par le médicament.

– Qui est-ce?

– Peu importe, pour l'instant. Nous pensons avoir mis la main sur lui.

– Et qu'est-ce que ça peut avoir comme conséquences?

– Que nous sommes presque certains de pouvoir prouver tes dires.

Il mit un certain temps à digérer cette information.

– Ce qui veut dire que je vais gagner le procès.

– Oui, sans doute.

– C'est tout?

– Je crois bien qu'un procureur pourrait alors envisager une inculpation pour meurtre.

– En se basant sur ce que vous avez trouvé?

– C'est Paul qui l'a trouvé.

– Mais je croyais qu'il n'y avait rien...

– C'est passé inaperçu dans les objets personnels qu'il a laissés. Sous une forme telle qu'il nous faut procéder à des vérifications et mettre le tout en sécurité. C'est ce que Mikael est parti faire. Il effectue une visite au Brésil.

Ils burent lentement leur café, tous les deux, et Inga-Lisa ne fit rien pour presser son visiteur.

– S'ils sont condamnés pour meurtre, ça aura des répercussions dans le monde entier, dit-il finalement.

Inga-Lisa attendit la suite.

– Et si je cède maintenant, quelqu'un d'autre pourrait...

Inga-Lisa attendit la suite.

– Non, en fait, si je cède, il sera toujours possible de tenter d'en faire taire d'autres. Parce que nous ne pourrons jamais prouver que c'était bien eux qui étaient derrière tout ça, n'est-ce pas?

Inga-Lisa ne répondit pas.

– Pourquoi moi précisément? finit-il par dire.

« Qu'est-ce qu'il faut que je fasse, exactement? dit-il ensuite.

« Je ne vais pas tenir le coup, dit-il encore.

L'un des téléphones se mit à sonner et Inga-Lisa décrocha avec la vitesse de l'éclair. On entendit un ou deux bourdonnements, puis la voix de Lovander qui disait :

– On est en route, maintenant. Comment ça va?

– Tout est en ordre. Et quant à votre tableau de marche?

– On a un bon bout à faire pour traverser l'archipel, mais le vent est assez favorable et, dès cet après-midi, nous devrions déjà être en mer. Ensuite, ça dépend du vent et des courants, mais on pense en tout cas être sur place demain matin. On va arriver par le nord et, ensuite, on décidera si on passe par l'est ou par l'ouest.

– Ça me paraît très bien.

– Est-ce qu'ils ont commencé, là-bas?

– Oui, je les ai appelés il y a une heure et ils étaient déjà au travail. Ils pensent que nous aurons les premiers résultats demain, dans la mesure où il n'y aura pas de problèmes de communication.

Lorsqu'elle eut raccroché, Bengt Lövstedt regarda pensivement le téléphone.

– Un genre d'appareil un peu inhabituel, dit-il.

– Oui.

Leur conversation sur les téléphones s'arrêta là. Au lieu de cela, elle se leva et s'étira.

– Je peux te dire, Bengt, qu'on se livre déjà à de très discrètes recherches pour retrouver la petite, mais qu'on ne peut pas en augmenter l'ampleur sans lui faire courir des risques. Je ne crois pas qu'il soit possible de faire plus pour l'instant. C'est pourquoi il faut que tu attendes lundi et que tu évites de me contacter en pure perte. Et surtout ne parler à personne de ces recherches. Pas à âme qui vive. Même pas à sa mère. C'est bien compris?

Il acquiesça.

– Je paierai ce que ça coûtera, se contenta-t-il de dire.

– Oui, répondit Inga-Lisa. Ça va coûter des sommes folles, parce que nous sommes obligés d'aller très vite et parce que nous avons besoin de ce qu'il y a de mieux en matière de personnel. Vous allez le sentir passer. Nous mettons en œuvre tous les moyens nécessaires, et d'autres encore s'il le faut vraiment, et tout ça passera au compte des frais engagés pour le procès. Nous sommes d'accord?

Bengt Lövstedt se rejeta en arrière dans son fauteuil et laissa seulement échapper :

– Oui, merci!

– Encore une chose, Bengt!

– Quoi?

– Ce ne sera peut-être pas suffisant.

XXX

Il soufflait un fort vent de terre et c'est pourquoi le chant du gobe-mouches et celui du merle n'étaient pas aussi distincts que d'habitude. Parfois, des mouettes et des goélands passaient dans son champ visuel. Leur vol était un peu saccadé, dans le vent, mais ni les hirondelles ni les martinets ne se tenaient assez bas pour qu'elle puisse les voir. Elle pensait souvent à la dernière journée d'école – elle n'était plus bien loin, maintenant. Elle imaginait tous ses camarades, heureux à l'idée de s'en aller chacun de son côté. Elle aurait pu, elle aussi, se réjouir à l'idée d'un été à passer avec ses parents et avec ses oiseaux – mais pas tout cela à la fois, bien entendu.

Et c'est alors que deux labbes passèrent à toute allure. Elle les vit à travers l'aérateur. On aurait dit qu'ils jouaient les avions de chasse, piquant vers la surface de l'eau l'un juste derrière l'autre, puis se mettant à tournoyer sur ce fond bleu avant de remonter vers le ciel. Elle les suivit le plus longtemps possible et, juste au moment où ils arrivaient au bord du cadre, elle les vit se séparer et continuer chacun de son côté vers le haut. Ensuite, elle fut réduite à son imagination pour les voir, là-haut, dans cet air pur, pour voir la mer disparaître latéralement en dessous d'eux et la côte et sa maison – et le petit point minuscule de son aérateur – aller en rapetissant. Alors elle ferma les yeux très fort pour les suivre, tandis qu'ils montaient de plus en plus haut et s'éloignaient. Elle se trouvait elle-même avec eux et ce n'était pas difficile du tout, car l'air la soulevait et elle tournait en rond avec les autres – là-haut, tout là-haut. L'un d'entre eux continua à monter droit vers le ciel et elle le suivit jusqu'au bout, puis il pivota sur ses ailes, les fit battre un instant et resta immobile. Mais, au moment où elle le rejoignait, il fonça vers le bas comme une fusée, en un piqué vertigineux.

On aurait dit que ce petit point, tout là-haut dans l'air pur, sortait du ciel pour se jeter tête baissée dans la mer et qu'il ne s'arrêterait pas avant d'y être tombé. Mais, au dernier moment, ses ailes se déployèrent et l'oiseau continua son chemin à toute allure au-dessus de la surface de l'eau, là, juste en dessous de lui, qui était mal réveillé après ces quelques heures de sommeil sur cette falaise. Il suivit l'oiseau du regard, fasciné. Il ne savait pas de quelle espèce il s'agissait, mais ce corps effilé et cette étrange queue longue et étroite semblaient avoir pour unique fonction de servir de support à ces puissantes ailes. Tout cela respirait la vitesse et l'oiseau ne paraissait pas avoir besoin de faire le moindre effort pour remonter d'une centaine de mètres au-dessus de l'eau, en ligne droite – et aller soudain en rejoindre un autre de son espèce qu'il se mettait à bousculer et ils s'éloignaient ensuite tous les deux en jouant, le long de la côte. De plus en plus loin.

Stig se sentit alors un peu triste et il lui fallut un certain temps pour se mettre sur son séant et s'extraire de son sac de couchage. Le vent soufflant vers la mer, il était parfaitement à l'abri, sur sa corniche, mais l'air était frais. Il se secoua un peu et s'apprêta à affronter une nouvelle journée.

Sa toilette matinale fut très sommaire et bientôt son réchaud lui fournissait un thé bouillant qu'il but accompagné d'un peu de pain. Puis il se hissa prudemment sur le sol, au-dessus de la falaise. Le soleil y était déjà chaud et il n'y avait personne à l'horizon. Il transporta ses affaires jusqu'à la moto, enleva le filet et refit le chargement. Pour terminer, il appela le bateau au téléphone, avant de partir. Mais personne ne répondit. Apparemment, ils n'étaient pas encore arrivés, il n'était d'ailleurs qu'un peu plus de six heures.

Une fois l'un des pistons en position de compression, il donna un violent coup de pied et le crépitement sourd du moteur déchira ce matin d'été. Un léger claquement indiqua que la première était engagée et il traversa prudemment la prairie, à l'abri des genévriers, jusqu'à la petite route. Il revenait dans le monde des hommes, reprenait ses recherches.

Il mit tout d'abord cap au nord, à vive allure, pour parvenir ensuite à la côte est de l'île. Là, il ralentit considérablement sa vitesse, en bon touriste étranger en train de visiter l'île sans hâte et apparemment soucieux de ne rien manquer. Mais surtout intéressé, en fait, par les bâtiments situés au bord de la mer, dans les petits ports et autres lieux.

Il était impossible de les visiter tous, mais il avait élaboré une démarche basée sur le fait que toutes les maisons étaient reliées d'une façon ou d'une autre à la route. Il négligeait pour l'instant les agglomérations les plus importantes. En revanche, il empruntait un sur deux – parfois un sur trois – des chemins descendant à la mer. Exceptionnellement, il lui arrivait d'en prendre plusieurs à la suite. Mais, chaque fois, il le notait soigneusement. Les autres, ce serait pour plus tard, de même que les villages.

Il était certain que personne ne le suivait, mais il se montrait très prudent envers les gens qu'il rencontrait. Le plus important de tout, c'était que les ravisseurs ne puissent même pas soupçonner qu'on procédait à des recherches. Mais cette prudence rendait naturellement le travail encore plus délicat.

Il observa tous les bateaux se trouvant à quai. Il étudia les fleurs sans savoir comment elles s'appelaient. Il se demanda s'il ne risquait pas de cueillir une espèce protégée.

Il n'était d'ailleurs pas le seul à s'intéresser aux fleurs et il comptait bien là-dessus. Au cours de la matinée, il rencontra au moins deux petits groupes qui étudiaient eux aussi la flore.

A plusieurs reprises, il se mit à feuilleter ce qui avait tout l'air d'être un herbier hollandais.

Et il alla regarder de près la moindre des maisons située près de la côte, d'une façon ou d'une autre.

Cet examen, phase indispensable du tri auquel ils devaient se livrer, était opéré de manière systématique, en fonction d'une classification établie à l'avance. La catégorie 1 renfermait toutes les maisons dans lesquelles rien ne s'opposait à ce que Jenny soit détenue. Autrement dit : celles qui étaient parfaitement possibles. Elles n'étaient en fait pas si nombreuses que cela, observa-t-il. Il y en avait au contraire beaucoup qui pouvaient être rangées en catégorie 2 – exploitations agricoles habitées en permanence – ou 3 – habitées en permanence, autres catégories professionnelles. Les résidences secondaires étaient classées respectivement en catégorie 4 – inhabitées – 5 – probablement inhabitées – ou 6 – habitées. Sans oublier la catégorie X : indéterminées pour l'instant.

De quoi présenter une thèse de géographie culturelle, se dit-il à un moment.

Si tant est que cette spécialité soit reconnue, rectifia-t-il.

Mais il est certain que ce que je fais là en est véritablement une, persista-t-il à penser.

Henderson regarda les autres.

– Où est Evy?

– Elle est sortie, comme d'habitude. Et je crois qu'elle en profite pour acheter à manger.

Ils étaient trois dans la pièce. Henderson parlait parfaitement suédois, avec simplement une pointe d'accent américain. Pour les deux autres, le suédois était leur langue maternelle. C'était également le cas d'Evy. Les deux Danois n'étaient pas là.

– Comment va la gamine?

Henderson s'adressait au plus jeune des deux autres. Celui que Jenny avait baptisé à tort du nom de Josef. Peut-être parce qu'il était brun et avait des yeux très lourds et très sombres.

Nicke haussa les épaules.

– Elle est complètement absente. Quand on rentre dans la chambre, elle est tout le temps assise sur son lit. Elle ne mange rien. Ne boit presque pas. Elle va tomber malade. Enfin quoi, merde, est-ce qu'on pourrait pas au moins...

– C'est Evy que ça regarde, coupa Henderson.

– Mais...

– Evy, elle est cinglée, dit l'autre.

Il était le seul de la compagnie à avoir les cheveux longs.

– C'est vrai, je m'en suis déjà aperçu, dit posément Henderson. Mais c'est elle qui est chargée de ça et on ne peut pas...

– Mais elle est en train de la tuer à petit feu, cette gamine.

– Bah, dit Henderson. Il aurait mieux valu se débarrasser d'elle une fois pour toutes.

Nicke l'observa longuement.

– Tu penses vraiment ce que tu viens de dire, hein? Qu'on ne la laissera pas partir d'ici. Quoi qu'il puisse se passer?

Henderson se contenta de secouer la tête.

– On verra bien quand le moment sera venu.

– Non, je veux savoir.

– Pourquoi ça?

Ils restèrent tous les deux silencieux pendant un moment.

– Pourquoi? répéta alors Henderson. Est-ce que ça change quelque chose?

Nicke n'était vraiment pas de taille.

– On n'a quand même pas besoin de la faire souffrir comme ça, se contenta-t-il de grogner.

– Non, je suis bien d'accord avec toi, mais c'est Evy qui décide. On ne peut pas se mettre à se disputer. Et c'est elle qui est chargée de ça. Le pire, c'est qu'on a besoin qu'elle soit vivante, la gamine.

Au moins pour quelques jours encore, se dit-il en lui-même.

– Uniquement pour pouvoir prouver qu'on la détient vraiment?

Ils savaient parfaitement tous les trois que c'était bien la raison. Toute discussion était donc inutile. Ce dont Henderson était également bien persuadé. Il se demanda de nouveau si ce n'avait pas été une erreur que d'engager ce Nicke pour ce contrat-là.

Et il ne voulait jamais plus avoir affaire à Evy. Cette femme aux yeux obstinés, aux longs cheveux bruns, à la bouche pincée et qui créait un véritable fossé entre elle et les autres.

Il la trouvait d'une certaine façon à la fois folle et butée. Il ne savait pas très bien comment cela pouvait se faire. Mais il y avait indéniablement de cela. Elle exécuterait le contrat à la lettre, avec une sorte de passion glaciale.

Mais pourquoi donc s'obstiner à torturer cette sale gamine, là-haut, en plus de tout le reste? Ce qu'ils lui avaient déjà fait suffisait bien. L'oreille. La garder sous clé. Mais pourquoi dans le noir? Et dans une pareille infection?

Et puis quel contrat dégueulasse. Garder cette gosse jusqu'au lundi et ensuite l'exécuter. Et veiller à ce qu'elle puisse parler au téléphone, si un ordre en ce sens leur parvenait.

Seule Evy savait sous quelle forme cet ordre était susceptible d'arriver. Mais elle ignorait même de quoi il retournait vraiment, selon lui. D'ailleurs, c'était toujours comme ça. On vous confiait un contrat, une mission, de l'argent, des plans de repli. Mais on ne vous disait jamais pourquoi ou pour le compte de qui. Tout ce qu'ils savaient, c'était que ça leur vaudrait une belle somme d'argent.

Henderson se demandait qui pouvait bien être l'objet de l'opération. Qui on pouvait bien faire chanter de la sorte. Pour lui extorquer de l'argent ou autre chose. Mais, en fait, il préférait ne rien savoir. Il aurait même bien voulu ne pas savoir ce qu'il y avait dans cette chambre, en haut. Dans ces ténèbres perpétuelles.

Et les heures passèrent et Jenny entendit Evy appeler son chien, devant la maison, et ensuite elle resta près de l'eau, de l'autre côté de l'aérateur, à attendre quelque chose – attendre qu'on vienne la chercher, attendre de pouvoir se dresser contre les autres, attendre ce navire de guerre qui réduirait tout ça en miettes.

Elle l'avait souvent entendue à la radio, cette chanson qui parlait d'un navire avec beaucoup de voiles et puis ...combien de canons déjà?

Elle réfléchit longuement, incapable de se souvenir du nombre de canons qu'avait le navire.

XXXI

Lorsque, au cours de l'après-midi, le ciel commença à se couvrir, Stig avait déjà abattu pas mal de besogne. Personne ne s'était encore soucié de lui, à l'exception de quelques jeunes, çà et là, qui s'étaient d'ailleurs plutôt lamentés sur l'âge de sa moto qu'ils ne s'étaient intéressés à son conducteur. Pourtant, il ne voulait pas prendre trop de risques et décida donc de mettre fin à son inventaire et de gagner rapidement Burgsvik, au sud de l'île. Personne ne le suivait. Personne ne semblait se préoccuper de sa présence sur l'île.

Un repas très simple, pris dans une sorte de cafétéria, lui procura le loisir de repenser à ce qu'il avait vu jusque-là. Son grand atlas ornithologique était déplié devant lui – ou plutôt les notes qu'il avait prises au cours de la journée sur ces feuilles de papier dissimulées sous la couverture d'un atlas ornithologique. Il avait vraiment l'air d'un scientifique très absorbé, tandis qu'il regardait ses listes d'endroits et de maisons et cochait les chemins qu'il avait empruntés dans la journée.

La classification adoptée pour procéder à cette recherche par élimination paraissait toujours satisfaisante. La catégorie 1 était celle à laquelle il comptait se consacrer en premier lieu, au cas où il faudrait agir très rapidement, mais il se demandait si les critères adoptés pour déterminer quels bâtiments y faire figurer étaient suffisamment rigoureux. Car, en fait, il rangeait dans cette catégorie tout ce qui n'entrait pas dans les autres. Et, pourtant, elle était bien moins importante numériquement qu'il ne l'aurait cru en se mettant à l'œuvre. C'était déjà cela.

Vers quatre heures il rassembla ses affaires, adressa un amical salut de la tête au propriétaire de la cafétéria et laissa tomber son portefeuille. Celui-ci s'ouvrit et quelques billets hollandais s'en échappèrent. Stig haussa les épaules, ramassa sa fortune et sortit pour remonter sur sa machine.

– Elle est pas jeune, laissa tomber un adolescent sur son passage.

Mais il ne comprenait pas le suédois.

– Il est allemand ou hollandais, ou quelque chose comme ça, expliqua le propriétaire.

Toujours sans personne à ses trousses, Stig repartit vers le nord. La pluie n'allait plus tarder, mais la route était encore parfaitement sèche et l'air presque immobile – jusqu'à son passage. Le peu de circulation qu'il y avait allait dans l'autre sens. Les gens revenaient du travail ou bien de faire leurs courses à Visby. La journée scolaire était également terminée. D'ailleurs, ce serait bientôt l'été. Tous les enfants allaient être libres.

Il roulait vite et prit la route de l'intérieur de l'île. Il passa le carrefour à très vive allure et, deux kilomètres plus loin, après un virage très serré, freina au point de faire grincer ses pneus, fit demi-tour et repartit dans l'autre sens à la même vitesse. Il ne croisa pas le moindre véhicule. De retour au carrefour il s'arrêta, sortit une carte et regarda discrètement autour de lui. Puis il la replia, remit le moteur en marche et prit une petite route menant à une ferme. Il la suivit jusqu'à ce qu'elle se réduise à moins que cela – deux traces de roues – ce qui ne l'empêcha pas de continuer. Au bout de moins d'un kilomètre, il parvint à l'arrière de la ferme et rentra directement dans le garage ouvert, ferma la porte à clé derrière lui, ôta ses habits de motard bien usés et enfila un costume de velours vert, avant de pénétrer dans la maison d'habitation par une porte latérale. Devant le bâtiment, sur la grande route qui passait tout à côté, était garée une voiture. Stig prit une serviette et sortit, ferma la porte d'entrée à clé et gagna le taxi. Une demi-heure plus tard, il achetait un journal à l'aéroport et montait dans l'avion. Une heure plus tard encore, il était dans un nouveau taxi, cette fois à Arlanda, et roulait en direction de Stockholm. Il avait commencé à pleuvoir.

Il était bien conscient que c'était une course contre la montre. Il savait aussi depuis bien longtemps que l'argent peut parfois remplacer le temps. C'était une belle occasion de mettre cette thèse à l'épreuve. Le système qu'ils avaient dû mettre au point présentait bien des maillons assez faibles. Il se demandait, entre autres choses, s'il n'y avait pas de risques de fuites. Il ne le pensait pas. Les consultants auxquels il avait fait appel étaient des personnes au-dessus de tout soupçon. Du moins dans des affaires de ce genre. Les faiblesses étaient en revanche plus apparentes sur d'autres points. La pire de toutes était qu'il ne fallait pas que la partie adverse puisse avoir le moindre soupçon que l'on procédait à des recherches très actives. Car cela mettrait en péril les jours de l'enfant. C'est pourquoi il fallait prendre tant de précautions. Chercher sans se faire remarquer. Et trouver, avant le lundi, ce que l'on cherchait.

Stig était un homme très expérimenté. Certes, il ne s'était encore jamais livré à des activités de police normales, mais son passage dans les services secrets lui en avait assez appris pour lui faire perdre toute éventuelle naïveté naturelle. Cette fois, il n'était pas possible de se livrer au genre de partie de poker qu'affectionnait Inga-Lisa. Il n'était pas possible de bluffer et de prendre le risque de repousser un délai, de se donner quelques jours de plus pour retrouver la fillette. Impossible, également, de les amener à se découvrir.

Lundi!

Plus précisément : lundi matin. Après, il serait probablement trop tard.

Que le père de la petite ait cédé ou pas ne changerait sans doute rien, d'ailleurs.

Il y avait en effet une chose à propos de laquelle Stig n'osait pas croire qu'il parviendrait jamais à une certitude, c'était de savoir ce que la partie adverse comptait faire, au juste, au cas où elle l'emporterait. Il existait plusieurs possibilités. L'une consistait à libérer purement et simplement Jenny, malgré tout. Mais pouvait-on oser libérer un enfant? Celui-ci ne risquait-il pas, tôt ou tard, de raconter ce qu'il avait vu et entendu? Le commanditaire ne manquerait pas, alors, de faire piètre figure. D'un autre côté, le fait que l'enfant reste vivant était un moyen de continuer à exercer une pression sur le père, pour que celui-ci ne tente pas, par la suite, de renouveler ses accusations.

Et ce père avait deux autres enfants, se dit sombrement Stig. Il y avait déjà là de quoi faire pression sur lui. Cet enlèvement avait été effectué de façon très astucieuse, en misant sur le fait que les parents ne parleraient pas, puisqu'il n'y avait apparemment aucun rapport entre Lövstedt et l'enfant disparu. Mais, si celui-ci ne revenait pas, Lövstedt saurait que la même chose pourrait arriver à ses autres enfants.

Il soupira de façon tout à fait audible. Ils vont la tuer, pensa-t-il. Quoi qu'il arrive. Ils sont obligés de le faire.

Le taxi s'arrêta devant la gare centrale. Il paya, descendit de voiture et pénétra directement dans le bâtiment, puis s'engouffra dans le métro. Là, il laissa passer deux rames et monta dans la troisième, qui se dirigeait vers Östermalmstorg. Personne ne monta derrière lui. Quinze minutes plus tard, il était assis dans le petit bureau.

Bert Renström n'avait pas encore trente ans. C'était un produit de son temps. Cheveux courts, yeux clairs, rasé de près. Ulla Filheden – un nom qui s'imposait pour une informaticienne, pensa Stig – ne déparait pas non plus. Habillée, coiffée et maquillée à la mode de la « nouvelle féminité ». Probablement encore plus jeune que Renström. La troisième personne présente, en revanche, avait près de cinquante ans. C'était le seul que Stig connût bien : Andreas Örn. Le propriétaire de cette firme de consultants dans les locaux de laquelle ils étaient réunis.

Ceux-ci avaient déjà eu le temps de réunir un matériau impressionnant et les heures passèrent tandis que l'on discutait leurs analyses. On avait recueilli des informations en provenance de nombreux fichiers et, pendant qu'Andreas Örn et Stig, principalement, discutaient tel ou tel point, les deux autres procédaient à divers rapprochements. On était déjà en possession des cartes économiques de toute la côte de Gotland et Stig les confrontait avec ses propres observations. Ensuite, on rapprocha les données les plus récentes, quant à l'affectation des diverses propriétés immobilières, de celles fournies par les différents fichiers. A sa grande surprise, son propre classement des locaux en fonction de leur utilisation et de leur mode d'occupation était presque parfaitement exact. On établit une liste des cas qui ne coïncidaient pas et on les porta sur les cartes. D'autres listes regroupaient des informations analogues sur des parties de l'île qu'il n'avait pas encore visitées.

– Qu'est-ce que tu en penses? demanda Andreas, peu après minuit. Tu crois qu'on peut procéder comme ça?

Stig se rejeta en arrière pour soulager son dos. Il sentait la fatigue l'envahir.

– Si nous avions nettement plus de temps, nous réussirions très probablement en nous y prenant de cette façon. Mais c'est justement le temps qui nous manque. Il va donc falloir prendre des risques sur bien des points.

– Tu veux dire qu'il va falloir ne conserver que les meilleures hypothèses?

– Oui. Vous avez fait un boulot épatant, jusqu'ici, mais il va falloir continuer comme ça pendant plusieurs jours.

Il montra de la main tout ce qui se trouvait sur la table.

– On a ici toutes les propriétés qui se situent à une certaine distance de la côte. Mais le choix de la zone côtière constitue déjà en soi une hypothèse, même si elle est bien étayée.

Il observa une courte pause avant de poursuivre :

– Basée sur des mouettes.

Ses yeux le piquaient.

– D'ailleurs, le choix de Gotland lui-même comporte une part d'hypothèse. Mais j'y crois. Tant que nous ne disposons pas d'indices divergents, nous sommes obligés de tabler dessus.

Il esquissa un sourire.

– Cette hypothèse est elle aussi basée sur un oiseau. Et sur la distribution des journaux. Et sur la supposition que la partie adverse ne nous a pas menés en bateau sur ce point.

Andreas Örn se rendit dans l'autre pièce et en revint avec deux tasses de thé qu'ils burent en silence. Dans une troisième pièce on entendait crépiter une imprimante. Le bruit du papier couvert de données informatisées en train de glisser sur le sol ajoutait la touche finale à cette atmosphère.

Stig pensa tout à coup à la falaise sur laquelle il avait passé la nuit précédente. Très haut au-dessus de la surface de l'eau. Il commençait à ressentir une certaine impatience.

– Nous disposons maintenant des renseignements concernant emménagements, déménagements et autres modifications du mode d'occupation des locaux à l'intérieur de cette zone, dit Andreas Örn. Ils sont déjà rapprochés des propriétés qu'ils concernent. Nous sommes d'accord avec toi dans l'ensemble pour ce qui est des critères de sélection. C'est pourquoi nous avons réparti le matériau de la façon suivante : les propriétés qui ont servi de résidences permanentes et d'exploitations agricoles et dans lesquelles on n'a pas relevé d'emménagement ni de déménagement ont été mises à part. Ensuite, on va rapprocher les informations portant sur les familles occupant ces locaux d'autres données, parmi lesquelles celles fournies par la police. Afin de vérifier qu'ils n'ont pas le moindre lien avec des criminels connus. Mais, pour l'instant, ils sont classés en toute dernière priorité.

Ils étaient convenus que Stig ne poserait pas de questions sur la façon dont ils avaient eu accès aux différents fichiers. D'ailleurs, il savait parfaitement comment on s'y prenait. Et une bonne partie de ces informations étaient publiques.

– Ensuite, nous avons les locaux qui ont changé de propriétaire, ou bien où des emménagements ou déménagements ont eu lieu. Nous sommes remontés trois ans en arrière. En fait, ça n'en fait pas vraiment autant que j'aurais cru. Il semble que les variations du marché immobilier ne soient pas très nombreuses, là-bas. Puis nous avons fait la même chose pour les autres résidences permanentes et après ça pour les locaux occupés uniquement pendant les vacances. Ça nous fait déjà une belle sélection. Nous en sommes là pour l'instant. Je vais te fournir une copie de ce que nous avons et nous allons continuer à travailler.

Stig hocha la tête. Tout cela serait à classer en catégorie 1, dans ses recherches.

– Et toi, est-ce que tu as des choses à signaler en ce qui concerne ce que tu as vu jusque-là?

– Quelques-unes que j'ai mises par écrit. Tiens, les voilà.

Andreas Örn montra un classeur à couverture jaune posé près de chemises moins volumineuses de couleur verte.

– Il y a aussi des locaux qui ont changé de propriétaires ces derniers temps, mais dans lesquels aucun emménagement n'a eu lieu. Il y en a un assez grand nombre qui ont changé de propriétaire et dans lesquels on a également emménagé. Nous en avons aussi trouvé quelques-uns dont les acheteurs figurent dans le registre des personnes condamnées. Pour délits économiques dans deux cas, ivresse au volant dans un troisième et contrebande dans un quatrième. Dans l'un d'entre eux, l'un de ceux à caractère économique, personne n'a encore emménagé officiellement.

Stig tendit le bras pour prendre le classeur et Andreas lui montra sur la carte où se trouvait la maison en question. C'était en fait l'un des endroits où Stig s'était rendu le matin même. Il l'avait rangé dans la catégorie X, c'est-à-dire celle où il classait les propriétés dont il ne savait pas quoi penser. En revanche, il se souvenait très bien que l'endroit n'était pas habité. Pour plus de sûreté, il vérifia sur ses notes.

– Ce n'est pas là, dit-il. On voit très bien que cette baraque est vide et qu'elle n'a pas été utilisée depuis plusieurs mois.

– Bon, dit Andreas d'une voix sobre. On ne peut pas compter réussir du premier coup. On continue à procéder à nos rapprochements et à nos combinaisons, et on verra bien ce que ça va donner. Mais ça va faire une sacrée quantité de réponses. Combien êtes-vous à procéder aux recherches, là-bas?

Stig le regarda d'un œil sombre.

– Je suis tout seul, dit-il. Et en ce moment, je suis ici. On ne peut pas risquer de se faire remarquer. C'est pour ça que ce que vous faites est tellement important.

– Tu es seul?

– Pour l'instant. Il y a du renfort qui arrive, mais ils ne peuvent pas procéder à des recherches systématiques. Chaque personne de plus y participant accroît considérablement le risque que nous soyons repérés. Les autres doivent se trouver sur l'île sans se faire remarquer, uniquement afin de pouvoir intervenir si nous trouvons quelque chose. Ce sont des touristes. Notre cheval de Troie.

XXXII

Le crépuscule avait commencé à tomber et l'air chaud passait en longues draperies devant les fenêtres ouvertes. A l'extérieur, le vacarme était assourdissant et pourtant un simple chant d'oiseau réussissait à percer le vrombrissement des moteurs et le concert des avertisseurs. Mikael logeait au dix-neuvième étage. Malgré cela, le bruit venait frapper brutalement ses fenêtres et cela sentait les gaz d'échappement et le mazout mal brûlé. São Paulo était une horreur, car la ville semblait s'étendre à l'infini. Quand on était dans la rue, on était enfermé d'une certaine façon et, en haut, là où la vue s'étendait, on l'était d'une autre. Car on voyait alors la ville étendre ses tentacules jusqu'à l'horizon, recouverte d'une brume grisâtre, parfois même d'un gris jaune. Seul le crépuscule était beau, à cette heure où la rougeur vespérale éclairait cette brume et où les lumières des gratte-ciel étaient allumées dans les appartements ainsi que sous la forme de néons de toutes sortes et de toutes couleurs.

Il était épuisé. Son corps n'avait pas encore rattrapé le décalage horaire. En fait, il n'était pas vraiment arrivé. Pourtant, il avait eu le temps de s'orienter dans la ville et surtout de prendre contact avec ces chercheurs qui étaient le but principal de son voyage. Il devait les rencontrer le lendemain.

C'est alors que le téléphone sonna. Il rentra dans la chambre et mit la main sur l'une de ses oreilles, pour la protéger du vacarme du monde extérieur.

C'était Inga-Lisa. Il lui demanda d'attendre, alla chercher la petite boîte que lui avait remise Stig et la brancha sur l'appareil. On entendit un petit déclic et ensuite sa voix revint – aussi nette que précédemment.

– Comment ça va? demanda-t-elle.

– Pas mal pour l'instant. Je le rencontre demain. On va aller visiter un ou deux hôpitaux. Quelques médecins vont nous fournir des renseignements complémentaires. Et là-bas, comment ça se passe?

Elle hésita.

– Qu'est-ce qu'il y a? demanda-t-il.

– Rien de particulier.

– Vas-y, Inga-Lisa. Rien qu'à ta voix, je me rends compte qu'il y a quelque chose.

– Rien dont tu aies besoin de te soucier, achève ce que tu es allé faire.

– Allez, Inga-Lisa. Il s'est passé quelque chose qui a un rapport avec l'affaire?

– Non, pas vraiment. Elle suit son cours. On les rencontre lundi.

– Mais?

– Mais quoi?

– Il y a quelque chose, n'est-ce pas?

– Oui, c'est vrai. Je ne sais pas comment ça va tourner. Comment on va faire.

– C'est toi qui dis ça, Inga-Lisa?

Qu'est-ce qu'il ne faut pas entendre, pensa Mikael.

– Allez, quoi.

– Il y a eu un enlèvement, une prise d'otage, si tu veux. L'un des enfants de Lövstedt. Ils menacent de le tuer.

– Mais je croyais que ses enfants...

– Il en avait un autre. Ne t'occupe pas des détails. On essaye de la retrouver.

– Vous? Comment ça?

– Pas moi. Stig. Lovander. Et même Perlegrund.

– Krister?

– Il n'est au courant de rien. Ils ont coupé une des oreilles de la petite et ils l'ont envoyée aux parents en disant que, s'ils mettent la police au courant, elle est fichue.

Mikael s'assit.

– Alors on abandonne.

– Non.

Il fronça les sourcils.

– Qu'est-ce que tu veux dire?

– Ici, la situation est bloquée. Lövstedt a l'air de ne pas vouloir céder. Stig et Lovander pensent que, de toute façon, la petite est perdue. Et moi je ne sais pas quoi faire.

Elle observa un instant de silence, dont Mikael avait bien besoin pour digérer l'information.

– Quel âge a l'enfant?

– Treize ans.

– Qu'est-ce que vous faites? Enfin, qu'est-ce qu'ils font?

– Ils cherchent. A Gotland. Stig procède aux recherches et les autres sont en bateau.

– En bateau?

– Ils rejoignent Gotland. Pour être là quand ce sera nécessaire.

– Mais...?

– Ils passent l'île au peigne fin d'une autre façon, Mikael. C'est peut-être la seule qui puisse donner quelque chose en ce moment. Le pire, c'est qu'il ne faut pas qu'on s'aperçoive qu'ils procèdent à des recherches. Et qu'ils ne peuvent pas faire intervenir la police. C'est une affaire privée.

Voilà bien ce qu'on appelle le secteur public, pensa Mikael, pour une raison ou pour une autre.

– Je rentre, dit-il alors. Ce soir.

– Non, il faut d'abord...

– Désolé, Inga-Lisa, je rentre tout de suite.

Et il raccrocha sans attendre quoi que ce soit d'autre.

Un avion partait dans moins de deux heures. Il y avait de la place. Il modifia sa réservation par téléphone. Puis il appela la réception et demanda qu'on prépare sa facture. Puis il regarda sa montre, appela Kaufman au téléphone et lui dit qu'il était obligé de rentrer immédiatement. Kaufman proposa de le conduire en voiture à l'aéroport. Vingt minutes plus tard, la réception l'appelait pour lui dire que M. Kaufman était arrivé et, dix minutes après, ils étaient perdus dans la circulation de la fin de journée. Mikael regardait, osant encore à peine en croire ses yeux, la circulation démentielle de ce pays tellement frappé par la crise économique et la mauvaise utilisation des ressources. Un bruit d'enfer se fit entendre au-dessus de sa tête et, à trente mètres en l'air, ils virent un Boeing 737 venir se poser sur la piste d'atterrissage, qui commençait juste de l'autre côté de la rue, derrière un talus de terre de quinze mètres de haut. Un autre avion, dont la queue dépassait de ce talus, lumières allumées, attendait de décoller quand le précédent aurait atterri. Ses moteurs étaient dirigés droit vers les bâtiments qui se trouvaient de l'autre côté de la rue.

Un aérodrome en plein milieu de la ville, sans aucune zone de protection. Une tache de honte, avec des rampes de lumières de diverses formes et couleurs, au cœur de l'éclairage violent et confus de cette ville qui avait poussé trop vite. Lorsqu'ils s'élevèrent au-dessus d'elle, Mikael regarda le sol et la vit disparaître au fur et à mesure qu'ils montaient.

Bon sang, se dit-il ensuite, en se calant dans son fauteuil. Une heure plus tard, il était à Rio de Janeiro et, une heure plus tard encore, il laissait derrière lui la côte sud-américaine. Il était alors plongé dans les documents que Kaufman lui avait remis. Il vit tout de suite qu'il y avait là tout ce dont ils avaient besoin. Il était maintenant évident que Lövstedt allait gagner.

Il fronça les sourcils.

En fait, Inga-Lisa était plutôt soulagée du refus d'obéissance de Mikael. Cette réaction l'amena à prendre une nouvelle décision : laisser l'affaire suivre son cours et dire aux autres de faire ce qu'ils pouvaient. Car, de quelque façon qu'elle retourne le problème, elle n'arrivait pas à avoir de meilleures idées qu'eux. Et, de toute façon, elle n'était pas en position de décider grand-chose. Il n'y avait pas que Lövstedt; lui, elle était capable d'en venir à bout. Mais il y avait aussi les autres, qui réagissaient avec leur cœur mais travaillaient avec leur cerveau. Et eux, elle ne pouvait pas grand-chose contre eux.

En réalité, elle ne le souhaitait pas non plus. Et voilà que Mikael brandissait à son tour l'étendard de la révolte.

Elle soupira et pensa ensuite à Krister. Pour la première fois, elle se retrouvait dans la même situation que lui : être dépassée par les événements.

En ce qui la concernait, il s'agissait de conserver l'affaire au chaud jusqu'au lundi. De ne rien faire qui puisse provoquer la partie adverse. De ne pas raccourcir le délai qui leur avait été assigné.

Elle pensa au terme anglais voulant dire délai : *deadline* – ligne de mort.

A ce moment retentit la sonnerie du téléphone. Il était une heure du matin. Elle se dit que c'était Mikael et que celui-ci n'avait pas trouvé de place dans l'avion – mais c'était en fait son collègue direct en ces temps d'insubordination, Krister.

– J'aimerais bien venir te voir un moment, se contenta-t-il de dire. Tu dormais?

– A cette heure-là? A ton avis?

Mais Krister ne se laissa pas démonter.

– Dans dix minutes?

– Bon.

Il arriva à l'heure exacte. Il n'était pas d'humeur bien gaie mais ne se répandit pas non plus en excuses. Son regard était particulièrement acéré et il avait un pli décidé autour de la bouche. Ils s'assirent en silence, Inga-Lisa sachant parfaitement que quelque chose se préparait, Krister se demandant comment il allait s'y prendre.

On était au cœur de la nuit de ce début d'été et, à travers les rideaux, perçait une très faible lueur. Sur une table, une lampe était allumée. Le bureau d'Inga-Lisa, par contre, était plongé dans l'obscurité. Pourtant, Krister voyait bien qu'il était désert. Elle ne venait donc pas d'y compulser ses dossiers.

– Je ne suis qu'un vieux flic, dit-il alors.

Ce n'était peut-être pas absolument indispensable, ils se connaissaient depuis tellement de temps.

– Ah bon? Et alors?

– J'ai perdu deux collaborateurs ou, en tout cas, leur confiance.
– Ah bon?
Il l'observa.
– Tu sais quelque chose?
– Comment le pourrais-je?
Elle avait pris sa voix la plus agréable.
– Bah, dit-il. Ils sont partis faire de la voile.
– Ah bon?
– Où est Stefan?
Elle le regarda. Calmement. Mais avec une petite lueur de malice au coin de l'œil.
– C'est drôle que tu me poses cette question. Je crois bien qu'il est parti faire de la voile, lui aussi.
– Tiens. Avec son propre bateau?
– Je ne vois pas avec lequel il pourrait le faire, sinon.
– Peut-être un bateau de location.
Le regard d'Inga-Lisa se durcit.
– J'espère que tu ne t'es pas fait repérer, en posant tout un tas de questions à droite et à gauche.
Parmi tout ce qu'il appréciait en elle, il y avait le fait qu'elle excellait dans l'art d'apprécier correctement les situations et qu'elle ne faisait donc jamais durer les hostilités plus longtemps que nécessaire. Il lui avait pratiquement dit qu'il était au courant et elle avait aussitôt accepté cela, mais sans tomber dans le piège. Elle n'était pas femme à tomber dans un piège, se dit-il alors.
– Je répondrai à la fois oui et non. Oui, j'ai posé des questions. Non, je ne me suis pas fait repérer.
– Qu'est-ce que tu sais?
– J'ai formé un certain nombre d'hypothèses. Qui incluent un enlèvement. Est-ce que tu trouves ça raisonnable?

– Ce n'est pas à moi de dire ça à un policier professionnel. En tout cas, pas en ce moment.

Il comprit. C'était donc bien cela.

– Oublie que je suis dans la police, dit-il.

– Et toi, est-ce que tu l'oublies? répondit-elle.

Il poussa un soupir.

– En tout cas, personne ne sait que j'ai procédé à certaines recherches, dit-il. Donc, au cas où – pour prendre un exemple complètement dément – il y aurait des menaces de mort contre l'otage, ce que j'ai fait ne changerait rien du tout.

« Je ne suis pas tout à fait idiot, reprit-il au bout d'un moment.

Cela non plus n'était pas indispensable, ils se connaissaient depuis tellement de temps.

Et il ajouta :

– C'est pour cette raison que j'ai été obligé de venir te parler. Tu connais Bengt Lövstedt.

– Comme ci, comme ça.

– Est-ce qu'il est mêlé à cette affaire?

– Pourquoi le serait-il?

– Parce qu'il le dit lui-même.

– Vraiment?

Krister ouvrit son sac et tendit quelques feuilles de papier à Inga-Lisa.

– J'ai trouvé ça à côté du cadavre, dit-il.

Elle ne prit pas les papiers et ne bougea pas le moins du monde.

– Quel cadavre? finit-elle par murmurer.

– Le sien. Il s'est pendu. Il y a quelques heures.

La vieille pendule qui se trouvait dans le hall parut soudain emplir la pièce de son tic-tac de plus en plus perceptible. Finalement, Inga-Lisa se pencha pour prendre les papiers et les déplier. La lettre qui se trouvait sur le dessus lui était justement adressée.

Elle disait pourquoi le suicide était la seule solution. De cette façon, les autres n'auraient plus personne sur qui exercer leur pression. Il ajoutait qu'il avait pris soin de divulguer d'autres informations, par courrier et par d'autres moyens encore, afin que ses accusations ne disparaissent pas avec lui et qu'il ne soit plus possible de le faire taire en menaçant ses enfants.

Il disait qu'il avait trouvé la solution parfaite, la solution finale à tous ses problèmes. Et il demandait à Inga-Lisa de veiller à faire valider son nouveau testament, sur lequel il avait également couché Jenny.

Tout d'abord, Inga-Lisa resta totalement paralysée. Réduite au silence. Puis elle se mit à relire la liasse de papiers.

– L'imbécile. Il ne pense vraiment qu'à lui-même, bon sang de bonsoir.

Sa voix tremblait. Krister vit ses yeux s'embuer de larmes.

– Il est parvenu au résultat exactement inverse, poursuivit-elle entre ses dents. Il a tout gâché. De toute façon, ils vont la tuer, et maintenant ils ne vont même pas attendre lundi... Quel bigre d'imbécile.

Elle leva les yeux vers Krister.

– C'est lui-même qui l'a tuée.

Krister l'observait en silence.

– Il vaudrait mieux que tu parles, dit-il.

– Non, répondit-elle d'une voix ferme. Plus longtemps nous parviendrons à garder le secret, plus ils auront de chances de la retrouver.

Ahah, se dit Krister. C'est bien ce que je pensais.

– Inga-Lisa, il faut que tu saches une chose : c'est que, pour l'instant, je suis le seul à savoir que Lövstedt est mort.

Elle le jaugea d'un rapide coup d'œil.

– Du fait du départ de Perlegrund et de Lovander, nous sommes un peu à court d'effectif. C'est donc moi qui me suis rendu là-bas, lorsqu'un voisin nous a dit qu'il se demandait s'il n'était pas arrivé quelque chose. Il s'était pendu. J'ai lu les papiers et je me suis douté de ce qu'il y avait là-dessous. C'est la raison pour laquelle je suis ici. Personne ne sait encore quoi que ce soit.

Il put véritablement voir le cerveau d'Inga-Lisa à l'œuvre.

– Qui es-tu au juste, Krister : un policier ou bien un être humain?

Elle avait joint les mains sous son menton et le regardait maintenant droit dans les yeux. Il n'était pas très sûr de la réponse à donner à cette question.

– Il faut absolument que Lövstedt reste vivant jusqu'à lundi, ajouta-t-elle. Pour la petite. Qui, d'ailleurs, est sa propre fille. Et à qui ils ont déjà coupé une oreille.

– Raconte-moi tout, se contenta de dire Krister.

XXXIII

Pour maintenir Bengt Lövstedt en vie, il fallait bien sûr que personne ne trouve son cadavre, mais aussi que personne ne sache, de quelque façon que ce soit, qu'il s'était pendu. Sur le moment, Krister ne put trouver aucune solution pratique quant à la première de ces conditions. Il laissa donc le cadavre en place. Personne ne pouvait le voir de l'extérieur. Mais il n'y avait pas d'autre lettre dans la maison. De quelle manière Lövstedt avait-il donc mis à l'abri les informations dont il parlait dans sa missive à Inga-Lisa?

Il était près de quatre heures du matin et il faisait jour lorsque le commissaire força, avec beaucoup de précautions, la boîte aux lettres qui se trouvait à deux pâtés de maisons de chez Lövstedt. Inga-Lisa avait raison. Il y trouva quatre enveloppes, toutes rédigées de la main de Lövstedt et adressées à trois journaux et à une personne privée. Il referma la boîte avec tout autant de précautions, la faisant tenir à l'aide d'un clou. Puis il regarda autour de lui et, satisfait d'être toujours seul, tourna le coin de la rue pour regagner sa voiture, faire demi-tour au carrefour et aller retrouver Inga-Lisa. Celle-ci mit les lettres dans son coffre-fort. Ils se saluèrent à peine lorsque Krister reprit sa voiture pour rentrer chez lui. Gerd ne se réveilla pas, non plus que Torkel, mais les deux conspirateurs, eux, ne fermèrent pratiquement pas l'œil de la nuit.

Jenny non plus ne dormit pas. La soirée avait été pluvieuse et l'humidité de l'air avait pénétré par l'aérateur. Vers le matin, le ciel se dégagea. Le temps était d'un calme parfait et, comme elle le faisait depuis plusieurs jours, elle retourna à son poste pour voir si le faucon kobez allait revenir. A un moment, elle crut même voir quelque chose, mais c'était une erreur. Ce n'était qu'une sterne qui restait suspendue au-dessus de l'eau, en quête de petits poissons.

Elle en était maintenant à quarante-six espèces différentes d'oiseaux et elle était capable de dire quel jour elle avait vu chacune d'entre elles. D'ailleurs, il ne restait sans doute guère plus d'une semaine avant la fin de l'école. Sortirait-elle à temps pour être présente? Sortirait-elle même jamais de là?

L'air était devenu si pestilentiel, dans sa chambre, qu'elle restait en permanence, sauf lorsque quelqu'un approchait de la porte, assise près de l'aérateur, le dos tourné au centre de la pièce. Comme cela, elle pouvait à la fois regarder à l'extérieur et ne pas trop sentir l'odeur de ses propres excréments. Elle avait le visage sale et ses cheveux étaient comme collés sur sa tête.

Elle n'aurait jamais cru qu'on pouvait devenir aussi crasseux.

Par le trou, elle voyait le bleu de l'eau. Mais il était absolument désert. Elle s'imaginait qu'il y avait un port, devant elle, et que c'était là que le navire allait arriver. A l'école, ses camarades s'étaient moqués d'elle en chantant la chanson *Jenny et les pirates*. En pensant à cela, elle se souvint tout à coup du nombre de canons du navire. Et ce n'est qu'à ce moment qu'elle comprit véritablement ce qu'avait dû ressentir la Jenny de la chanson, tandis qu'elle pensait à la façon dont on viendrait la sauver et à ce qui se passerait alors : on lui permettrait de décider de ceux qui seraient tués.

Tous !

Un navire venant pointer ses canons sur cette maison. Uniquement pour elle.

Elle se mit à chantonner.

Stig revint par le premier avion et loua une voiture au nom de la firme de consultants. C'était maintenant un homme d'affaires suédois et ses lunettes – avec ces verres teintés qui étaient de rigueur – lui donnaient cette expression un peu affairée que l'on rencontre si fréquemment sur les lignes aériennes intérieures suédoises. Il se rendit presque directement à la ferme qu'ils avaient louée et rentra la voiture dans le garage. Puis il s'assura que personne n'y avait pénétré, pas plus que dans la maison elle-même, se changea pour passer ce que les gens aisés auraient sans doute appelé des vêtements de sport, installa son téléphone mobile dans sa voiture de location et partit à bord de celle-ci en direction de l'est.

Les recherches auxquelles il se livrait maintenant étaient empreintes d'une plus grande efficacité. Celles de la veille avaient revêtu un caractère un peu expérimental et étaient destinées à être mises à l'épreuve des conclusions des experts. Mais elles s'étaient avérées fort satisfaisantes. Désormais, il pouvait se fier dans une très large mesure à ce qu'ils lui avaient remis à propos des chemins qu'il n'avait pas empruntés la veille et des endroits où il ne s'était pas rendu. A deux reprises, il procéda même à une vérification, comparant leurs avis, les hypothèses qu'ils avaient formulées quant à la façon dont devait se présenter la réalité avec cette réalité elle-même. Elles concordaient parfaitement. Il put donc, par la suite, se permettre de sauter toutes les propriétés des diverses catégories qui avaient été, pour de bonnes raisons, affectées d'un coefficient de probabilité assez bas, par exemple les exploitations agricoles et autres résidences permanentes où l'on n'avait enregistré récemment ni changement de propriétaire ni emménagement ou déménagement. Si, par la suite, l'une ou l'autre d'entre elles s'avérait avoir des liens avec des personnes ayant un passé criminel ou bien des éléments intéressants du même ordre, il n'aurait qu'à y retourner plus tard dans la semaine.

Bon nombre de ces maisons pouvaient être observées à distance ou simplement en passant devant elles. Il prit des notes en abondance et procéda à des classements en catégorie 1 ou X.

Aucune piste ne s'avéra certaine. Au début de l'après-midi, il regagna donc le centre de l'île et, à trois heures exactement, appela le bateau. C'est Lovander qui répondit.

– Nous sommes au large de Fårösund, lui dit-il. Cet après-midi, si tu n'as rien trouvé, nous nous éloignons. On va chercher Mikael.

– Mikael?

– Il rentre du Brésil dans quelques heures et il va venir par ici ce soir, en hélicoptère. On ne sait jamais, on peut avoir besoin de lui.

– C'est Inga-Lisa qui l'a rappelé?

– Non, je crois que c'est une idée à lui.

Lovander avait la voix presque gaie.

– Et toi, comment ça va? reprit-il.

– Toujours rien, mais j'ai des raisons de penser que notre méthode est bonne. On n'y arrivera jamais, cependant, tant qu'on n'aura rien sur ces faucons kobez. Il faut que vous m'appeliez dès que Henrik aura les renseignements, afin que je puisse cerner ces zones-là avec plus de précision et les examiner de près.

Il mit fin à la communication et se dit : vivement que les amateurs d'oiseaux nous disent où ils sont, ces faucons kobez.

Ils se firent attendre.

Ce n'est que vers six heures que Perlegrund appela. Stig roulait alors à faible allure en direction de la pointe sud, le long de la côte est.

– Rien, dit Perlegrund.

– Comment ça, rien? Absolument rien?

– Non, on n'a pas signalé un seul faucon kobez à Gotland cette année. Tout du moins, pas encore.

Stig se mit à réfléchir.

– Et par ailleurs?

– On dit qu'il y en a pas mal à Öland. C'est pourquoi il est bizarre qu'on n'en ait pas vu un seul à Gotland.

– Öland...

Il passa rapidement en revue les éléments dont ils disposaient. Le choix entre Öland et Gotland avait été dicté par le journal figurant sur la photo de Jenny. Celui-ci plaidait en faveur de Gotland. Mais voilà maintenant ce fichu faucon qui se mettait à plaider dans l'autre sens.

– Quelle est la probabilité qu'il y ait des faucons

kobez à Gotland sans que l'un de tes informateurs le sache?

– Oh, elle est assez grande.

– De quel ordre?

– Difficile à dire, mais elle est vraiment assez grande.

– Une chance sur dix?

– Plus que ça.

– Une sur deux?

– Non, moins.

– Hmm.

Ils gardèrent tous deux le silence, jusqu'à ce que Perlegrund le rompe.

– Je ne crois pas que la partie adverse ait pensé aux oiseaux. Je ne pense donc pas qu'ils aient essayé de nous orienter vers Gotland alors qu'il s'agit en réalité d'Öland. Si vraiment ils avaient consciemment choisi l'édition du journal pour nous induire en erreur, ils auraient tenté de nous attirer vers une tout autre partie du pays. C'est assez peu vraisemblable. Ils ne devaient pas tellement penser qu'on se livrerait à des recherches. C'est mon avis, en tout cas.

Toujours l'intuition, se dit Stig.

– Tu veux qu'on aille voir à Öland? demanda cependant Perlegrund.

– Non, on est bloqués ici de plusieurs façons. On a le choix entre procéder à une fouille systématique ici ou ne pas avoir le temps de fouiller Öland du tout avant lundi. Nous n'avons pas la moindre marge de manœuvre, on est réduits à chercher là où nous avons une petite chance de trouver. Tout nous incite à pencher en faveur de Gotland. Et puis, Henrik, surtout n'abandonne pas la partie en ce qui concerne ce fichu faucon! Et appelle-moi aussitôt, si tu as quoi que ce soit.

– Tu veux qu'on suive la côte est ou la côte ouest ?
– J'ai eu le temps de faire pas mal de choses côté est. Il y a eu moins de ventes ou de modifications d'occupation que du côté ouest. Je vais y aller voir, maintenant. Allez-y vous aussi. Vous pouvez faire semblant de vous rendre aux îles Karlsö, par exemple.

Après cela, Stig fit preuve d'encore plus de vigilance lorsqu'il inspecta un certain nombre d'autres maisons, désormais exclusivement sur la base de ce que lui avait fourni la firme de consultants. Il put également en éliminer la plupart avec un très haut degré de probabilité. Le soir tombait, mais ce n'est qu'une fois le soleil couché qu'il mit un terme à ses recherches. A vrai dire, le soir était un moment de la journée très propice aux recherches, de même que le matin de bonne heure, car toute présence humaine était alors indiquée par des signes non ambigus. C'est pourquoi, après le coucher du soleil, il retourna voir plusieurs endroits sur lesquels il avait des doutes et constata que tous sauf un étaient inhabités. Quant au dernier d'entre eux, c'est une lumière à la fenêtre qui les lui ôta définitivement. En approchant des limites du terrain, Stig vit la lueur bleutée d'un écran de télévision. Mais il dut attendre près d'une heure avant de voir deux personnes, un homme et une femme. Ceux-ci sortirent sur la terrasse et il crevait les yeux qu'ils étaient amoureux.

Stig put se retirer en toute quiétude. Deux êtres de vingt-cinq ans qui n'ont d'yeux que l'un pour l'autre ne s'amusent pas à enlever une petite fille.

Vers onze heures du soir, il se présenta à la réception d'un hôtel situé à l'intérieur des murs de la ville. Fatigué. Découragé. Déçu. Irrité.

En mer, un hélicoptère d'assez petite taille s'approcha du grand voilier et, quelques minutes plus tard, Mikael était déposé dans un canot pneumatique, non loin du bateau. Puis l'hélicoptère continua sa route en direction de Visby. Mikael jeta pardessus la lisse un fusil de chasse et quelques autres éléments d'équipement, avant de l'enjamber lui-même. Aussitôt après, le voilier mit le cap sur la côte gotlandaise.

XXXIV

Le vendredi matin, le faucon kobez ne se montra pas non plus. Jenny ne quitta pas son poste. Et personne ne vint la voir au cours de la matinée. Apparemment, ils avaient décidé de ne même plus lui apporter de petit déjeuner.

Mais cela ne lui faisait plus rien. C'était ainsi, tout simplement.

Ses yeux, absolument immobiles, ne quittaient pas la surface de l'eau.

Le même matin, Stig commença par inspecter un certain nombre de maisons du sud de Gotland. Comme il s'y attendait, la plupart étaient désertes et inutilisées. Près de certaines autres étaient garées des voitures. Il prit note des numéros et téléphona ensuite ceux-ci à ses correspondants de Stockholm. Il était alors assis dans la clairière d'un bois de pins, tout près de la grande route. Le soleil dardait ses rayons, le ciel était d'un bleu absolument limpide et un vent frais soufflait de la mer, distante d'environ deux kilomètres. Le plus étrange, c'était que, à ce point de ses recherches, il avait pu éliminer pratiquement tout ce qui se trouvait au sud de cet endroit. Cela voulait dire que, près de la côte, dans la partie méridionale de l'île, il n'existait aucune maison pouvant être rangée dans les catégories les plus délicates.

De nouveau, toutes ses incertitudes lui revinrent à l'esprit. Toutes ces hypothèses formant une longue chaîne qui aboutissait aux conclusions qu'il avait tirées. Des hypothèses en vertu desquelles il était très peu probable – mais nullement exclu – que l'enfant soit retenue dans une maison habitée depuis des années par ses propriétaires, lesquels ne figuraient nulle part dans les fichiers de la police. On pouvait même remettre en question des hypothèses encore plus anciennes dans leur raisonnement : celles qui les avaient amenés à se concentrer sur l'île de Gotland et sur ses côtes.

Ce n'était pas un travail de routine au sens habituel du terme, à savoir celui d'une enquête effectuée par la police. L'urgence ne le leur permettait pas – mais cette urgence elle-même faisait partie des hypothèses sur lesquelles étaient basées leurs recherches.

Non, c'était un autre genre de travail de routine, incluant un tri opéré, de façon systématique et à l'aide de moyens perfectionnés, sur un échantillon extrêmement grand.

Au milieu de la journée, il changea de véhicule, à la ferme, et se transforma de nouveau en motocycliste hollandais. Ses sacoches étaient maintenant bourrées de listings et d'autres papiers, ainsi que d'appareils divers. Il était désormais plus aisé d'approcher les différentes habitations. On le prendrait pour un touriste égaré ou simplement curieux.

Au cours de l'après-midi, la circulation s'intensifia

légèrement. Gotland ne se singularisait pas du reste du pays en ce qui concernait les habitudes du vendredi : on y rentrait également un peu plus tôt chez soi. Pendant le week-end, on y viendrait aussi du continent. D'une certaine façon, cela faciliterait les recherches, mais d'une autre cela les rendrait un peu plus difficiles.

– Venez à Visby, dit-il à Lovander vers trois heures. Je laisse à l'hôtel un paquet contenant toute une série de combinaisons de données immobilières et personnelles. Allez voir si ces maisons sont habitées ou non. Si vous voyez des véhicules, notez le numéro. Si nous les avons pour onze heures ce soir, nous aurons la réponse au cours de la nuit.

– Tu n'as donc encore rien trouvé?

– J'ai déjà pu exclure tout un tas de choses. Mais je n'ai encore rien fait à Visby même. Vous pouvez très bien vous y déplacer pendant une journée sans éveiller l'attention, puisque ça va être le week-end. Vous êtes des touristes. Conduisez-vous comme tels.

– Parfait, dit Lovander. Et comment se conduisent-ils, les touristes?

– De façon stupide et avec pas mal d'arrogance, dit Stig d'une voix amicale.

– Ça ne devrait donc pas nous poser trop de problèmes, dit Lovander.

Il n'avait pas vraiment d'objection à l'idée de toucher terre. Le terrien invétéré qu'il était n'appréciait guère le séjour prolongé en mer. Mais il n'y avait pas que cela. L'inaction à laquelle il était contraint le faisait bouillir d'impatience. Parfois, il était même rongé par le doute : procédaient-ils vraiment de la façon la plus efficace possible? Il n'attendait qu'une chose : pouvoir aborder et fouiller cette maudite île de fond en comble. Et pourtant, quand il repassait leurs plans dans sa tête, il lui semblait que leur méthode était la moins mauvaise de toutes celles qui se présentaient. Car la sécurité passait avant presque tout le reste.

Il y avait une seule chose sur laquelle elle ne primait pas : cette date de lundi qui constituait, selon toute probabilité, leur limite ultime dans le temps.

Se déplacer dans Visby par un vendredi soir du début de l'été sans éveiller particulièrement l'attention ne serait pas bien difficile. Ce soir-là, il n'y aurait pas qu'un seul limier sur la piste.

Mais cherchant quoi, au juste?

Il avait tenté de relire certaines des notes qu'ils avaient déjà prises, à la suite de ce que leur avait dit Stig et de leurs propres conversations. Mais, dès que ses yeux se posaient sur le papier, son cœur commençait à chavirer. De même lorsqu'il descendait dans le rouf : son estomac était pris, presque instantanément, de mouvements qui n'avaient rien de normal.

Il n'avait donc pas de plus cher désir, en ce moment précis, que de toucher terre.

Stefan Storm – Tempête, quel nom pour quelqu'un qui fait de la voile, se dit Lovander – était assis, comme presque toujours, à la barre et levait de temps à autre les yeux vers la mâture. Lovander trouvait cela extrêmement osé, de la part de cet avocat à la tenue irréprochable, de les accompagner dans cette aventure. Mais Inga-Lisa avait bien stipulé qu'il ne devait débarquer sous aucun prétexte et seulement se charger du bateau.

– Il faut au moins que nous disposions d'une personne qui ne se mette pas hors la loi – aussi extensible que puisse en être le cadre en pareille circonstance, avait-elle dit.

Mais il s'était aussi avéré être un excellent marin.

Cela contribuerait également à rendre leur séjour sur l'île moins susceptible de créer la sensation. De plus, ils avaient réussi jusque-là à rester à l'extérieur de Gotland sans vraiment la quitter. En fait, ils avaient toujours été à proximité.

Perlegrund, lui, était en parfaite forme et gardait les yeux rivés à ses jumelles pour explorer l'horizon, tandis que Mikael, las et pensif, regardait droit devant lui – de préférence assez loin.

Pourtant, une fièvre nouvelle s'était emparée de l'équipage. Depuis qu'ils avaient décidé de toucher terre, l'atmosphère s'était chargée d'une certaine électricité. Cela rappela vaguement à Lovander le genre d'occasions où la police se préparait à opérer une descente dans un endroit où on avait des raisons de s'attendre à une résistance farouche de la part de telle ou telle personne acculée au désespoir. Le moment où l'on se concentrait. Intérieurement.

Assis sur sa moto, Stig vit le voilier pénétrer dans le port. Il avait laissé un paquet à la réception de l'hôtel. Il ne prenait pas un bien grand risque en faisant cela et les autres lui confirmeraient dès que possible qu'ils en avaient bien pris livraison.

Dommage qu'il faille constamment prendre certains risques, pensa-t-il sombrement. Mais le temps était limité, lui aussi.

Il devait aller voir une vingtaine de maisons situées au nord de l'île. Des résidences principales sans occupants enregistrés officiellement, dont quatre avaient changé de propriétaire au cours de l'année écoulée. Il se proposait de commencer par ces quatre-là.

La première était un pavillon de construction récente situé à une centaine de mètres de la mer.

Elle était habitée – tout au moins provisoirement – car deux voitures étaient garées devant. Il nota les numéros, après s'être tout d'abord assuré que personne ne l'observait.

La seconde était une maison en bois assez ancienne. Elle se trouvait un peu plus loin de la mer et était inhabitée. Le jardin était retourné à l'état sauvage et, de toute évidence, l'herbe n'avait pas été coupée non plus au cours de l'année précédente car, bien que la nouvelle fût très haute, on pouvait encore voir celle de l'année passée, toute jaunie, en dessous.

Après avoir garé sa moto, il avança le long de la clôture, en se donnant l'air d'un promeneur qui prenait son temps, et gagna l'arrière de la propriété. Pas de rideaux, pas de doubles fenêtres.

Cette maison était de toute évidence inutilisée.

Mais tout cela prenait tellement de temps! Il était déjà sept heures et demie. Il se hâta de remonter sur sa moto, fit demi-tour sur l'allée de gravillons et regagna la grande route pour continuer sa tournée.

Il en eut malgré tout terminé vers onze heures et demie et, une trentaine de minutes plus tard, il rentrait en direction de Visby, dans la brève obscurité de cette nuit. A l'entrée de la ville, il aperçut une silhouette dans la rue et, légèrement méfiant, il réduisit l'allure. C'était une femme et elle était debout près d'une voiture de couleur sombre.

Stig s'arrêta mais garda la première enclenchée, prêt à démarrer, tandis qu'il attendait que la femme fasse les quelques pas la séparant de lui. Il était vraiment sur le qui-vive, prêt à relâcher la commande d'embrayage au moindre signe équivoque. Il examina soigneusement la voiture de la femme.

– Est-ce que vous pourriez m'aider? demanda-t-elle. Je n'ai plus du tout de lumière.

A la dernière seconde, Stig se souvint qu'il ne comprenait pas le suédois.

– *Pardon? I don't understand Swedish*, répondit-il donc en anglais.

Elle hésita un instant.

– *My lamps – they do not...*

Stig se mit alors au point mort et gara sa moto près de la voiture. Il était pressé. C'était une Ford d'un modèle relativement ancien. Toujours avec beaucoup de méfiance – car toutes les lumières ne pouvaient pas s'éteindre à la fois, étant donné qu'elles étaient sur des fusibles différents – il regarda autour de lui, puis dans la voiture. A l'intérieur était assis un jeune garçon d'une dizaine d'années. Ils se dévisagèrent un instant. Puis Stig coupa le moteur, mit la commande de phares en position de veilleuses et sortit une lampe de poche. Sans ôter son casque de sa tête, il se pencha pardessus le siège du conducteur, actionna la commande d'ouverture du capot et alla ensuite soulever celui-ci. La première chose qu'il vit, ce fut la boîte de fusibles. Celle-ci était dépourvue de couvercle. Il tâta les fusibles du doigt et l'un des phares s'alluma. Cela signifiait que l'un des feux arrière fonctionnait également. Le fusible voisin était de travers. Il le redressa. Aussitôt, le second phare s'alluma. Le tout ressemblait fort à une mise en scène et il fit donc un brusque mouvement en arrière. Mais la femme restait sur place, regardant comme fascinée les lumières de sa voiture.

Il n'y avait toujours personne d'autre à proximité, pas plus que de voiture. Il en profita donc pour jeter un coup d'œil sur l'ensemble du moteur. Il constata alors que le bouchon du réservoir à huile n'était pas en place. Il se pencha un peu plus et aperçut quelque chose, tout en bas, derrière le moteur. En plongeant la main, il ramena le bouchon.

Il le lui montra.

– *The oil*, dit-il simplement.

Elle approcha.

– *I forgot to...*

L'anglais ne semblait pas vraiment son fort. Stig revissa le bouchon. On l'avait sans doute posé sur le dessus du moteur et on l'avait oublié là. En tombant, il avait dû heurter les fusibles. C'était tellement bête que cela ne pouvait guère avoir été fait exprès. Il se détendit un peu et ôta son casque.

– *It's okay now*, dit-il.

Elle monta dans la voiture et la mit en marche. Puis elle leva les yeux vers Stig, lui adressa un signe de tête et dit :

– *Thank you!*

Lorsque la voiture s'éloigna, Stig vit le jeune garçon lui faire de grands signes par la vitre arrière.

Tout le plaisir était pour moi, madame, pensa-t-il.

On était venu apporter à manger à Jenny au milieu de la journée, mais elle n'y toucha pas. Au lieu de cela, elle retourna à son endroit favori. Bientôt, son regard fut de nouveau absolument immobile. A un moment, un petit bateau de pêche traversa l'étendue d'eau qui se trouvait dans son champ visuel et le teuf-teuf du moteur resta perceptible bien longtemps après son passage. Mais, par ailleurs, la journée fut très calme. Elle savait qu'elle était en train de perdre le printemps. Le chant des oiseaux, pendant la journée, était déjà moins puissant. Mais il était encore très intense le matin et le soir.

Oui, l'été approchait, mais elle ne le verrait pas à l'extérieur. Il y avait tellement de choses qu'elle aurait voulu faire, tellement de choses qui allaient bientôt être du passé. Tellement de choses magnifiques et passionnantes. Qui ne pouvaient tenir dans son petit aérateur. Auxquelles il ne suffisait pas qu'elle assiste.

Il fallait bien que l'une d'elles vienne aussi jusqu'à elle. Et pourtant, elle n'avait plus vraiment la force de guetter l'arrivée du navire.

La surface de l'eau était absolument déserte. Elle le resta également pendant la soirée. Et elle l'était toujours autant lorsque l'obscurité l'envahit. Pourtant, Jenny continuait à prêter l'oreille, à l'affût du teuf-teuf d'un autre bateau de pêche, du rossignol, d'une voiture quelconque dont elle entendait le bruit, là-bas, très loin, et d'une moto qui paraissait un peu plus proche.

Et elle entendait également un bruit de voix confus en provenance du rez-de-chaussée.

Evy avait rapporté un peu de vin et de quoi tartiner sur des tranches de pain et, comme bien d'autres personnes à Visby en ce vendredi soir, on faisait un peu la fête. Evy veillait attentivement à ce que personne ne boive trop. A bien des égards, c'était un chef d'équipe idéal. Elle savait très bien à quoi s'attendre de la part de chacun de ses collaborateurs. Henderson, on pouvait s'y fier en toutes circonstances; Nicke, par contre, était trop influençable. A l'avenir, on se passerait de lui. Eckardt, authentiquement suédois malgré son nom bien allemand, était quelqu'un de sûr, mais il aurait gagné à se couper les cheveux, pour mieux se fondre dans la masse. Est-ce que tous les criminels d'envergure n'étaient pas bien habillés et bien coiffés, précisément afin de ne pas attirer l'attention? Alors que les gens en général, et la police et la douane en particulier, en étaient encore à se fier aux apparences – ce qui expliquait le nombre d'erreurs qu'ils commettaient.

Mais pas dans le cas d'Eckardt. C'est pourquoi il aurait dû prêter plus d'attention à son aspect extérieur. Comme ceux de son monde qui réussissaient dans leurs entreprises.

Les Danois étaient de typiques représentants de leur pays, à bien des égards. Le côté bon vivant du tempérament national faisait qu'on avait tendance à oublier que c'était des professionnels sans pitié dont la spécialité commerciale était – comme celle de tous les autres dans cette pièce – l'être humain.

Mais Evy ne se rendait pas compte qu'elle était en réalité la plus fragile de tous. Elle se disait qu'elle était efficace et qu'elle savait parfaitement ce qu'elle voulait. La seule chose qui la gênait, dans cette affaire, c'était cette affreuse gamine, là-haut. Il y avait quelque chose en elle qu'Evy détestait profondément.

Elle n'en attendait qu'avec plus d'impatience l'arrivée du lundi, et plus encore du mardi. C'est Henderson qui se chargerait alors de la petite. Jusque-là, il suffisait de s'arranger pour qu'elle soit disponible, pour le cas où il faudrait de nouveau qu'elle parle au téléphone.

Evy ne savait pas ce qui se cachait derrière ce contrat, mais elle avait suffisamment d'expérience pour deviner que c'était une histoire d'argent ou de chantage d'une forme ou d'une autre. Elle avait acheté plusieurs journaux différents pendant quelques jours, afin de voir s'il était question de l'enlèvement. Elle avait en particulier dépouillé attentivement le quotidien de la ville où la petite avait été capturée. Mais, au bout de deux jours, il n'était déjà plus question de sa disparition. Une semaine plus tard, elle avait trouvé une nouvelle brève indiquant qu'elle n'avait toujours pas été retrouvée. Mais ensuite plus rien. Et ce silence était intervenu bien avant que l'on ait fait savoir aux parents qu'elle était encore en vie.

C'était Henderson qui lui avait coupé l'oreille. Evy n'avait rien ressenti du tout en le regardant faire. Rien d'autre que l'envie d'essayer elle-même, un jour, si possible.

Ce qui rendait la petite si déplaisante, c'était à vrai dire le fait que, depuis un certain temps, elle n'accordait plus la moindre attention à Evy. Lorsqu'on lui apportait à manger, elle était toujours assise sur son lit, sans desserrer les lèvres. Elle ne demandait jamais à sortir, ne réclamait rien. On aurait dit que tout ce qu'elle attendait c'était qu'Evy disparaisse de nouveau de la chambre. Tout ce qu'elle manifestait, cette gosse, c'était peut-être de l'impatience. Comme si elle souhaitait qu'on la laissât seule.

Eh bien, elle devait être satisfaite. On la laissait seule dans le noir et avec ses excréments.

Evy attendait fiévreusement le lundi.

XXXV

En ce petit matin du samedi la ville et le port, ainsi que le grand voilier au mouillage baignaient dans la lumière pâle de l'aube. Pour la première fois depuis que les recherches avaient été lancées, ils étaient tous réunis. Bien confortablement installés à l'intérieur du bateau, ils avaient confronté leurs observations. Mikael, Lovander et Perlegrund avaient eu le temps d'exclure bon nombre des habitations de Visby qui, d'après la classification adoptée, auraient été des repaires possibles pour les kidnappeurs. Ils avaient eu une nouvelle discussion à propos des critères adoptés. Et en particulier sur ce point faible qui avait consisté à exclure, provisoirement, les appartements ordinaires situés dans des immeubles d'habitations, ainsi que les locaux à usage commercial. Stefan avait écouté tout cela sans rien dire. Pour sa part, ses méditations portaient plutôt sur la beauté gris-bleu de l'aube.

Les autres étaient trop plongés dans leurs recherches pour se soucier de la lumière. Ils étaient encore sous le coup d'une lourde déception car, en comptant bien, ils venaient de s'apercevoir qu'ils se trouvaient face à plus de trente maisons à examiner de près en toute priorité.

– Il faut compter une moyenne de six heures par endroit, dit calmement Lovander. Pour voir les choses de façon réaliste. Nettement moins pour certains, nettement plus pour d'autres.

– Donc un total de cent quatre-vingts heures à nous partager, dit Stig. Nous sommes samedi matin. D'ici lundi matin, il nous reste environ cinquante-cinq heures. En nous y mettant tous les quatre vingt-quatre heures sur vingt-quatre – on a le temps. Mais ça impliquerait de prendre les risques qu'entraîne le fait d'être plusieurs et, en plus, on ne tiendrait pas le coup.

– Hmm, dit Perlegrund. On a déjà pris de grands risques d'erreur du fait des critères retenus. Elle peut fort bien se trouver dans un genre d'endroit tout à fait différent.

– Ou bien à Öland, renchérit Lovander.

Stig acquiesça d'un hochement de tête.

– Est-ce que ça veut dire qu'il faut renoncer à la stratégie que nous avons adoptée?

Tous restèrent silencieux. On n'entendait même pas clapoter l'eau de l'autre côté de la coque et Mikael éprouvait surtout une très forte envie de dormir.

– Nous n'en avons aucune de remplacement, dit Lovander.

– Puisque nous n'avons toujours pas de faucons kobez, marmonna Perlegrund.

Ceci mettait à vrai dire fin à la discussion. Mais ils s'attardèrent malgré tout un instant sur leurs papiers et leurs tasses de café. Et sur l'affaire qui les occupait, bien que sans en parler.

Stefan finit par se mettre torse nu et monter

s'asseoir sur le pont en s'étirant – afin de jouer les capitaines privés de sommeil, pour le cas où quelqu'un les aurait observés. En réalité, il scrutait attentivement l'ensemble du port, les quais déserts et les rues. Puis il dit aux autres.

– Rien à l'horizon.

Stig enfila rapidement la passerelle avant de s'enfoncer dans la ville sans se retourner, mais en surveillant toujours très attentivement le voisinage. La ville était bel et bien déserte en ce qui concernait les êtres humains. Par contre, de nombreuses mouettes étaient posées sur le sol et d'autres sur le toit des maisons – certaines paisiblement, d'autres en train de se disputer ou bien de crier pour elles-mêmes.

Il avait garé sa moto dans la partie ancienne de la ville et n'avait pas loin à aller. Il ne rencontra pas âme qui vive. Il n'entendit pas la moindre voiture. C'est pourquoi le bruit qu'il fit en mettant son moteur en marche lui parut tellement assourdissant, encore amplifié par l'écho qui s'en répercutait entre les murs des maisons. Il embraya donc rapidement et s'éloigna à bas régime, franchit le mur d'enceinte et pénétra dans les quartiers récents de la ville. A vrai dire, il aurait bien dû aller dormir quelques heures dans la ferme, au centre de l'île, mais, au lieu de cela, il prit la route de la côte. Fébrile, découragé, irrité.

La seule personne qu'il rencontra fut un homme d'un certain âge, à bicyclette, qui prenait la même direction que lui. Stig continua son chemin. Il était un peu plus de quatre heures du matin et il se demanda par quel bout il allait commencer. Ce fut finalement par une vieille maison en bois qui avait été achetée par un habitant de Lidingö, au mois de mars, et dans laquelle personne n'avait encore emménagé. La veille au soir, son propriétaire se trouvait encore chez lui, à Lidingö, ils s'en étaient assurés au moyen d'un appel téléphonique qu'ils avaient fait passer pour une erreur. Dans l'annuaire, il figurait sous la profession d'ingénieur.

Pourtant, la maison avait l'air habitée et Stig l'avait de ce fait portée dans la catégorie X. Quelques centaines de mètres avant que ne prenne fin la petite route qui y menait, Stig avait garé sa moto à l'entrée d'un bois et avait parcouru le reste à pied, très prudemment. Pendant une heure, il observa cette maison à l'aide de ses petites jumelles. Aucun signe de mouvement. Il osa alors approcher peu à peu et finit par se retrouver dans le jardin. Il y avait des rideaux aux fenêtres. Certains étaient tirés mais aucune fenêtre n'était ouverte. Stig ne vit aucune voiture pouvant sembler aller avec la maison. Par contre, il y en avait une qui était garée dans le jardin de la maison d'à côté.

Il ne pouvait pas faire grand-chose. Il revint en arrière de quelques centaines de mètres et s'assit pour attendre. Il n'y avait pas un souffle de vent et des insectes de diverses espèces semblaient s'être donné rendez-vous autour de lui. C'était un matin de début d'été fort paisible.

La surface de l'eau était parfaitement lisse et, pour la première fois depuis longtemps, Jenny voyait très loin, jusque dans le ciel. Exactement comme le matin où le faucon kobez s'était montré. Ses yeux se reposaient, loin là-bas. Parfois ils bougeaient un peu, mais alors avec peine, au prix de gros efforts, et uniquement afin de suivre d'autres oiseaux qui apparaissaient. D'autres, mais pas le faucon kobez.

Et si elle n'en avait jamais vu, en réalité? Et si ce n'était que le fruit de son imagination?

Ce n'est que vers sept heures et demie que les premiers signes de vie se manifestèrent, au loin. Mais non pas dans la maison que Stig surveillait, dans celle d'à côté. Celle-ci, d'après les renseignements recueillis, était habitée par la même famille depuis plus de trois ans.

Un homme assez âgé sortit dans le jardin, pénétra dans un petit hangar et réapparut portant quelques outils de jardin à la main. Il traversa la pelouse pour gagner un carré de légumes. L'air était déjà chaud, car le vent ne s'était toujours pas levé et le soleil brillait. De la mer toute proche parvenaient des odeurs de varech et d'autres choses. Stig s'était installé bien trop confortablement et il se contenta donc tout d'abord d'observer le vieil homme d'un œil assez peu attentif. Mais il finit par se décider. Le temps commençait à presser, il fallait donc prendre certains risques.

Cette fois, il parlait suédois, car sa moto était bien dissimulée.

– Salut, dit Stig.

L'homme leva les yeux. Il ne parut pas du tout surpris, ni inquiet.

– Je vous prie de m'excuser, dit Stig. Mais je cherche un chat. Un siamois. C'est celui de ma sœur et il a disparu depuis hier.

L'homme secoua la tête.

– Je l'ai pas vu. On en a un nous aussi, mais c'est pas un siamois.

– Celui-là, il est toujours fourré là où il y a d'autres chats.

L'homme se redressa.

– Je vais demander à ma femme si elle l'a vu.

Il rentra chez lui avec quelque difficulté et revint au bout d'une minute.

– Non, on n'en a pas vu par ici.

– Et à côté? Est-ce qu'ils ont un chat, eux?

– A côté, y a personne. Ils ont pas encore emménagé.

– Personne? Même pas une fois de temps en temps?

– Non. Le nouveau propriétaire est venu il y a une semaine. Il est dans les affaires, dans l'électronique. Ils sont venus nous dire bonjour. Mais ils ne viendront pas avant la fin de l'école, la semaine prochaine.

Bon, se dit Stig, non sans amertume. J'en ai eu pour près de six heures. La moyenne. Tout ça pour éliminer un endroit de plus. A l'adresse du vieil homme il se contenta d'un :

– Eh bien, merci.

– Pas de quoi. Bonne chance pour retrouver ce chat.

Après tout, il n'était pas si loin de la vérité. Stig se retourna pour s'en aller. C'est alors que l'homme lui demanda, à brûle-pourpoint :

– C'est ta moto qu'est là-bas, dans le bois?

Stig fut sur le point de répondre par la négative mais changea d'avis au dernier moment. Car, comment serait-il arrivé là, dans ce cas?

C'était toujours assez risqué d'improviser et de – eh bien – de prendre des risques.

– Oui, mais on me l'a prêtée, en fait.

– Elle est hollandaise.

– C'est mon beau-frère qui est hollandais.

– Ah bon. C'est des belles machines, y a pas à dire.

– Oui.
– Je l'ai vue en faisant ma petite promenade matinale, tout à l'heure.
De toute évidence, il était d'humeur bavarde. Stig, lui, désirait poursuivre ses recherches.
– Je vois, dit Stig. Oui, je suis déjà venu ici il y a un petit moment. J'en profite pour observer un peu les oiseaux.
Il fallait prendre les devants, afin de pouvoir expliquer la présence de la moto depuis quelques heures sans éveiller les soupçons.
L'homme leva la tête, sa curiosité ayant apparemment été piquée de nouveau.
– Tiens, tu t'intéresses aux oiseaux, toi aussi?
C'est bien ma chance, se dit Stig. Il va me ridiculiser en moins de deux.
– Oui, avança-t-il prudemment. Mais je suis tout à fait débutant. Je ne sais encore rien.
– Moi non plus, mais mon frère, lui... Il va les voir tous les matins, et pourtant il est bien plus vieux que moi.
Stig était impatient de partir.
– Tu en as vu beaucoup? demanda l'homme.
– Aucun que je connaisse déjà.
C'est alors qu'il fut pris d'une idée soudaine.
– Mais il m'a bien semblé voir un faucon kobez, y a pas longtemps.
– Ah bon? Où ça?
Où ça? Quelle question! C'était justement celle à laquelle il aurait bien voulu connaître lui-même la réponse.
– Pourquoi ça?
– Simple curiosité. Mon frère croit qu'il en a vu un il y a deux semaines et il n'arrête pas de nous rebattre les oreilles avec ça. Mais il n'en est pas sûr.

C'est pourtant pas ça qui l'empêche d'en parler à qui veut l'entendre.

Pas le temps de se retourner. Tout ce que voyait Stig, à ce moment-là, c'était le visage amical de ce vieil homme.

– Il est ici?

– Mon frère?

– Oui.

– Non, il est chez lui, ou peut-être bien toujours dehors. Il se déplace à vélo. Il a dix ans de plus que moi, c'est un ancien instituteur. Il dit toujours que personne ne croit ce qu'il raconte.

Stig pensa naturellement au cycliste qu'il avait doublé pendant la nuit.

– Il porte un vieil imperméable gris? Et il a un vélo vert?

– Oui. Tu l'as rencontré?

– Oui, mais je ne lui ai pas parlé. Quand est-ce qu'il rentre?

– Ah mais il habite pas ici, il loge dans une petite baraque un peu plus loin vers le sud. Hier soir il est parti d'ici, parce qu'il a dîné avec nous. Il voulait profiter de la nuit. Faut dire qu'il est veuf.

– Je voudrais bien parler de ce faucon kobez avec lui.

– Pour comparer vos impressions?

– Oui, c'est ça.

– Et le chat, alors?

– Le faucon est plus important.

Le visage s'éclaira d'un large sourire.

– T'es bien comme mon frère, toi.

Stig était retourné en courant jusqu'à sa moto, avait enfilé sa veste et son casque, et ensuite fait ce qu'il ne faisait jamais : il avait monté toutes les vitesses sans attendre que le moteur ait chauffé. Le chemin à suivre n'était pas difficile, l'homme le lui avait bien expliqué et, d'ailleurs, Stig se souvenait être déjà allé à cet endroit. Sur la grande route, il se permit de faire du 140 à l'heure et manqua à deux reprises d'écraser des lapins. Au bout de la ligne droite il vit la petite route qui partait sur le côté. Son moteur rugit tandis qu'il freinait et rétrogradait afin de s'engager sur la route latérale. Il passa devant un ou deux pavillons avant de parvenir à la petite maison qu'il cherchait.

Il ne trouva personne. Il fit le tour du bâtiment mais ne vit pas non plus de bicyclette. Il regagna donc la grande route et prit la direction de la ville. Au bout de moins d'un kilomètre il le vit qui marchait en tenant son vélo par la main.

Une banale crevaison.

– Est-ce que je peux t'aider? demanda Stig. J'ai ce qu'il faut sur moi.

Il ne put s'empêcher de se faire la remarque que c'était la deuxième fois que cette situation se présentait au cours d'une seule et même nuit.

La matinée était chaude. Le visage du cycliste était couvert de sueur et marqué par la fatigue. Son hochement de tête lui-même fut à peine perceptible.

Stig sortit ses instruments et démonta la roue. Puis il sortit la chambre à air du pneu et vit tout de suite l'endroit où le clou avait pénétré. Le matériel dont il disposait convenait aussi bien pour réparer les chambres de bicyclette que celles de moto. Au bout de dix minutes, la roue était de nouveau en place et il actionnait la pompe.

– J'ai rencontré ton frère, ce matin, dit-il alors. Il m'a dit que tu avais vu un faucon kobez.

L'homme le regarda d'abord d'un œil méfiant. Comme s'il se demandait si Stig ne se moquait pas de lui.

– Où est-ce que tu l'as vu? demanda Stig.

Le visage de l'homme traduisait maintenant une extrême méfiance.

– Comment ça? dit-il.

Stig se demanda bien ce qu'il allait répondre. Il ne savait absolument rien de ce qui caractérisait le faucon kobez.

– Est-ce que c'est un secret? demanda-t-il alors, sans plus de détours.

– Euh... Non, pas vraiment.

Stig était maintenant décidé à prendre pas mal de risques.

– Une gamine de ma famille – elle a treize ans – croit qu'elle en a vu un il y a pas longtemps. Je me suis dit que...

– Où ça?

Cette fois, ce fut au tour de Stig d'hésiter.

– C'est aussi un secret?

L'homme avait maintenant une lueur de malice au coin de l'œil.

– Non, mais tout ce que je sais c'est que c'était à Gotland.

Ils gardèrent le silence et Stig tâta le pneu du pouce. Il était correctement gonflé.

– Eh bien voilà, c'est réparé.

L'homme avança de quelques pas, prit le guidon de sa bicyclette et scruta ensuite longuement le visage de Stig.

– Je ne crois pas à cette histoire de gamine, dit-il alors. Ta moto est étrangère. C'est vraiment des oiseaux pas très courants que tu cherches?

Ils se jaugèrent du regard. Stig pesa rapidement dans son esprit différentes solutions. C'était le premier faucon kobez. On était samedi. Il restait deux jours complets. Il s'agissait de prendre des risques.

XXXVI

Elle regardait toujours la mer. Du moins ses yeux étaient-ils mollement braqués dans cette direction, mais peut-être ne regardait-elle pas vraiment. Il n'était plus possible de voir le ciel, car le vent s'était levé et des rides s'étaient formées à la surface de l'eau. Comme d'habitude, une mouette ou un goéland isolé passait au-dessus de celle-ci. En revanche, les hirondelles n'étaient plus aussi souvent dans les airs, après avoir pondu leurs œufs. Les martinets, pour leur part, n'apparaissaient plus que rarement dans son champ visuel, car ils se tenaient en général beaucoup plus haut. Ce matin-là, elle en avait pourtant vu quelques-uns qui se réfléchissaient dans l'eau calme. Leurs cris étaient peut-être encore plus impératifs que jamais. Parfois, ils rasaient le toit de la maison dans laquelle elle se trouvait. Ils se lançaient des appels, s'invitant à venir jouer, à sortir dans le beau temps de l'été. Mais ces appels s'adressaient tout autant à elle, essayant de la secouer, de la tirer de sa torpeur.

Mais elle n'en avait plus la force; elle n'était même plus capable de fermer les yeux, de suivre leur ascension, comme elle l'avait fait peu auparavant pour les labbes et également avec ces mêmes martinets.

Appuyé contre le bord de l'aérateur, son front était tout engourdi. Ses yeux étaient brûlants de fatigue, braqués vers le bleu de la mer, sans jamais cligner, à vrai dire aveugles. Sa respiration était lente et moins profonde qu'auparavant. Ses poumons n'inspiraient plus autant de ce bon air et de ces aromes que précédemment. L'odeur de la mer ne réussissait plus à pénétrer dans sa chambre.

Quelque chose bougea au milieu de tout ce bleu, approcha d'elle à la surface de l'eau. Lentement, lentement, lentement. Quelque chose de blanc pénétra dans le monde. Et, au lieu de poursuivre son chemin et de disparaître, cela s'arrêta. Pour la première fois depuis qu'elle était là, quelque chose restait près d'elle.

Ce n'est qu'au bout d'un long moment que ses yeux se mirent à vibrer. Puis il ne se produisit plus rien. Le blanc était toujours là. Pour finir, elle écarta le front du bord de l'aérateur et sa peau lui fit un peu mal. Puis elle se baissa légèrement, regarda péniblement de nouveau en faisant des efforts pour bien accommoder, et essaya de lever les yeux; elle tentait en quelque sorte de contourner du regard le bord supérieur de l'aérateur. Mais tout ce qu'elle voyait c'était le flanc de couleur blanche d'un bateau, orné d'un trait noir qui descendait en biais jusqu'à sa ligne de flottaison.

Elle soupira et personne n'entendit son soupir.

Les martinets se remirent à lancer leurs appels. Comme s'ils voulaient s'assurer qu'elle était encore là. Qu'elle existait toujours.

Si seulement ç'avait été le navire que j'attendais. Ce n'était même pas vraiment une pensée formulée, plutôt la simple expression de cette vieille espérance qui ne voulait pas quitter son âme. Elle baignait dans une lumière jaunâtre venant de tous les côtés et, autour d'elle, les murs n'étaient plus que ruines. Debout, elle baissait les yeux vers cet énorme navire qui couvrait de ses canons toute la maison et toute la région, qui la protégeait tandis qu'elle descendait jusqu'au bord de l'eau, qui figeait sur place Evy et le chien et tous les autres.

Lui permettant de descendre. Et de se laisser emmener de l'autre côté de la mer.

– Il ne reste plus que deux jours, dit Evy à Henderson. Nous avons été très prudents jusqu'ici, mais il va falloir l'être encore plus, malgré tout. Je ne sais pas plus que toi de quoi il retourne, mais tu n'ignores pas que, plus on se rapproche de l'expiration de l'ultimatum, plus les risques sont grands que les autres trouvent quelque chose.

– Qu'est-ce qu'on fera si ça foire?

– Nous avons nos plans personnels pour nous échapper. Nous n'aurons qu'à les mettre en œuvre chacun de notre côté. Mais, quoi qu'il en soit, il faudra d'abord tuer la petite.

– Pourquoi?

– Les instructions sont formelles à ce propos. Notre paiement en dépend.

– Mais pourquoi?

– Je t'ai déjà dit que j'en savais rien. C'est comme ça, c'est tout.

Henderson se contenta de la regarder calmement jusqu'à ce qu'elle détourne les yeux.

Ce n'est pas de la mauvaise conscience, se dit alors Henderson. Elle a simplement honte parce qu'elle sait que nous la voyons telle qu'elle est.

– Qu'est-ce que tu veux dire par être prudents? demanda-t-il donc à la place.

– Il ne faut plus que vous vous montriez à l'extérieur avant que tout soit terminé, maintenant. Moi, par contre, je vais continuer à sortir et à aller en ville afin de veiller au grain. Pendant ce temps-là, vous vous assurerez qu'il ne se passe rien d'inhabituel dans le voisinage.

– Bah, d'ici on voit tout ce qui peut se passer.

– Peut-être.

Evy alla jusqu'à la fenêtre.

– Est-ce que tu pourrais me dire, par exemple, si ce voilier était déjà là avant? demanda-t-elle.

Henderson savait de quoi elle parlait.

– Non, c'est un Stockholmois qui est arrivé il y a une heure.

Elle observa le bateau.

– Combien sont-ils à bord?

– Deux. Il y a un moment, ils étaient en train de manger.

Elle regarda plus attentivement et alla ensuite chercher une paire de jumelles.

– Deux hommes, dit-elle. C'est typique. Ils mangent des saucisses arrosées d'un peu d'alcool. Il n'est pas encore onze heures.

– Tu veux que je...?

– Non, je sors et j'emmène Danny.

Dans ce secteur, il y avait bel et bien une maison qu'ils avaient rangée dans une catégorie à part.

Stig avait laissé sa moto en ville, près de l'hôtel, et se préparait à aller louer une nouvelle voiture lorsque, au détour d'une rue, il se trouva presque nez à nez avec la femme qu'il avait dépannée la veille au soir.

– Bonjour, lui dit-elle.

– Bonjour. Bien rentrée?

Il s'ensuivit un silence pénible.

– Tiens, je croyais que tu ne parlais pas suédois, dit-elle alors.

C'était la première fois dans sa carrière professionnelle que Stig se rendait coupable d'une pareille bévue. Et il était pressé.

– C'est vrai, dit-il sans ambages. Excuse-moi de cette petite comédie. J'avais mes raisons. Elles n'ont rien à voir avec toi.

Elle rougit légèrement. Peut-être se sentait-elle vexée.

– Est-ce que je te connais? demanda-t-elle ensuite.

– Non. Et je ne te connais pas, moi non plus.

Elle fronça les sourcils.

– Et ta moto, où est-ce qu'elle est?

– Elle... je vais louer une voiture.

Elle se contenta de secouer la tête. Stig lui adressa alors un petit salut amical et pressa le pas.

– Si tu n'en trouves pas, dit la femme dans son dos, je peux toujours te prêter la mienne. Je bosse là-bas.

Elle montrait du doigt un coiffeur pour dames, de l'autre côté de la rue.

Stig hésita. Chaque minute était précieuse. Il plongea la main dans sa poche revolver et sortit son portefeuille.

– Alors, tiens, voilà de l'argent et mes papiers d'identité. Conserve le tout jusqu'à ce que je te la ramène, si tu parles sérieusement.

Elle secoua à nouveau la tête.

– Eh bien, on peut dire que tu es pressé. Bon, d'accord. Voilà les clés. Elle est sur le parking, derrière ce pâté de maisons. Mais garde ton portefeuille, tu vas en avoir besoin pour acheter de l'essence.

Elle lui lança les clés, secoua encore une fois la tête et traversa ensuite la rue pour gagner son lieu de travail.

Ça ne traîne pas, avec elle, se dit Stig en quittant le parking au volant de la Ford. Il ne savait même pas comment elle s'appelait.

Il ne lui fallut pas longtemps pour parvenir dans le secteur où le vieil instituteur pensait avoir vu un faucon kobez quelques jours auparavant, de très bonne heure, par une matinée sans vent.

– Si elle a vraiment vu un faucon kobez pendant que j'étais là-bas, j'aimerais bien le savoir.

C'est ainsi que s'était exprimé le vieil instituteur, tout à l'idée de voir confirmer des propos auxquels personne ne voulait ajouter foi.

C'est un passionné, se dit Stig.

La vieille Ford descendit lentement la petite route en cahotant et il alla se garer sur le côté. Dans le port, le voilier était déjà à quai. Le cheval de Troie. Dans l'attente de quelque chose qui n'était peut-être qu'une erreur de leur part.

C'était une maison en bois assez ancienne, plusieurs fois remaniée, et avec une sorte de terrasse à l'étage supérieur. Elle n'était située qu'à environ deux cents mètres de l'eau et, tout près, passait un chemin qui continuait jusqu'à un certain nombre d'autres constructions, un peu plus loin. De l'eau montait le cri des mouettes. Le bruit de la mer. Jusque-là, tout concordait.

Il s'engagea, en prenant l'allure du flâneur, sur ce chemin. Examinant au passage une ou deux variétés de fleurs, il approcha de la maison qui l'intéressait. Le type même de la catégorie 1 : jadis propriété d'un industriel de Saltsjöbaden et vendue au mois d'avril de cette année à une firme de Stockholm.

Près de l'eau, une jeune femme s'amusait à jeter des bâtons à un berger allemand mais, à part cela, tout était paisible. Sur le voilier, Stefan et Mikael étaient en train de lever le coude, plus au sens propre qu'au figuré. Car ce que contenait leur bouteille d'eau-de-vie, c'était en fait du thé froid assez sucré et extrêmement faible.

Stig commit alors une grande imprudence. Le livre qu'il laissa tomber par terre comportait de nombreuses pages détachées et il lui fallut bien du temps pour toutes les ramasser. Deux des fenêtres de cette maison, au premier étage, étaient condamnées à l'aide de planches. Pourtant, elle paraissait habitée. Il enregistra scrupuleusement dans sa tête l'endroit où se trouvaient ces planches et regarda ensuite tout autour de lui en se relevant. Dans l'orme, au-dessus de lui, il entendit un battement d'ailes et un oiseau se mit à chanter. Stig leva les yeux vers le ciel et vit un gobe-mouches, mais d'une couleur plus blanche que celui qu'il avait vu cette nuit-là, sur le continent.

L'oiseau cessa presque immédiatement de chanter et fit ensuite brusquement demi-tour en l'air pour regagner sans délai le rameau sur lequel il était perché. Il y resta quelques instants et reprit ensuite son envol, mais cette fois-ci en direction de la maison et d'un arbre qui se trouvait tout près, juste à côté de ces fenêtres condamnées. Aussitôt qu'il y fut perché, le chant s'éleva de nouveau.

Il réprima l'envie de faire demi-tour sur-le-champ. Au lieu de cela, il poussa sa promenade jusqu'aux autres maisons. Les deux qu'il avait déjà éliminées étaient en bon état, en ce sens qu'aucune de leurs fenêtres n'était condamnée. Mais elles paraissaient totalement inutilisées. En d'autres termes, c'était typiquement le genre de logement occupé uniquement pendant les vacances.

Il revint sur ses pas en décrivant un arc de cercle assez large derrière la première maison, afin de l'inspecter également de ce côté-là. Puis il regagna sa voiture en coupant à travers bois, réussit à faire demi-tour malgré le peu de largeur de la route, et s'éloigna. Un kilomètre plus loin, il s'arrêta et décrocha le téléphone de bord.

Stefan et Mikael continuaient à boire, maintenant pris d'une ivresse aussi avancée que simulée.

– Ces plaisanciers, ils n'arrêtent pas de bouffer et de boire, dit Evy à Henderson, la voix pleine de mépris. Je vais en ville, maintenant.

C'est Lovander qui répondit.

– Je crois que c'est là, dit Stig avec un calme qui cadrait mal avec ce qu'il ressentait. La maison blanche juste au-dessus de vous. L'une des pièces situées au premier, qui vous fait face, a des fenêtres condamnées avec des planches. Elle pourrait être là – si elle est bien dans cette maison.

– Y a une fille qui est sortie de cette maison avec son chien, il y a un moment, et elle est venue faire un tour par ici.

– Est-ce qu'elle a eu l'air de se méfier de quelque chose?

– Non, je ne crois pas. Qu'est-ce qu'on fait, maintenant?

– Je reviens.

On était samedi et il leur restait encore du

temps avant le lundi. A supposer que personne ne se mette à nourrir des soupçons.

Stig respira très profondément. Il fallait maintenant élaborer des plans très précis.

Quatre personnes. En plein jour.

XXXVII

– Vous pensez plutôt qu'on devrait attendre cette nuit? demanda Stig.

Il s'était éloigné encore un peu plus, à bord de sa voiture, pour ne pas risquer d'être vu par quelqu'un qui se trouverait à passer devant la maison blanche.

– Si ce n'est pas le bon endroit, dit Lovander, on aura perdu beaucoup de temps. En plus, chaque heure qui passe accroît le risque qu'ils se doutent de quelque chose. Il faut y aller tout de suite.

Perlegrund avait l'air pensif, mais Mikael approuva d'un hochement de tête. Pour sa part, Stefan s'efforçait de penser à ces vacances qu'il devait passer en compagnie de ses enfants.

– Comment procéder, en plein jour?

Stig réfléchissait tout en posant la question à haute voix.

– Comment se présentent les abords?

– Mal. On peut approcher – à couvert – de deux côtés et ensuite de trois, mais pas sur la façade. La porte de derrière a l'air un peu trop solide. Pour ma part, je préférerais pénétrer directement au premier étage.

– Pour vérifier ce qu'il y a dans cette chambre?

– Oui. Mais je n'ai pas l'impression que ce soit possible sans prendre de gros risques d'être découverts.

– Tu as bien dit qu'on pouvait approcher de deux côtés?

– Oui, jusqu'à ce qu'on soit près de la maison. Ensuite, on est à couvert sur trois. Mais pas par la porte de derrière.

– Les fenêtres?

– Elles sont assez anciennes. Doubles. A petits carreaux.

– Merde alors.

– Et puis on ne sait pas combien ils sont à l'intérieur, poursuivit Stig.

– Elle est peut-être seule avec la petite.

– Ils sont peut-être dix.

– Oui.

Un silence lourd de réflexion, puis un petit claquement annonçant le passage habituel sur une nouvelle longueur d'ondes.

– Alors? demanda Lovander.

– Tout de suite, dit Stig. On pénètre de trois côtés à la fois. Sans prévenir.

– Et si on se gourre?

– Eh bien...

Ils savaient qu'il était impossible de répondre de façon satisfaisante à cette question.

– Est-ce que vous êtes d'accord? demanda ensuite Stig.

– Un instant.

Lovander se retourna vers les autres.

– Stig et moi proposons de rentrer tout de suite de force dans la maison, sans prévenir. Êtes-vous d'accord?

Stefan poussa un soupir et se voyait déjà en train d'essuyer une magnifique tempête.

Mikael pensait à sa carrière.

Perlegrund pensait à sa femme.

Lovander attendit un moment, tout en commençant à se demander comment Stig et lui allaient bien pouvoir faire pour pénétrer dans cette maison de trois côtés à la fois – à eux deux.

– Bien sûr, répondit Mikael.

Sa voix tremblait peut-être légèrement.

– Bon, dit Perlegrund. On y va comme ça.

– Inga-Lisa risque d'avoir besoin de tous ses talents d'avocate, dit alors Mikael.

– A supposer qu'elle ne soit pas bouclée pour avoir comploté tout ça, dit Stefan d'une voix sombre.

Mikael réfléchit un instant à ces notions de complicité et de machination.

– Qu'est-ce qui te prend, Stefan, demanda-t-il avec un léger sourire, est-ce qu'il faut qu'on te demande ton avis, à toi aussi?

Stefan Storm protesta avec un grand geste des mains.

– Grand dieu non! Tout mais pas ça!

Et il alla jusqu'à esquisser un sourire.

– Il y a un avantage à procéder de jour, dit pensivement Perlegrund. C'est qu'ils ne s'attendent probablement pas à quelque chose d'aussi idiot qu'un assaut donné en plein jour...

Cette idée était également venue à l'esprit de Lovander. De nuit, ils risquaient d'être un peu plus méfiants, pour des raisons d'ordre psychologique à défaut d'autres. En outre, il serait moins difficile de se repérer dans la maison à la lumière du jour.

Mais les voisins éventuels vont se poser des questions, se dit Perlegrund.

Lovander prit l'appareil.

– On arrive, dit-il. Mais on va procéder de façon légèrement différente. Afin d'être sûrs de pouvoir vraiment arriver à pied d'œuvre.

Henderson leva les yeux. Torben, l'un des Danois, regardait prudemment par la fenêtre.

– Deux poivrots, dit-il. Qu'est-ce qu'ils foutent là, bon dieu?

C'était les deux plaisanciers stockholmois. Ils avaient apparemment débarqué, avec un équipement complet de golf, et ils étaient maintenant en train de discuter de quelque chose non loin de la maison.

– En plein jour, dit Nicke. Ils vont même pas réussir à taper dans la balle.

– En tout cas, ils doivent être mieux remplis qu'on a pu l'être hier, avec le peu qu'Evy nous a donné, fit observer Torben.

Henderson continuait à regarder les joueurs de golf. L'un d'entre eux titubait même légèrement et s'appuyait sur l'autre. Henderson fut pris d'une légère inquiétude. Jusque-là, rien n'était venu troubler le calme qui régnait autour de la maison.

– Où sont Niels et Eckardt? demanda-t-il alors.

– Je crois qu'ils sont en train de piquer un roupillon, dit Nicke. Tu veux que je...

On entendit alors un grand bruit à l'arrière de la maison et les trois hommes se mirent debout d'un bond, juste avant que ne retentisse un nouveau fracas. Torben gagna le vestibule en courant, tandis que Nicke et Henderson restaient un instant à se regarder.

– Je monte voir la petite, dit Nicke.

– Non, reste ici. C'est mon affaire.

Henderson avait sorti un pistolet, au moyen

duquel il écarta Nicke de son chemin. A ce moment précis, deux violents coups de feu retentirent près de la porte d'entrée et Henderson – qui se précipitait, le pistolet à la main, vers la porte à deux battants dont la serrure venait de sauter, Mikael l'ayant déjà enfoncée d'un coup de pied – vit le canon d'un fusil braqué contre son ventre. D'une autre direction, il entendit la voix de Perlegrund qui lui disait :

– Lâche ce pistolet.

Henderson hésita un instant avant d'obéir à cette injonction. Mais il éprouva encore pendant un certain temps une sensation bizarre dans la région du ventre.

Les canons du navire de guerre tiraient en direction de la terre et Jenny les écoutait, assise sans bouger, la tête appuyée contre l'aérateur. Quelque part, des murs s'effondraient dans un grand fracas, mais cela n'avait plus vraiment d'importance pour elle. Ses yeux secs et brûlants ne bougeaient plus; ils étaient fixés sur ce grand navire qui venait là uniquement pour elle.

La puanteur qui émanait de cette chambre plongée dans l'obscurité lui fit faire un bond en arrière. La clé était restée dans la serrure et il avait ouvert doucement celle-ci, avant de la pousser graduellement. Mais il avait bien du mal à voir à l'intérieur. Cela puait affreusement les excréments et d'autres odeurs encore.

Jenny vit tous les canons du navire et la fumée qui en sortait, et elle se rendit même compte que la lumière se faisait dans la pièce.

Stig ne voyait personne, dans cette chambre. Près de la porte se trouvait un interrupteur. Il le tourna, mais rien ne se produisit.

Sur le sol, près de la porte, il remarqua un certain nombre d'assiettes. Deux d'entre elles étaient à moitié vides, les autres encore presque pleines. Sur l'une d'elles, au moins, il y avait une pellicule blanche de moisissure.

Il fronça les sourcils et ses yeux s'habituèrent progressivement à la pénombre. C'est alors qu'il aperçut une silhouette dans le coin le plus éloigné de la chambre. Elle lui tournait le dos et avait le visage plaqué contre le mur.

– Jenny?

Il chuchotait presque. Elle ne bougea pas.

– Jenny? Nous sommes venus te chercher.

Mais elle ne bougeait toujours pas. Il pénétra alors franchement dans la pièce. Mais il buta sur quelque chose. C'était un pot de chambre, à côté duquel s'en trouvait encore un autre. Il les regarda tout d'abord d'un œil incrédule, puis avec horreur. Il sentait à peine la puanteur, tant elle était intense.

Il attendit un instant. Rien ne bougeait. Il finit par traverser la pièce en direction de la silhouette près du mur et aller lui poser la main sur l'épaule. Ce n'est qu'alors qu'elle se retourna. Elle ne vit qu'une ombre se dessinant à contre-jour, et encore à peine.

– Qui... qu'est-ce qu'il y a?

Sa voix était presque inaudible.

Elle se laissa tomber sur les talons et alors la lumière de la porte vint éclairer son visage. On aurait dit qu'il était en cire déjà ancienne et ses cheveux retombaient sur lui ainsi que sur ses joues en mèches poisseuses qui y collaient presque.

Mon Dieu, pensa-t-il. Mon Dieu!

– Je m'appelle Stig et nous venons te chercher pour te ramener chez toi. Gunnar et Henrik sont en bas, eux aussi. Gunnar Lovander et Henrik Perlegrund. Est-ce que tu te souviens d'eux? Jenny! Tu es libre.

– Gunnar? Henrik?

Sa voix traduisait l'étonnement.

– C'est nous qui commandons ici, maintenant, dit Stig d'une voix douce. On a fait prisonniers ceux qui... qui t'ont enlevée.

– Commander?

Elle se retourna de nouveau pour regarder l'eau et le grand navire. Stig l'observa, perplexe. Il n'avait qu'une envie, c'était de la prendre dans ses bras et de la sortir de cette pièce; mais il n'arrivait pas à se décider à le faire, sans vraiment savoir pourquoi.

– Jenny? Tu ne veux pas venir avec nous? Rentrer à la maison!

– A la maison?

Ce murmure ne parvint même pas jusqu'aux oreilles de Stig. Elle regardait toujours son univers à elle, à l'extérieur, ce monde qui était si propre et tellement baigné de lumière. Elle respira profondément et huma de nouveau les senteurs qui arrivaient jusqu'à elle.

Ils demeurèrent longtemps silencieux. Puis Stig entendit des pas dans l'escalier et passa la tête sur l'embrasure de la porte.

– Elle est là? Bon sang, qu'est-ce ça pue...

Jenny sursauta violemment et pressa la tête encore plus fort contre le mur et l'aérateur. Stig se retourna brusquement.

– Redescends, pour l'instant. Tout se passe bien?

– Oui. Ils sont tous dans la salle de séjour. Ils ne peuvent plus rien faire. Tu as besoin d'aide?

– Oui, dit Stig. Mais pas toi – Gunnar. Va vite le chercher. Allez, file!

Mikael se retira, légèrement abasourdi, et Stig se retourna vers Jenny. On aurait dit qu'elle s'accrochait à quelque chose. C'est alors qu'il vit qu'elle se tenait debout près d'un petit aérateur. Elle donnait l'impression de vouloir se glisser à l'intérieur.

Il se leva, avança vers elle et la prit par les épaules.

– Qu'est-ce que c'est, Jenny? Est-ce que je peux regarder, moi aussi?

Tout d'abord elle ne bougea pas, mais au bout d'un instant elle écarta légèrement la tête, puis un peu plus encore, et il put alors constater que ce n'était qu'un aérateur tout à fait ordinaire, du genre de ceux qui s'ouvrent en les tirant vers le bas. Elle détournait toujours le visage et gardait la main gauche serrée fortement sur la petite ouverture.

Stig se pencha en avant pour regarder. On ne voyait pas grand-chose. Un pan de mur et puis un peu d'eau – c'était tout. Il se redressa.

– Jenny, tu veux bien m'écouter une petite minute?

Il la prit un peu plus fermement par les épaules. Le corps de l'enfant suivit malgré lui, mais son visage restait collé contre le mur.

– Jenny, tu m'écoutes?

Au bout d'un moment, un hochement de tête à peine perceptible.

– Jenny, tu comprends ce que je te dis? Tu es libre, Jenny. Nous allons te ramener dans ta maison.

Il eut l'impression qu'elle se recroquevillait légèrement.

– Jenny, est-ce que tu voudrais nous aider pour quelque chose d'important, avant ça?

Elle était maintenant absolument immobile. Il fallut bien attendre près d'une demi-minute.

– Quoi? murmura-t-elle alors.

Enfin, se dit Stig.

– Nous avons besoin de ton aide pour savoir lesquels d'entre ceux que nous avons fait prisonniers, en bas, t'ont enlevée, t'ont retenue ici.

De nouveau cette longue attente.

– Comment? murmura-t-elle enfin.

– Il faudrait que tu descendes et que tu nous dises lesquels.

Cette fois, la réponse ne se fit pas attendre.

– Non, je ne veux pas descendre.

– Pourquoi pas?

Elle approcha de nouveau le visage de l'aérateur, appuya le front contre le bord de celui-ci et regarda à l'extérieur, ce monde si vaste et si pur.

– Je veux rester ici, dit-elle.

Il arrive que l'on comprenne sans bien saisir intellectuellement.

– Mais c'est de ton aide à toi, Jenny, dont nous avons besoin!

Sa réponse ne lui parvint qu'au bout d'un moment et il ne l'entendit pas.

– Qu'est-ce que tu dis, Jenny?

– Je n'ai plus de dents, murmura-t-elle.

XXXVIII

Lovander s'était coupé au bras en passant à travers la fenêtre et il saignait toujours assez abondamment lorsqu'il redescendit. Les cinq hommes avaient été attachés les uns aux autres avec des menottes et ils étaient debout, à l'une des extrémités de la salle de séjour, au rez-de-chaussée, surveillés par Perlegrund armé de son pistolet.

Il leva des yeux interrogateurs vers le visage fermé de Lovander.

– Est-ce qu'elle est blessée?

Mais Lovander ne lui répondit pas. Il regarda sans rien dire leurs cinq captifs. Il finit cependant par laisser tomber :

– Il va falloir que vous les gardiez jusqu'à ce que nous revenions.

– Revenir?

– Oui, elle va bien regarder ces types-là et nous dire qui ils sont.

Perlegrund ne lui avait encore jamais vu ce genre de regard.

– Est-ce qu'elle ne pourrait pas le faire tout de suite? demanda Mikael.

Mais Lovander se contenta de tourner les talons et

de disparaître. Ils l'entendirent pénétrer dans une pièce, à côté de celle dans laquelle ils se trouvaient, puis dans une autre, et ensuite revenir et monter l'escalier. Au bout d'un moment, Stig descendit en portant dans ses bras quelque chose qui était enveloppé dans une couverture.

– Qu'est-ce que... commença Mikael.

Stig le fit taire d'un simple signe de tête.

– On revient tout de suite. Attendez-nous ici. Même si ça dure un petit moment.

Stig sortit à pas prudents derrière Lovander et celui-ci lui ouvrit en grand les battants endommagés de la porte d'entrée. Il avait trouvé une serviette et il en entourait son bras ensanglanté tout en sortant.

– Je prends le volant, dit-il en coinçant de son mieux les bouts de la serviette. La voiture était garée un peu plus haut sur la route. Il partit devant en courant et la laissa descendre vers les deux autres. Stig déposa son paquet à l'intérieur et y pénétra à son tour. Lovander continua jusqu'au petit carrefour, juste au-dessus du port, fit demi-tour à cet endroit et repartit ensuite à toute allure vers la grande route.

– Où est-ce qu'on va? A l'hôpital?

– Non. En ville. Je te dirai où.

Lovander regarda dans le rétroviseur, mais ne parvint pas à croiser les yeux de son ami. Ceux-ci fixaient quelque chose de précis, bien loin de là.

– Tu rentres ici et ensuite tu prends à droite, dit Stig.

Lovander fit ce que Stig lui avait dit. Il y avait beaucoup de monde en ville, en ce samedi matin.

– Maintenant tu te mets sur la gauche et tu t'arrêtes devant la porte brune, là-bas, dit Stig.

Lovander obéit aveuglément, forçant même un

taxi qui venait en face à piler et à passer de l'autre côté de la rue.

Stig ouvrit la portière avant qu'ils soient vraiment arrêtés et sortit de la voiture pour aller tâter la porte brune. Elle n'était pas fermée à clé. Il revint vers la voiture, prit dans ses bras le paquet toujours enveloppé dans la couverture et pénétra dans la maison. Lovander regarda l'enseigne indiquant un coiffeur pour dames et hocha intérieurement la tête. Lentement, il sentait le soulagement l'envahir, en même temps que la colère. Il se rejeta en arrière sur son siège et regarda devant lui.

Gunnar Lovander n'éprouvait aucune joie.

Elle leva les yeux de ce qu'elle était en train de faire aux cheveux de la vieille dame et fronça les sourcils. Puis elle le reconnut. Il passa devant elle pour gagner le réduit qui se trouvait derrière le salon et elle murmura une excuse à sa cliente avant de le suivre. Gun, son assistante, les regarda d'un air étonné.

– Qu'est-ce qui se passe? demanda-t-elle d'un ton peu amène.

Il avait déjà eu le temps de se retourner et il lui tendait ce paquet oblong comme s'il voulait le lui donner.

– As-tu un lit ou un canapé? demanda-t-il simplement.

Elle lui montra quelque chose derrière lui et il alla y déposer son fardeau avec beaucoup de précautions. Elle se rendit alors compte que celui-ci contenait un être humain. Quelqu'un qui se cachait.

– Il faut que tu nous aides, lui dit-il à l'oreille.

Puis il la prit par le bras, l'entraîna dans le salon et essaya de lui faire comprendre à voix basse ce qu'il voulait. Elle se retourna, regarda la couverture, puis braqua de nouveau les yeux vers lui. Il attendait. Elle regagna alors le réduit et il se prépara à la suivre, mais elle le repoussa.

Au bout d'une ou deux minutes, elle revint, les larmes aux yeux.

– Il faut que vous partiez. Il vient d'arriver un accident.

Elle avait parlé à la cantonnade et sa cliente, la vieille dame, fut tout d'abord interloquée. Pourtant, elle reprit très vite ses esprits :

– Mais enfin, Kristin...

– Je suis navrée, mais il faut que vous partiez.

– Je ne peux tout de même pas sortir dans cet état-là...

– Soyez gentille, je vous expliquerai par la suite, mais il faut que vous partiez.

Sous le choc, la dame quitta le salon, de même que la jeune fille assise dans l'autre fauteuil, qui faillit presque en tomber. Gun, pour sa part, ne faisait rien d'autre que de regarder sa patronne.

– Ne reste pas plantée là, Gun. Prépare un bain et ensuite de quoi faire un shampooing et puis...

C'était là un univers technique typiquement féminin que Stig ignorait totalement.

– Est-ce que je peux faire quelque chose pour vous aider? demanda-t-il.

Elle le dévisagea d'un regard dénué d'expression.

– Tiens-toi à l'écart jusqu'à ce que je t'appelle. On se charge de ça.

Il cligna des yeux. Elle avait naturellement tout à fait raison.

La vieille Ford était toujours garée devant la porte. Stig sortit de la boutique et alla trouver Lovander.

– Retourne à la baraque. On viendra vous retrouver dès qu'on aura terminé. Surveillez-les bien et n'appelez pas la police. Il faut d'abord qu'elle puisse les voir.

Lovander acquiesça d'un signe de tête et Stig rentra dans la boutique. Le salon était maintenant très calme ; on entendait quelque part le bourdonnement d'un ventilateur, ainsi qu'un peu de musique. Il n'avait encore jamais pénétré dans cet univers.

Au bout d'une vingtaine de minutes, Kristin – puisque c'était apparemment son nom – fit son apparition. Elle resta d'abord sans bouger, se contentant de le regarder. Puis elle lui demanda :

– Tu as vu dans quel état elle est ?

Il n'en était pas bien sûr et secoua donc la tête.

– Ils lui ont cassé les dents... et sa jambe...

– Sa jambe ?

– Un chien.

Il hésita un instant.

– Il n'y avait pas de chien, là-bas, dit-il alors.

– Est-ce que tu sais qui lui a fait ça ?

– Pas encore.

– C'est une fille.

– Une fille ?

Il remarqua alors qu'elle pleurait, sans bruit et avec retenue.

La première pensée de Stig fut : on ne les tient pas tous, alors.

Un bruit se fit entendre derrière Kristin et celle-ci s'écarta. Gun sortit avec Jenny drapée dans un peignoir jaune et la conduisit jusqu'à l'un des fauteuils. La fillette ne levait pas les yeux du plancher.

– Il faut que j'aille lui acheter des vêtements, dit Stig.

– Toi ?

Le visage de Kristin traduisait un mélange de surprise et de refus. Mais au bout d'un instant ses yeux s'adoucirent et elle se mit à sourire, sans se départir de son air désolé, et elle secoua la tête.

– Non, dit-elle. Pas ça en plus du reste. Elle en a déjà assez vu comme ça. Je vais les appeler au téléphone. Ils apporteront un certain nombre d'affaires et nous ferons notre choix ici, en toute tranquillité. Pour une jolie petite demoiselle.

Parfait, se dit Stig. C'était en effet comme cela qu'il fallait procéder. Il était heureux d'avoir frappé à la bonne adresse.

– Va te promener pendant une heure, dit Kristin. Laisse-nous seules. En paix.

Il secoua la tête.

– Je ne la lâcherai pas d'une semelle.

– Oh si. Ici, elle est parfaitement en sécurité. Tu peux attendre sur le pas de la porte, si tu préfères. Mais laisse-nous tranquilles.

Il se leva.

– Dis !

– Quoi ?

– Comment t'appelles-tu, au fait ?

– Stig.

– Bon. Laisse quand même passer le livreur qui va apporter les vêtements, Stig.

Elle ferma la porte derrière son dos et accrocha un écriteau indiquant que la boutique était fermée. Stig, quant à lui, ne s'éloigna pas de plus de cinq mètres de la porte. Quand il vit un homme portant un carton venir frapper, il le surveilla attentivement du coin de l'œil, la main très près de l'ouverture de sa veste d'été. En ouvrant la porte, Kristin lui fit un petit signe pour l'assurer que tout allait bien. Quelques minutes plus tard, l'homme quittait la boutique.

Il dut attendre près d'une heure et demie avant que la porte ne s'ouvre de nouveau et que Kristin lui fasse signe de rentrer.

– On est prêtes, dit-elle d'une voix claire, quand il franchit le seuil.

Il regarda par-dessus l'épaule de la jeune femme et vit ces cheveux mi-longs et luisants, ces yeux baissés et ces joues presque roses. De belles boucles les recouvraient à demi et personne ne pouvait savoir ce qu'il en était des oreilles. Les larges épaules de Jenny étaient assez bien dissimulées dans un corsage vert clair et le pantalon était exactement du modèle que portaient toutes les autres adolescentes ce printemps-là.

Kristin avait vraiment tout compris.

Une chance que ce ne soit pas moi qui aie acheté ces vêtements, pensa-t-il.

– Le soleil va bientôt lui rendre ses couleurs, dit Kristin d'une voix douce. Mais il faudra qu'elle fasse attention de ne pas attraper de coups de soleil, au début. C'est pour ça qu'on lui a mis un peu de crème sur les joues.

Elle regarda Stig avec un air de connivence et celui-ci comprit.

Jenny gardait toujours les yeux fixés sur le plancher. Il avança jusqu'à elle et prit l'une de ses boucles entre ses doigts. Elle eut d'abord un réflexe de recul, car il la touchait sur le côté droit, celui où elle n'avait plus d'oreille. Mais il fit semblant de ne pas s'en apercevoir et laissa ses doigts glisser jusqu'à la pointe des cheveux.

– Comme ils sont doux, dit-il simplement.

Elle ne leva pas les yeux, mais il eut presque le sentiment que ses lèvres n'étaient plus aussi figées. Comme si on pouvait espérer, un jour, voir un sourire passer sur elles; plus tard.

Il se tourna vers Kristin et porta la main à la poche dans laquelle il avait mis son portefeuille, mais elle eut aussitôt un geste de refus de la tête.

– Non, dit-elle. Laisse. Même chose pour le marchand de vêtements. C'est si peu de choses...

Elle passa le bras autour des épaules de Jenny et l'attira vers elle. Stig sortit dans la lumière du soleil et regarda dans la rue, des deux côtés. Puis il passa de nouveau la tête par l'ouverture de la porte.

– J'ai oublié que j'ai prêté ta voiture à quelqu'un d'autre. Est-ce que tu pourrais appeler un taxi?

Peu après, Jenny et Stig se retrouvèrent dans la rue, sans rien dire, éblouis par le soleil et étourdis par cette vie qui grouillait autour d'eux. Puis Stig sentit la présence de quelqu'un d'autre près de lui et il vit Kristin. A ce moment précis, le taxi vint se ranger le long du trottoir et Stig ouvrit la portière pour laisser monter Jenny. Il se préparait à la suivre lorsqu'il sentit que Kristin le prenait par le bras.

– Cette femme-là, je serais capable de la tuer, lui dit-elle.

XXXIX

Lovander était assis dans le soleil de l'après-midi, en train d'attendre, et c'est la raison pour laquelle ce fut lui qui entendit le premier le taxi arriver sur la petite route. La voiture vint se ranger devant la maison et il se leva. Stig sortit du véhicule, suivi par Jenny. Bien que sachant fort bien d'où ils venaient, Lovander s'étonna de l'éclat des cheveux de la fillette et des couleurs très douces qu'elle avait. Elle resta un instant debout près du taxi, ne sachant que faire, mais Stig en fit alors le tour, vint lui prendre la main, passa celle-ci sous son bras et l'entraîna ainsi, bras dessus bras dessous, sur l'allée gravillonnée. Jenny reconnut Lovander et ils restèrent debout l'un devant l'autre. Puis ce dernier dit, en secouant lentement la tête :

– Tu es toute belle, Jenny.

C'est alors qu'elle sourit.

– Comment ça se passe, ici? demanda Stig.

– Ils parlent d'abus de pouvoir et disent qu'ils exigent un avocat. En plus, ils soutiennent qu'ils n'avaient rien à voir avec elle.

Il indiqua Jenny d'un signe de tête, avant d'ajouter avec un sourire malin :

– J'ai presque eu envie de leur dire qu'un avocat, il y en avait un dans le bateau.

Ils pénétrèrent dans la maison et gagnèrent la salle de séjour, au rez-de-chaussée. Lovander passa devant mais, reconnaissant les lieux, Jenny s'arrêta sur le seuil. C'est là qu'elle avait parlé avec sa mère au téléphone et qu'ils l'avaient endormie pour lui couper l'oreille.

C'était curieux, d'ailleurs, de pouvoir penser aussi facilement à cette oreille.

Pourtant, elle hésita à franchir le seuil. Elle reconnut Perlegrund, mais en revanche pas cet autre homme qui s'appuyait contre le mur, un fusil posé sur le bras. Puis elle regarda les cinq hommes regroupés au fond de la pièce. Lovander était allé se poster juste derrière eux. Lui aussi était armé, mais d'un pistolet.

Stig finit par la prendre doucement par le bras et elle entra alors dans la pièce. Les cinq prisonniers la regardèrent sans rien dire et c'est alors qu'elle ressentit l'absence de son oreille et que sa langue ne rencontra que le vide à la place de ses dents de devant. Elle se retourna et se trouva face à son image, dans la glace, de l'autre côté du vestibule. Ces cheveux resplendissants et ces vêtements! Pendant plusieurs secondes, elle fut incapable de s'arracher à ce spectacle, mais elle finit par se retourner vers les autres. Puis elle fixa Stig des yeux et attendit calmement la suite.

– Jenny, lui dit ce dernier. Nous allons appeler la police, mais nous voulons d'abord savoir lesquels de ces hommes ont participé à ton enlèvement ou t'ont gardée de force ici. Est-ce que tu veux bien nous aider?

Elle regarda les cinq hommes les uns après les

autres, en s'attardant particulièrement sur Josef. Puis elle hocha la tête sans rien dire.

Depuis qu'elle était entrée dans la pièce, Henderson n'avait pas cessé de l'observer. Il se décida alors à faire quelque chose.

– Jenny, dit-il...

Lovander n'eut besoin de faire qu'un seul pas en avant pour le frapper de toutes ses forces. Le canon du pistolet vint le toucher à la joue et sa tête fut brutalement projetée sur le côté. Henderson s'effondra alors, mais resta accroché à Torben par ses menottes.

– Est-ce qu'il y en a d'autres qui désirent la menacer? demanda Lovander d'un ton glacial.

Les quatre autres restèrent absolument immobiles. Ils n'auraient sans doute même pas bougé si le plafond s'était effondré sur eux. Henderson était toujours accroché au bras de Torben, mais ne bougeait pas lui non plus.

– Eh bien, Jenny? demanda Stig sur le même ton que précédemment. Qui?

Elle les regarda de nouveau l'un après l'autre. Un léger tic nerveux secoua son visage lorsque ses yeux croisèrent ceux de Josef. Puis elle dit :

– Tous.

Elle hocha ensuite la tête, comme pour confirmer ce qu'elle venait de dire, pivota sur ses talons et sortit de la pièce.

Les deux autres étaient debout devant la maison, au soleil, s'en remettant en tout à leurs camarades.

– Comment êtes-vous venus ici? demanda Jenny au bout d'un moment, en regardant tout autour d'elle.

– Les autres sont venus en bateau, répondit Stig.

Elle leva les yeux vers lui.

– En bateau?

La question était à peine audible.

– Oui, il est là, dans le port. Tu veux le voir? Comme ça, tu pourras dire bonjour à notre capitaine.

Ils descendirent vers le port, mais elle ne voyait rien.

– Où il est, le bateau?

– Là! Le voilier, là-bas.

C'était donc un simple bateau à voiles. Et non pas un navire de guerre armé de canons.

La ligne noire sur son flanc descendait en biais jusqu'à la ligne de flottaison. Elle regarda longuement l'aérateur, puis baissa les yeux vers le port; son navire à elle portait aussi cette marque noire et oblique – et elle vit comme ce bateau-là était beau.

Alors elle éclata en sanglots. Son corps tout entier était agité de soubresauts et Stig ne savait pas quoi faire. Elle le tira d'embarras en se jetant dans ses bras sans dire un mot. Il se pencha légèrement en avant, la serra contre lui et se mit à la bercer d'avant en arrière, à plusieurs reprises.

Il ne trouva rien à lui dire.

C'est elle qui finit par demander, entre ses sanglots :

– Est-ce que je pourrai partir d'ici en bateau?

– Mais bien sûr, Jenny, dit Stig, sans comprendre ce qui se passait.

Au moment où la première voiture de police arrivait devant la maison, Stig largua les amarres et Stefan mit le moteur en marche arrière. Puis il manœuvra de façon à pointer l'étrave vers la haute mer et demanda à Stig de maintenir le cap tandis qu'il hissait la voile. Le vent s'engouffra bientôt dedans et ils prirent de la vitesse, fendant les vagues dorées par le soleil. Jenny sentit les embruns venir lui humecter le visage et le vent soulever ses cheveux de ses joues, mais elle n'y attacha pas d'importance.

– Nous allons à Visby, avait dit Stig. Pour commencer, en tout cas. Parce qu'il y a beaucoup de choses à régler avec la police, tu comprends. Mais ensuite, on rentrera chez nous.

– Comment ça?

– Par avion.

Elle secoua la tête.

– Je veux rentrer chez moi en bateau.

– Tu veux dire : par le ferry-boat?

– Non, celui-ci.

Elle le regardait d'un air grave.

– Il faudra qu'on demande à tes parents.

– Non, ne fais pas ça.

– Mais ils sont inquiets, tu sais...

Elle secoua la tête. Soudain, Stig eut bien du mal à croire qu'elle n'avait que treize ans.

– On va simplement leur téléphoner, dit-elle.

Il eut suffisamment de bon sens pour ne rien ajouter.

Quatre des cinq hommes furent emmenés au commissariat de police de Visby, tandis que Henderson était hospitalisé. Les difficultés auxquelles Lovander et Perlegrund s'attendaient avec leurs collègues locaux se révélèrent moins grandes que prévu. En effet, le commissaire avait été averti, quelques heures auparavant, par son ami Krister Strömbom, qu'une opération de police d'un caractère inhabituel dictée par l'urgence de la situation pouvait s'avérer nécessaire sur l'île dans les heures à venir. Les esprits et les moyens étaient donc assez bien préparés.

– Je pense qu'il sera possible de prouver que l'un des pistolets a servi au meurtre de nos deux collègues Nettan et Bengt-Åke, dit Lovander à Krister au téléphone.

Krister opina lentement. Certaines affaires finissent par être élucidées, d'autres pas.

– Tu risques d'avoir des ennuis à propos de celui que tu as malmené, dit-il ensuite.

– Eh bien tant pis, ça en valait la peine. Mais je ne suis pas si sûr que ça. Je peux plaider la légitime défense, car je protégeais la petite. Ils tentaient de l'intimider.

Hélas non, se dit Krister. Il est difficile de plaider la légitime défense face à un homme auquel on a passé les menottes. Légitime défense morale, peut-être – mais ce n'est pas reconnu par la loi.

D'un autre côté, se dit-il, il est probable que Gunnar s'en tirera quand même. Dans un pays où des gens peuvent, alors qu'ils sont retenus par la police, faire à plusieurs reprises de si mauvaises chutes qu'ils finissent par se blesser mortellement la rate, Gunnar ne courait pas un bien grand risque.

Cette idée le réjouit. Il allait maintenant appeler Inga-Lisa et se mettre en devoir de découvrir le suicide de Bengt Lövstedt. Il avait eu certaines difficultés à savoir où se trouvait actuellement la famille de celui-ci.

Ce n'était pas des tâches particulièrement agréables qui l'attendaient.

Une fois de plus elle se retourna et regarda ce beau et fier voilier, à quai dans le port de Visby. Le soleil de l'après-midi brillait de tous ses feux dans le ciel et étincelait sur la mer, et nul autre bateau n'éclipsait le leur dans les environs. Ils montèrent en direction de la ville et ce n'est qu'à ce moment qu'elle posa la question.

– Comment est-ce que vous m'avez retrouvée, au juste?

– Le gobe-mouches à collier et le faucon kobez.

Elle s'immobilisa sans dire un mot et son regard alla se perdre dans le lointain. Elle finit par dire :

– Le faucon kobez?

Stig se contenta de hocher la tête. Puis il baissa les yeux vers elle.

– Qu'est-ce qu'il y a?

Elle était très loin de là, mais se rapprocha malgré tout de lui.

– Il est venu très tôt, un matin, dit-elle au bout d'un instant.

– Qui ça?

– Le faucon kobez. Une seule fois. Je l'ai vu dans l'eau...

– Dans l'eau?

– Oui, par...

Elle réfléchit pendant un long moment. Puis elle donna l'impression de revenir parmi eux.

– ... par l'aérateur.

Il la regarda, l'air intrigué, et alors elle le tira par le bras en lui montrant quelque chose du doigt.

Elles s'étaient vues en même temps. Evy eut besoin d'un instant de réflexion pour comprendre qui elle voyait, alors que Jenny les reconnut immédiatement, elle et le chien, assis dans cette petite voiture décapotée. Evy venait de passer la première et commençait à quitter le bord du trottoir, tout en essayant d'admettre le fait que c'était bien la petite qui marchait dans cette rue en compagnie d'un homme qui se précipitait devant sa voiture, tenant dans ses deux mains un pistolet braqué droit sur sa figure.

Au même moment, Lovander tourna le coin de la maison et saisit lui aussi son pistolet.

Evy se rendit compte que c'était la mort qu'elle avait devant elle, sous la forme de ce canon s'apprêtant à cracher le feu. Elle freina donc brusquement, à moins de cinq mètres de cet homme. Ses mains ne bougeaient pas, le pistolet était immobile. Elle passa la marche arrière et mit les gaz. Elle entendit claquer deux coups de feu et sentit qu'elle perdait le contrôle de son véhicule et allait s'écraser contre une camionnette en stationnement. L'homme n'avait pas bougé d'un pouce mais se trouvait maintenant à vingt mètres d'elle. Le pistolet paraissait n'avoir jamais cessé d'être braqué sur sa figure.

Lovander garda la main dans sa veste et suivit très attentivement ce qui se passait.

Le pistolet était dans la boîte à gants, près du levier de changement de vitesses, caché sous un foulard. Ils se dévisagèrent, tous deux immobiles. Puis Evy détourna les yeux vers la petite, sur le trottoir. Les yeux de Jenny étaient braqués sur elle tout aussi obstinément que le pistolet dans ces deux mains, là-bas. Evy commença à bouger lentement la main en direction du pistolet, tout en disant, presque sans remuer les lèvres.

– Allez, Danny, vas-y!

Lovander fit un pas mais s'arrêta aussitôt. Le chien sortit de la voiture d'un bond et fut touché par la balle alors qu'il était encore en l'air. Il retomba lourdement sur la chaussée. Evy comprit, effrayée, ce qui venait de se passer. Pourtant, elle baissa les yeux vers le chien, pour voir les spasmes qui l'agitaient. Puis un nouveau claquement retentit et, simultanément, la tête de l'animal fut projetée en arrière et sa mâchoire prit une position qui n'avait rien de naturel.

Elle fixa alors de nouveau cet homme et ce pistolet qui était derechef braqué sur sa figure. Elle sentait son propre pistolet au bout de ses doigts. Sans quitter son adversaire du regard, elle saisit la crosse et comprit aussitôt ce qui l'attendait. C'était exactement ce qu'il souhaitait et elle le savait. Il souhaitait qu'elle fasse ce geste-là. Afin de pouvoir la tuer.

Lovander le comprit, lui aussi. Il ne bougea pas.

Stig attendait, le pistolet pointé entre les deux yeux d'Evy.

Elle esquissa alors un sourire, puis ses épaules se levèrent, bientôt suivies par ses deux mains vides. Elle lut avec satisfaction la déception qui s'inscrivait dans les yeux, derrière le pistolet. Lovander la devina également, mais se sentit en même temps soulagé.

Stig garda encore quelques instants le pistolet braqué sur le visage de la femme. Puis il plongea l'une de ses mains dans sa poche et avança vers la voiture, sans que le pistolet ne cesse un seul instant de menacer ce visage. Il approcha le long de la voiture et, l'espace d'un instant, Evy eut peur qu'il ne la frappe. Mais, au lieu de cela, il sortit une paire de menottes.

– Descends de voiture, dit-il à voix basse.

Elle voyait maintenant l'intérieur du canon.

Elle ne baissa pas les mains, ne voulant pas lui donner la satisfaction de faire semblant de croire qu'elle tentait d'attraper son arme. Au lieu de cela, elle se rapprocha de la portière, qu'il ouvrit – toujours en braquant sur elle ce maudit pistolet – avant de refermer rapidement l'une des menottes sur son poignet droit. Elle le suivit, comme en une danse, et il la plaqua au sol et referma la seconde menotte autour de la patte du cric. Lorsqu'il se redressa, Jenny était là.

Elle regarda longuement le chien mort et ensuite Evy.

Puis elle prit la main de Stig sans dire un mot et ils s'éloignèrent. Lovander les regarda. On aurait pu croire que c'était elle qui réconfortait Stig.

Lovander approcha d'Evy.

– Qu'est-ce que tu fous là ? bougonna-t-elle.

Lovander sortit sa carte.

– Police, dit-il.

– Eh bien alors, détache-moi de là, siffla-t-elle.

– Je n'ai pas la clé, répondit Lovander en s'éloignant.

XL

Le soleil venait de se coucher derrière les bois, au nord-ouest, et le ciel était d'un gris-bleu très clair au-dessus du vert de la plaine. Dans le calme du soir, le ronronnement du moteur de deux avions de tourisme et celui des voitures circulant sur diverses routes du voisinage se mêlaient au chant des alouettes et aux appels de courlis cendrés, semblables aux sons d'une flûte. De petites bandes de martinets volaient en cercle au-dessus de chacune des fermes et, entre les façades rouges de leurs dépendances, se répercutait le gazouillement de diverses espèces d'hirondelles.

Anne observait prudemment Inga-Lisa. Elles étaient debout près de la voiture, garée sur un espace de croisement de cette petite route de terre battue. Inga-Lisa était à moitié assise sur l'aile avant gauche et regardait le paysage. Elle n'avait pas dit grand-chose pendant le trajet. Sans doute aurait-elle souhaité être seule. Anne se demanda si elle n'avait pas eu tort de lui demander de l'accompagner, lorsqu'elle l'avait appelée au téléphone, un peu plus tôt dans l'après-midi.

C'était samedi soir et, en fait, Inga-Lisa aurait dû

se rendre à une réception à Stockholm. Mais elle préférait de beaucoup se trouver là.

Une centaine de mètres plus loin, près de ces granges qui faisaient office de hangars pour l'aéro-club, se trouvaient plusieurs personnes. De l'autre côté, dans la direction de la ville, arrivait une voiture qui soulevait derrière elle un nuage de poussière. Elle vint se ranger près de la leur. Anne reconnut le commissaire.

– Ils seront là dans quelques minutes et je vais les conduire chez eux, dit-il à Inga-Lisa. Il y a eu des fuites en direction de la presse – j'ai bien peur que ça vienne de chez nous, en fait – et j'ai dû mettre en place quelques contrôles d'alcoolémie sur les petites routes qui conduisent ici, afin que personne ne puisse arriver sur les lieux à temps.

Il cligna de l'œil à l'adresse d'Anne, remonta sa vitre et démarra pour couvrir la petite distance qui le séparait des hangars.

– Il a vraiment le droit de faire ça? demanda Anne.

Inga-Lisa se contenta d'un sourire pour toute réponse.

Le bruit d'un moteur plus puissant que les autres commençait maintenant à se faire entendre et les deux femmes levèrent les yeux. Dans l'obscurité, au sud-est, on vit bientôt l'éclair du feu tournant d'un avion qui s'écartait légèrement vers l'ouest. Les deux femmes le suivirent du regard et le virent peu après virer dans la direction opposée et plonger droit vers elles tout en descendant régulièrement, moteur à bas régime, vers la surface verte de la terre et vers ce petit aérodrome. Puis les moteurs grondèrent de nouveau, l'avion parut flotter sur l'herbe et ensuite le bruit disparut presque totalement tandis que l'appareil touchait terre et se mettait à rouler lentement vers les hangars et les autres avions privés qui étaient parqués alentour. Après une ultime pétarade, l'appareil vira une dernière fois et s'immobilisa totalement.

Anne observait à la dérobée Inga-Lisa qui, le visage vide de toute expression, regardait l'avion, au loin.

– Tu ne veux pas aller jusque là-bas? demanda alors Anne.

Inga-Lisa secoua la tête.

– Je n'ai rien à y faire. Je reste ici.

Anne ne répliqua pas.

– Mais tu peux y aller si tu veux, toi, reprit Inga-Lisa au bout d'un instant.

– Non, je n'ai rien à y faire non plus.

Les moteurs s'étaient tus, les hélices s'étaient arrêtées et la petite porte s'était ouverte. Elles virent Stig et Lovander descendre à terre, puis se retourner. Suivit alors une fillette vêtue d'un corsage vert et d'un pantalon délavé et portant une veste sur le bras. Ses cheveux clairs resplendissaient dans la lumière du soir.

Tous trois s'éloignèrent de l'avion, la fillette en boitant légèrement, et se dirigèrent vers le groupe de personnes qui les attendait, dont deux silhouettes se détachèrent et se portèrent à leur rencontre. Il se forma donc un nouveau groupe de cinq, dont Lovander et Stig se détachèrent à leur tour pour regagner l'avion. Ils s'entretinrent un moment avec le pilote, puis les moteurs se remirent à vrombir et l'un des deux hommes s'écarta tandis que l'autre gagnait la porte en courant, montait dans l'appareil et refermait derrière lui. Étant donné l'absence de vent, l'avion put décoller directement vers le sud-est. Les deux moteurs se mirent à chanter à qui mieux mieux et l'avion s'éleva avec légèreté dans le ciel bleu, vira ensuite brusquement en direction de l'obscurité qui régnait vers le sud et disparut progressivement.

Le soir de ce début d'été retrouva son calme. On entendit de nouveau le chant des oiseaux. Au-dessus de la tête des deux femmes passa une silhouette sombre et souple. Parvenue au-dessus du champ, elle s'immobilisa en l'air, comme un hélicoptère. La lumière du soir et le reflet de l'herbe éclairaient le corps de l'oiseau et Anne crut voir que ses pattes étaient rouge sang. Puis il lança son cri et reprit son vol en direction du terrain d'aviation.

Inga-Lisa n'avait toujours pas lâché du regard les gens qui se trouvaient sur celui-ci lorsqu'elle dit :

– Allez. On s'en va.

Anne la regarda, mais elle avait déjà ouvert la porte de la voiture et s'était installée au volant. Anne fit le tour du véhicule, ouvrit l'autre porte et monta à son tour.

Mais elles ne partirent pas immédiatement. Inga-Lisa s'enfonça dans son siège et regarda devant elle sans dire un mot. Comme elle a l'air vieille, tout d'un coup, se dit Anne. A ce moment précis, Inga-Lisa se tourna vers elle avec un sourire.

– Maintenant, elle est rentrée.

– Oui, dit Anne, surprise.

Inga-Lisa détourna alors le regard vers les autres. La première voiture était précisément en train de s'engager sur la route.

– C'était la maman et... celui qui passe pour son père? demanda Anne.

– Qui sont allés l'accueillir? Oui.

– Comment vont-ils lui expliquer...?

Les traits d'Inga-Lisa se durcirent légèrement.

– Ils ne vont peut-être rien lui expliquer du tout.

– Mais tu ne trouves pas qu'ils devraient le faire?

Inga-Lisa haussa les épaules.

– De nos jours, les gens se fichent pas mal de ce qui est bon ou pas bon pour leurs enfants.

C'est elle qui dit ça, pensa Anne.

– Est-ce qu'ils l'emmènent à l'hôpital?

Cette fois, Inga-Lisa sourit.

– Elle est en pafaite santé, même du point de vue psychique.

– Mais est-ce qu'il ne serait pas bon qu'elle soit soignée...

Inga-Lisa pouffa.

– Pour quoi et par qui?

Elle tapota légèrement sur le volant et reprit, après un bref silence :

– Stig m'a dit que quelque chose l'avait aidée à tenir le coup pendant tout ce temps. Et que, en fait, elle n'avait jamais perdu espoir. Et aujourd'hui, elle a été confrontée avec ses ravisseurs.

Inga-Lisa ne quittait maintenant plus Anne des yeux.

– D'après ce que nous savons, il vaut mieux que les professionnels de la santé évitent de s'occuper de la sienne. Stig et Lovander sont bien d'accord tous les deux pour dire qu'elle est en meilleur état que la plupart d'entre nous.

Elle secoua la tête et marmonna quelque chose.

– Qu'est-ce que tu dis? demanda Anne.

– Je disais qu'il y a une seule chose que je ne comprends pas. Stig m'a rapporté qu'elle lui avait dit qu'elle avait vu près de cinquante espèces d'oiseaux, là-bas. Je croyais qu'ils l'avaient gardée enfermée dans une pièce sans lumière.

– Elle les a peut-être vus par l'imagination.

– Peut-être. Mais alors celle-ci les a tout de même mis sur la bonne piste, n'est-ce pas?

Inga-Lisa était apparemment redevenue elle-même. Elle mit le moteur en marche, jeta un coup d'œil dans son rétroviseur et s'engagea ensuite sur la route.

– On dirait que la presse va arriver à la fumée des cierges, susurra-t-elle.

Anne se retourna et vit un break de couleur claire freiner derrière elles. Il portait en bonne place l'emblème du journal.

Inga-Lisa accéléra sèchement. Anne jeta un nouveau coup d'œil sur son visage buté.

– Les salauds! dit Inga-Lisa, dont les propos s'accordaient souvent bien mal avec l'apparence extérieure. Ils vont voir ça, je te le jure.

– Qui ça?

La route ressemblait à une planche à laver. Les roues de la voiture faisaient un bruit infernal.

– Chemosan, tiens!

– Mais Lövstedt est mort, non?

– Bien sûr, mais ils l'ont attaqué en justice!

– Oui!

– Et ses héritiers peuvent très bien reprendre l'affaire...

Anne prit sa respiration.

– Sa femme! Tu crois vraiment...

– Oui.

Elles étaient arrivées à la route nationale, goudronnée et déserte, et Inga-Lisa s'y engagea sans se soucier du panneau " stop " qui se trouvait au carrefour.

– Tous les flics du secteur sont en train de procéder à des alcootests, jeta-t-elle en guise d'explication.

La voiture prit le chemin de la ville à vive allure.

– J'ai parlé plusieurs fois à la femme de Lövstedt, ces dernières heures. C'est une dure. Je ne l'aurais vraiment pas cru. Mais elle laisse les enfants à l'étranger et elle arrive dès demain matin à Arlanda. Krister va aller la chercher. Elle va faire l'objet d'une surveillance vingt-quatre heures sur vingt-quatre jusqu'à ce que cette affaire soit réglée. *Idem* pour une famille – celle d'une autre veuve – qui habite en dehors de la ville. C'est la femme de celui qui a été assassiné au Brésil. Et Gunnar va louer une chambre chez Fransson.

– Alors madame Lövstedt relève le gant?

– Oui. Elle va faire valoir le droit dont jouit tout héritier de laver la mémoire d'un défunt... et puis elle va peut-être aller encore plus loin de son propre chef.

– Et il y a assez d'éléments pour le lui permettre?

– Oui, je le pense. Elle va prouver que Lövstedt avait de bonnes raisons de dire ce qu'il a dit et que les poursuites engagées contre lui étaient dénuées de fondement. Comme ça, Chemosan nous aura finalement fourni la corde pour les pendre.

– La nouvelle de la mort de Lövstedt va donc être divulguée, dit Anne avec fièvre. Et lundi, sa femme va faire savoir qu'elle reprend l'affaire là où il l'a laissée. Et Chemosan va être bien obligée de donner suite – sans quoi bien des gens se demanderaient pourquoi ils ont laissé tomber – ou alors la veuve demanderait le non-lieu.

Inga-Lisa hocha la tête, l'air très satisfait de ce raisonnement. Mais Anne changea brusquement de sujet.

– Pourquoi est-ce que Stig a repris l'avion? Est-ce que Stefan et Mikael ne devaient pas se charger de ramener le bateau?

– Si, de même que Perlegrund.

Inga-Lisa décrocha le téléphone de bord et composa un numéro, en regardant alternativement la rue et les touches de l'appareil. Elles étaient maintenant en pleine ville.

– Krister ? Pourquoi est-ce que Stig est reparti en avion ?

Elle prêta l'oreille pendant quelques instants, puis un petit sourire se dessina sur ses lèvres. Elle grommela quelque chose et mit fin à la communication.

– Quoi ? demanda Anne.

– Selon Jenny, c'est pour aller chez une coiffeuse... pour dames. Mais lui-même prétend que c'est pour retrouver une moto. J'ai eu du mal à entendre ce que disait Krister, au début, tellement ça bavardait dans sa voiture.

Elles se turent de nouveau, toutes les deux, et se mirent à regarder chacune de leur côté. C'est pourquoi elles ne virent pas le sourire qui s'inscrivait sur leur visage respectif.

Cet ouvrage a été réalisé par la
SOCIÉTÉ NOUVELLE FIRMIN-DIDOT
Mesnil-sur-l'Estrée
pour le compte de Christian Bourgois Éditeur
en décembre 1993

Imprimé en France
Dépôt légal : janvier 1994
N° d'édition : 1157 – N° d'impression : 25159